JN033072

異世界薬局《いせかいやっきょく》
8
高山理図
Takayama Liz

ファルマ
Falma de Médicis
ロッテ
Charlotte Soller

エレン
Eléonore Bonnefoi
パッレ
Palle de Médicis
ブランシュ
Blanche de Médicis
Character
登場人物

『私たちは当初、
お前たちが敵なのかどうか見定めようとした。
だが、お前たちは不吉な力を使って我々の領土を侵した』
メレネー
クララ
Clara Clouet

Contents

一話　航海を想う

一一四八年四月四日。

異世界薬局の常連客でもあるジャン＝アラン・ギャバン提督率いる新大陸探検隊が新大陸へ向けて航海を始めたその日の夜分遅く、サン・フルーヴ帝国マーセイル領の港に隣接する海軍詰所にはファルマの姿があった。

出発前から万事万端に探検隊のお膳立てをし、船員らの保健にも気遣ったうえ、航路の気象操作なども行い、航海の無事を祈りながらマーセイル港より大船団を見送ったファルマは、海軍詰所の通信士らに通信手順を指示し、通信開始時刻を待つ。

「定刻通り、信号を受信しました」

ファルマたちは、ジャン提督からの最初の暗号化されたモールス信号を受信した。

通信方法の確立については、涙ぐましい技術開発の経緯があった。ファルマは初の任務につく通信士が暗号を打ち間違えるのは必至とみて、古式ゆかしく紙テープに穴をあけておいて電鍵の接点を開閉する方法で半自動化して通信できるようにしておき、またいくつかの定型文を番号で指定できるようにしておいた。音声通信の設備もあるが、まずは音声の聞き間違いのリスクを回避でき、番号の組み合わせで文字数を省略できるモールス通信が無難だ。

受け取った暗号を復号すると、今日の報告はこうだった。

『一六時にジブラー海峡を航過し、サン・フルーヴ沖へ全速帆走、西航中。現在、風向風力は南南東三、気圧は一〇一三ヘクトフルーヴ、気温二五度、全船団と乗船者に異常なし』

受信側は全文、間違いなく復号することができた。

感度は良好とはいえないが、通信を維持できるだけの最低限の性能はありそうだ。改良はこれから行えばいい。

「成功ですね」

固唾《かたず》をのんで見守っていた通信士たちから、どっと歓声が上がる。

電波は新大陸まで到達する計算だが、船団がマーセイルから遠ざかってゆくにつれ、今日よりは明日、明日よりは明後日と、通信は聞き取りづらくなってゆく。

ファルマは返信として、事前にマーセイルの上空から見えた雲から予想される風向きを伝えた。通信士を介して隔日ペースで天気概況を伝えていく予定なので、はるかな旅路をゆく彼らにとって、日々の予報は頼もしい判断材料となるだろう。

◆

通信を終えたファルマは薬神杖《やくしんじょう》にまたがると、しばし高度一千メートルの上空から海の向こうを眺望した。

雲と風の動きを観測して天候を操作し、天気の推移を見守った後、降下してマーセイル領主館へ戻ったファルマが入り口でコートを脱いで一息ついていると、ロッテが出迎えて淡く微笑《ほほえ》んだ。

「ファルマ様、髪の毛が凍ってますよ。あ、まつげも」

ファルマが愛想笑いをしていると、ロッテがタオルを持ってきて髪についた氷をせっせと取り払ってくれる。

近すぎる距離を意識し、お互いに照れる。

「お空に行かれていたんですね。すぐ分かります」

「……当たり。空を見ていたんだ」

ファルマも軽く息をつきながら白状する。高高度飛翔《ひしょう》中、マイナス五〇度を下回ると、そういう状況にもなる。

「ふふ、以前ファルマ様と夜間飛行をしたときも、髪の毛が凍っていましたから」

「雲の中を通ると、どうしてもこうなるね」

ファルマはしっとりとした頭をかきながら、まともに防寒をすべきかもと考える。しかし、分厚いコートを持ち歩くのも億劫《おっくう》なのだ。

それを聞いたロッテが、困ったように微笑む。

「お風邪を召されないようにしてくださいね。でも、何かあったんですか?」

「何もないよ。晴れたらいいなって思ってね」

「どういうことですか? まさか、晴れになるようにしたとか、そういうことですか? 神術陣を

使ったんですか？」

空を見てきたと言っただけなのに、ロッテの直感が鋭い。

「はは……神術陣は使ってないけど、ちょっとだけね」

ファルマが上空から操作したのは確かに天気で、実際に行った操作は気圧の印加だ。

具体的には、物質創造を駆使して窒素、酸素、アルゴン、二酸化炭素といった大気の組成をもとに、上空から押し付けるようにそれぞれの物質量をのせてゆく。つまり大気を増やせば、大気が集まって高気圧となる。地上からでも操作できるが、地上から気体を放出するのではなく、空から重しをのせるほうが大気潮汐《ちょうせき》においても持続効果が高い。

ジャン提督の船団が快晴の中を、良い風で、できるだけ船が揺れずに航海できるようにとの心配りだった。陸地でこれをやると降水量の激減を招くため、あくまで海上でやる必要がある。

そんなことを包み隠さずロッテに説明しながら、よく考えると探検隊へのお膳立てが過ぎるというか、過保護極まりないなとファルマもほんのり反省する。

「ということは、どこかでは雨になっていませんか？」

どこかが高気圧になれば、違うどこかが低気圧になる。その仕組みは、ロッテにも理解できたようだ。

「だね。それは申し訳ないけどね」

そこでロッテが何かを思い出したらしく、ファルマに尋ねる。

「そうやってお天気が続けば、波が静まって船もあまり揺れなくて、クララさんはぐっすり眠れるでしょうか……」

「そうだなあ」

ジャン提督に同行している、旅神を守護神に持つ少女クララには、何とか酔い止めを飲みながらも船上生活に適応してほしい。

ファルマは窓の外の夜空を見上げながら、そんなことを祈る。

「薬があるからそこまでひどいことにはならないと思うけど、船酔いも激しい人は何十回と吐くからね。船が揺れないに越したことはないし、そうしてあげたいんだ」

「そんなに吐いたら、色んなところから汁が出て、クララさん、干からびてしまいます。でも酔い止めの薬は飲んでるんですよね？　あっ、私もなんだか気持ち悪く……」

ロッテは言っているそばから手で口を押さえて、えずきそうになっていた。

ファルマはロッテの背中をさする。

「え、なんでロッテまで？　大丈夫？　もらい嘔気《おうき》？　さすらないほうがいい？」

「晩御飯、食べすぎたかもです。クララさんはいつもこんな状態なんですね、これって相当つらいです……」

ロッテの目じりには涙が光っている。

「何かにあたったのかと思ったよ」

ファルマはロッテの背中をさすりながら、胸を撫《な》でおろす。

「むかむかするので、外の風に当たりたいです……」

ファルマとロッテは、バルコニーに出て階段から屋根の上に登ると、ひんやりと冷気の伝わる屋根に腰を下ろし、一枚の毛布を二人で掛けて空を眺める。

「わー、星がきれいです。ファルマ様が雲を吹き飛ばしたからでしょうか」

「確かにそうだね。あ、ちょっと待って。いいものがあるんだ」

ファルマは肩にかけていたカバンの中をがさごそと漁《あさ》ると、取り出したものをロッテの掌《てのひら》にのせる。

「望遠鏡だ」

「これ、ファルマ様の手作りですか？」

「そう、あり合わせの部品で作ったものだよ」

この望遠鏡はガラスコップの底をくり抜き、捨ててあった古い老眼鏡で作ったレンズを組み合わせた自作のものだ。カメラから顕微鏡に至るまで、光学機器の自作は彼のちょっとした趣味でもあった。

「月を見てみるといいよ、色々びっくりすると思うよ」

ファルマが使い方を簡単に教えると、早速ロッテは望遠鏡を片目で覗《のぞ》き込む。

「わあ、月に模様があります！　いえ、あるのは分かっていましたけど、これほどはっきりとは見えませんでした。スケッチしたくなっちゃいますね」

言われてみれば、とファルマは不思議に思う。

（地球から見える月とは違うはずなのに、やはりこの世界の月は前の世界の月に似てるんだよなあ。太陽系や月の大きさが少しでも変わっていたら、この惑星は成り立たないしな）

この惑星と地球との類似点は奇妙な一致を見せている。その理由を、ファルマはまだ見出《みいだ》せずにいた。

「ロッテがスケッチしてくれると、天文学者が助かるんじゃないかな」

この世界のカメラを使うと露光が足りないかもしれないな、とファルマはのんびり思う。

「あの模様の部分はどうなっているんでしょうか」

「多分だけど、外観は夜の荒野とさほど変わらないんじゃないかな」

地上に似た風景があるとすれば、砂漠や荒野、雪原といったところだろうか。

「それに……」

「それに？」

ロッテが、口ごもったファルマを促すように身を乗り出す。

「重力がこの星の何分の一かしかないだろうから、ロッテがジャンプをするとかなり跳べることになると思うよ。そして残念なお知らせだけど、空気がないので生身では行けないかな」

「この星って……一体どういうことですか？　星って、空にある星のことではないんですか？」

ロッテはフリーズしてしまう。

そうだった、とファルマは頭をかく。自然科学一般の教養のないロッテには、この手の話は混乱させてしまうだけかもしれない。しかし、ファルマはそこで説明をやめない。ロッテが成長して自立した女性になってゆく中で、彼女にとって役立つ知識なのは間違いない。

「つまり、この大地は大きな球体、星なんだよ」

「でも、平野を見ても、地平線はまっすぐでしたし……！」

「うんと大きな球の上に乗っているとしたら、それは平地に見えるんじゃないかな」

「あっ、言われてみれば」

ロッテはぽんと手を打つ。その愛嬌《あいきょう》のあるしぐさの一つ一つに、ファルマは癒《いや》される。

「今度、水平線を見てみるといい。丸く見えるはずだよ」

「はわー……ちょっと頭が追いつかないです。ファルマ様、よくそんなこと分かりますね。でも、そう言われてみると、船が遠ざかるとそのうち隠れて見えなくなってしまうのは不思議だと思っていました」

「よく観察していたね」

もしファルマが天動説を通説とする世界に暮らしていたなら、自分がロッテのように理解できるかは怪しいところだと思う。

「ファルマ様って、もしかして月に行けたりします？」

「行く用事がないよ」

「目的の問題なんですか！　できるかできないかの問題ではないんですか！」

「目的の問題かな。ロッテだったら、月に行ったら何をしたい？」

月に活用方法がないというと嘘《うそ》になるが、現在のサン・フルーヴの科学技術の水準では月が必要な場面が思い浮かばない。

「もし月に行けたら、月の欠片《かけら》を持って帰りたいです！」

「持って帰れたとして、どうするの？」

「月の欠片の光なら、夜でもきっと明るいじゃないですか！　そんな明るいものがあれば、悪霊も眩《まぶ》しがっていなくなると思いませんか？」

月自体が発光しているわけではないので、月の石を持って帰っても光らなくてがっかりするだろうなと思いながらも、ファルマは口を挟むタイミングを見失ってロッテの夢をうんうんと頷《うなず》いて聞いていた。

「悪霊がいなくなったらいいね、世界中の人たちが安眠できるようにさ」

ファルマは穏やかに相槌《あいづち》を打つ。

「ですよね！　そうすれば、ファルマ様も神力を使わずゆっくりお休みになれると思いますし」

ロッテは以前、ファルマの力が大陸中に及んでいるという話を聞いて、ファルマが悪霊から人々を守るためにいつも神経を尖《とが》らせているのではと心配しているようだった。

「それに、夜中のトイレも怖くなくなりますよね！」

「ロッテ、夜のトイレ怖いんだ？」

ロッテの意外な話を聞いてしまった。

「怖いですよう！　覚えていませんか？　私が六歳の頃、トイレに行ったら悪霊と鉢合わせしたことがあるんですよう」

ロッテはぶるぶると震えている。当時のことを思い出しているのだろう。彼女の六歳の頃というと、薬谷完治《やくたにかんじ》がファルマ少年に憑依《ひょうい》する前の話で、現ファルマの記憶にはない。

「それは怖いね、その時はうまく逃げたの？」

「私が悲鳴を上げたので、ファルマ様が飛び起きてくださって、ほかの誰よりも早く走ってきて神術で追い払ってくださったんですよ！」

「そうだったんだ」

おとなしく引っ込み思案だと思っていたファルマ少年も勇敢な面があったんだな、と現ファルマは感心する。

「その時からずっと、ファルマ様は私の恩人なのです」

ロッテのまっすぐな熱いまなざしに射抜かれ、ファルマは照れくさそうに肩をすくめた。

ファルマとロッテは寄り添うようにして、しばしのあいだ天体観測を楽しんだ。

二話　マーセイル領視察と、宝の発見

翌日、ファルマは代行領主アダムの案内で、パッレとブランシュとともにマーセイル領内の薬草畑の視察に出かけた。薬草農家からの聞き取りや、悩み相談などに応じるためだ。

タイトなスケジュールで農家や薬草商を回るファルマに、ブランシュが休憩したいとごねる。

「ねー、おやつの時間がほしいのー」

「もうちょっと回ってからにしよう。そしたら休憩にするから」

ふくれつらになるブランシュに、ファルマは仕方なく飴玉《あめだま》をくれてやる。それを頬張《ほおば》ったかと思えば、今度は「喉がかわいたー」と勝手なことを言っている。

ファルマがなだめるが、パッレは冷たいまなざしを向ける。

「飽きたなら領主館に帰ってもいいんだぞ」

「一人じゃ帰れないのー」

ブランシュは開き直っている。

「視察も明日とか明後日にしたらいいのー。そんな急いで見回らなくてもさー」

ブランシュからしてみると、何もかもがつまらないのだろう。

「早く視察を終わらせて、帝都に帰らないとね。エレンに負担がかかっていると思うし」

「むー、そう言われると何も言えないのー」

彼女の師匠であるエレンの名前が出たからか、ブランシュもわがままをひっこめた。

ファルマが帝都を離れている間、薬局の運営はエレンやほかの薬師らがしてくれている。

現在、処方箋がなければ購入できない医療用医薬品の調剤ができる薬局は、異世界薬局総本店の一か所のみ。それなのに、サン・フルーヴ帝国医薬大学校の医師や薬師らが現代薬を使い始めたため、処方監査と調剤が追いつかない。処方監査のできる薬師が、ファルマしかいないのだ。

エメリッヒとパッレは現代薬の薬物動態などのひと通りの知識は学んだが実務経験が足りず、エレンは実務経験はあるが薬理、物理化学の理解が完全ではない。

つまり、新カリキュラムの教育を受けたサン・フルーヴ帝国医薬大学校総合医薬学部の一期生たちが卒業して薬師となり、各地で営業を始めるまでは、ファルマが帝国中の現代薬の製薬、処方調剤の全てを引き受けるしかないのだ。

エレンに診眼が使えるようになって診療技術が多少向上したことで、ファルマが帝都にいない場合も薬局を閉めなくてよくなったのだが、ファルマはエレンに対応してもらう疾患に制限を設け、それ以外の調剤は停止している。そういった事情があり、ファルマは早く帝都に戻りたいのだ。

「ブランシュだって、エレンに視察の成果を報告しないと」

「あ、そっか。すっかり忘れてたのー」

ブランシュは普段、エレンに弟子として同行しているが、今回はマーセイル領の視察についてゆくよう促された。エレンから出された宿題をこなすために、渋々ながら薬草栽培農家の話を聞き、薬草の生育状況などを確認している。

ブランシュが学んでいるのは、薬草学の初歩の初歩にあたるものだ。図鑑を見ながら知っているひと通りの薬草をチェックし終わり、スケッチとレポートを書くと暇を持て余したらしい。

「スケッチしたんだけど、全部同じ草に見えるのー……小さい兄上もそう思う?」

「あ、これ草だったんだ」

言われてみれば草かもしれないが、そのスケッチはファルマには別の物体のように見えていた。

ファルマの迂闊《うかつ》な発言を聞いて、ブランシュは涙目だ。

「やっぱり、絵がへた？　へたなんだ！」

「いやー、んー……ロッテに絵の描き方を教えてもらう？」

ブランシュのスケッチブックをパラパラと確認し、ファルマは画力についてはあまり言及しないことにした。画才については、生まれつきのものなのか、努力の結果によるものなのかはよく分からないが、ロッテはそれほど練習をしていないようにも見える。

（エレンがそのうち、うまくやってくれるよな）

ブランシュにもエレンという師匠がいる以上、身内がどうこう言わないほうがいいだろうとファルマは問題を棚上げする。

それなのに、追い打ちをかける男が一人。

「お前、そんなヘタクソな絵じゃ患者に治療方針の図解説明もできねーぞ」

ファルマとブランシュのやりとりを聞いていたパッレが、ずけずけと正論を宣《のたま》う。

パッレは文武両道の完璧人間なので、当然のように画力もあり、ブランシュの不出来が許せないのだろう。帝国が黒死病禍《か》に襲われる直前、黒死病菌の染色像を写真のような精度で模写し、ノバルート医薬大から伝書鳩《でんしょばと》で送ってきたのも記憶に新しい。

「大きい兄上には言われたくないもん！」

「あぁー？　なんだと？　なんだ、その開き直った態度は。主治薬師がこんな絵を描いてみろ、担当交代を申し渡されるぞ」

「兄上なんて、患者さんの気持ちすら分からないのー！」

「は？　分かるわ！　この前まで白血病患者をやってたんだぞ」

「絵の腕に自信がない時は、模型を使って説明したらいいよ」

ファルマが実務的なアドバイスを送ったが、ブランシュには効果がなかったらしい。睨《にら》みあいからの兄妹喧嘩《きょうだいげんか》に発展しそうだったので、ファルマは二人の間に割って入って適当にブランシュに仕事を与えることにする。

「そ、そうだブランシュ。この畑に雨を降らしておいてよ。土がしっとりする程度でいいから。ブランシュが上手に神技を披露するところ、見たいなー」

気を散らせたのでもう何も言うなよ、とファルマはパッレを視線で牽制《けんせい》する。

「分かったー。〝あめーふれー〟」

ブランシュは涙をひっこめると、ファンシーな装飾のついた杖《つえ》を振り回し、適当な調子で詠唱を行う。

「ちょ、今の掛け声はなんだ？　え？　まさか発動詠唱なのか？」

パッレの突っ込みも追いつかないまま、ブランシュの杖は彼女の意のままに大気から水滴を引き出し、広範囲の薬草畑へほどよい降雨をもたらした。

「降った!?　あんな適当な詠唱で、なんで降るんだ！」

「お師匠様も小さい兄上も、これでいいって言ってくれたもん。大きい兄上ってもしかして、こういうのできないの？　ぷぷー」

ブランシュが仕返しとばかりにパッレを煽《あお》る。

「そんな詠唱で神技が発動するわけあるか！」

驚きすぎてパッレの顎《あご》が外れそうになっていたので、ファルマが解説する。

「兄上、これでいいんだよ。発動詠唱は本来厳密なものではなくて、神技のイメージを研ぎ澄ませることが重要だ。もし詠唱を噛《か》まないように努力することで集中力を損なっているなら、もう発動詠唱なんて無視すればいいんじゃないかって、俺とエレンがそう教えたんだ。必要なのは体裁じゃない、結果だ。対悪霊との戦闘なんかでは、少しでも効率よく神術が使えたほうがいいだろう？」

パッレは飲み込んだようにも見えたが、すぐに噛みつくように反論した。

「変な詠唱がはまって神術が暴走したらどうすんだ？」

「えー、そんなこと言ったら、小さい兄上はむえーしょーだったしー」

「は？　むえーしょーって、無詠唱ってことか？」

ブランシュの言葉に、パッレが目を見開く。にわかには信じられない単語の登場で、聞き間違いかと考えたらしい。

(あー、見られてたのか……)

ファルマが早朝、屋敷の庭で神術を使って作業をしていたとき、ブランシュにばっちりと目撃されてしまっていたのだろう。思わぬ流れで秘密を暴露されてしまった。

「ファルマ、どういうことだ？」

「あー……、時間があるときにしてもらっていい？　予定が押してるからさ」

ファルマはいったん逃げを打つことにした。

◆

「次はビートを栽培している農家のところに行こう。その次は、きのこ農家だ」

熱心に薬草農家を巡回して買い付けの交渉やサンプリングをするファルマに、ブランシュがふと尋ねる。

「小さい兄上って、薬局でも薬草とかはあまり売ってなかったよね。気でも変わったの？」

鋭い指摘だ、とファルマは感じ入る。

「確かに今、異世界薬局で売っている薬は化学合成薬が中心で、生薬関連は殆《ほとん》どないね。その理由はというと、合成薬は単一成分を投与することにより作用機序を単純化して副作用を軽減、薬の効能を高められることにあるんだけど――」

「まって、最初から言ってることが分からないの」

ブランシュが早くも音を上げた。

高品質な薬剤をいちから合成するのは莫大《ばくだい》な作業コストを要し、資源を消費し、難易度も高い。そこに無駄があろうと金にものを言わせて全合成を敢行するというのは、たとえ工学的には理にかなっていても、誰もがそれをできるわけではない。

そこで、目的となる薬剤を探して、そこから近道できる方法がないか探しているのだ。持続可能な薬剤供給のためにも、天然資源をもとにして市場で使える薬剤を工業ベースで作り出せるよう、画策しているところなのだ。それがマーセイル製薬工場の設立目的といってもよく、長期的で安定した生産と市場への供給を目標としているところだ、とブランシュにかみ砕いて説明する。

「ふーん、楽するために薬草を探してるんだね」

事情を知らないブランシュは、そんな理解をしたようだ。

ファルマはまいったというように頭をかくが、その目は笑っていない。

「楽するため、か。その通りだな」

同じ結果かそれ以上のパフォーマンスが得られる場合に限り、極力楽をすることは正義だとファルマは考えている。余剰の時間、資金、資源で別のことができるからだ。

そこで、ほかの薬草農家との交渉を終えて戻ってきたパッレがおもむろに口を挟む。

「お前とキャスパー教授は、放線菌をはじめとする各種の有用微生物も使って、抗菌剤や抗がん剤を作ろうとしていただろう。菌のみならず、今度は幅広く植物全体に手を出すのか?」

「生物資源全般の利用だな。天然資源からの有用物質の抽出と、生体システムを利用した目的物質の産生——用途を限定せず弾力的な活用をしていきたいんだ」

「なるほどな。自然界の天然資源を一部拝借して、医薬品の合成出発物質にする、もしくは半合成から製薬を始めるってことか」

「省エネでしょ」

「かもな」

まだ説明もしないうちに心得たと言わんばかりに前向きなパッレとは対照的に、ブランシュがつまらなそうにしている。

「分かった。次の話いってもいい？」

「お前、ちゃんと分かったのか？　分からないのに次にいこうとするな。そういう横着の積み重ねが人を怠惰にするんだぞ。いいか、合成出発物質というのはいわゆる薬の部品だ。最初から薬の構造を作り上げるのは手間暇や工数が多くかかるがために、もともと自然界にあるものを利用し、あるいはそれを改造して原薬を製造するのだ」

パッレは懇々とブランシュに説明するが、それはまるきりファルマの受け売りであった。

「悪い子にはお仕置きが必要だな！」

パッレがそう言ってブランシュの頭にげんこつを落としたものだから、ブランシュも黙っていない。

「いたいいたい！　やったなー！　もーゆるさないー！　ずぶ濡《ぬ》れにしてやるー！」

「おう、杖を抜け。決闘だ、手加減はなしだぞ！」

ブランシュとパッレの堪忍袋の緒がほぼ同時に切れた。兄妹揃《そろ》って堪忍袋の緒が短すぎるよな、とファルマは嘆かわしく思う。

「まいったって言うまで許さないんだからー！」

パッレとブランシュの二人は、揉《も》みあってそのまま問答無用の神術戦闘に発展しそうになっていた。最近はブランシュも神術の腕が上達してきたこともあって、売り言葉に買い言葉で、少し目を離すと隙《すき》あらば兄妹喧嘩が始まってしまう。パッレに至っては、常にブランシュの神術訓練のきっかけを探しているような気さえする。

　あわや開戦となりそうなところで、ファルマが間に入る。

「二人とも、喧嘩はそこまで。ほらブランシュ、ここは新しいビートを作っている薬の試験場だ、見学しよう」

　興味を持ちそうな話題を提示すると、ブランシュは前の話の流れを忘れてコロッと話題転換に乗ってくるので扱いやすい。

「ビートって、砂糖ができる植物のこと？」

「そう、砂糖のもとだ。勉強してるじゃないか」

　ファルマはブランシュを持ち上げるが、ブランシュはむっとする。

「またばかにしたー！　そんなの、子供向け絵本にだってでてくるもん」

　ビートとは甜菜《てんさい》のことで、比較的冷涼な地域で栽培されている寒冷地作物であり、根の部分から砂糖が取れる。サン・フルーヴ帝国ではマーセイルを中心に広く栽培されている、なんの変哲もない作物だ。

「でも薬じゃないのー、砂糖なのー、砂糖は薬の仲間に入らないのー」

　ブランシュがリズムよくたたみかける。ファルマはそれに応じて同じリズムで返す。

「砂糖も作る。砂糖を作るついでに、薬も作る。根の部分で砂糖を、葉の部分で薬を作る。遺伝子組み換え植物を作り、有用物質を用いて既存の安価な薬用植物を製薬に利用する、高付加価値作物の育種ともいえるね」

ビートは、日本でも遺伝子組み換えが認められていた作物だ。

「薬と砂糖を一緒に作っちゃって危なくないの？」

「砂糖に薬効成分が紛れ込まないか？」

パッレとブランシュが、同時に同じ質問を投げかける。

「茎より上の部分でしか薬ができないようにしているから平気だよ」

そんな話をしていると、クッキーのように焼いたガレットをバスケットいっぱいに運んできた農家の女性が、ファルマの言葉をうけて説明する。

「ビートの首のところで茎をちょん切れば、薬は紛れ込みません。そうですよね、ファルマ様。さあ皆様、おやつはいかが？」

「いただきまーす！」

ブランシュが嬉《うれ》しそうにガレットに手を伸ばす。

マーセイル領主館にほど近いこの農家は、異世界薬局の契約農家だ。アダムの高額の報酬提示もあって、契約農家は着々と増加を続けている。また、契約時にどのような種類の作物を作るのか、予想される利益と不利益は何かをアダムが丹念に説明してきたおかげで、彼らの不安感は完全に払《ふっ》拭《しょく》され、全面的な協力をとりつけることに成功している。

「茎より上の薬用部分は、特殊な方法を使わなければ精製ができないんだ」

ビートは収穫後にマーセイル製薬工場へ運び込まれ、そこで葉身が薬剤に精製される。万が一、珍しい作物だからと盗難にあったり転売されたりしても、さほど心配はいらない。精製と製剤化ができないので、ただの砂糖原料として取引されるぐらいだろうとファルマは予想をつけていた。

農家にとっては、根の部分は砂糖原料として売れるうえに、捨てていた葉身の部位まで売れて収入が何倍にもなるとあれば、しめたもの。葉は現地の人間が食べることもあるが、日持ちがしないためあまり帝国に流通していない。お互いの利益が確保され、かつ一度の手間で高収益化できるとあって、せっせと育苗に励んでくれている。

「その特殊な方法ってのは？」

パッレが興味を持ったようなので、ファルマは手短に説明する。

「すり潰《つぶ》して、物理化学的分画やクロマトグラフィー、吸着カラムで目的の物質を分離して精製するんだよ」

「なんだ、特に変わった方法じゃないな」

「でも、何を創ろうとしているか分からないだろうし、詳細を知らない一般人や同業者に真似できる手法ではないでしょ？」

「まあ、確かにそうだ」

パッレが納得する一方、ブランシュは首が傾きっぱなしだ。

「その葉っぱの部分で、どんな薬が作れるの？」

「バイオ医薬品だな。B型肝炎ワクチンと、インフルエンザワクチン、そしてインターフェロンだね」

あとは、インスリンの産生も企画している。完成すれば、ファルマが直接製造せずとも質のよい薬剤を入手することができるようになるため、I型糖尿病を患っていた牛乳売りの少年や、II型糖尿病に悩む貴族たちにとっても朗報となるだろう。

「植物を利用する利点として、バイオ医薬品の創出に向いていることがあるね。それから、新規機能を持ったリード化合物……ええと、新薬候補となる化合物の創出も視野に据えているよ」

「マジか！　まるで空想話のように聞こえるな！」

パッレは興奮気味に食いついた。

「まあ、あくまで予定は未定。俺は品種改良については素人だし、きっと理論通りには進捗《しんちょく》しないだろうね。でも、ワクチンは細胞培養や鶏卵法でも生産できるけど、鶏卵法は一年もかかるし、動物細胞培養での生産はコストも手間暇もかかる。酵母などの真菌を用いても安価にできるけど、専門技術者が張り付かなければならないしね。そういった手間を省いて、育種の専門家の手にゆだねることは、きっと価値がある挑戦だと思うんだ」

ファルマ自身は、細菌類を利用した薬剤の生産には極力取り組みたくない。というのも、ファルマが研究の進捗を確認しようにも、パッシブスキルである〝聖域〟によって細菌を全滅させてしまい、大変に心苦しいことになるからだ。放線菌を培養することすらできなかったファルマは、キャスパー教授のグループに生産を任せざるを得なかった。

それならば、細菌類は使わず自分のできることをしようと、農家が作物を作る〝ついでに〟薬の原料も作ってもらう方法を思いついた、という流れだ。これなら、ファルマも細菌類を全滅させる可能性を気にせず生産と試験に参加できる。

「品種改良には、遺伝子組み換えを使うんだろう？」

「ひとまず、その予定でいるよ」

パッレの警戒心を肌で感じながら、ファルマは頷《うなず》く。

「その時に余計な遺伝子が紛れ込んだり、または必要な遺伝子が欠失することで、作物の収量が落ちたらどうする？　そのあたりは計算してるのか？」

「そこまではまだ分からないな。トライアンドエラーだけど、その問題も根本の原因さえ分かってしまえば、遺伝子工学で解決できる」

「収穫時に、ほかの薬を生産している植物体そのものが紛れ込んだらどうする？」

パッレは不純物の混入（コンタミネーション）を心配しているようだ。

「精製の段階で不純物は分離されるので、そこは心配ないよ。植物体の混入にしても、葉っぱの形や色で区別がつくようにしておいたから、目視ですぐに気付く」

「周到すぎるな。お前、ちょっと狡猾《こうかつ》というか完璧すぎるんじゃないか？」

パッレは文字通り脱帽しており、兄にそこまで絶賛されるとファルマもリアクションに困る。

「大言壮語しても、道のりはこれからだよ」

「お前は強気なことを言う割には悲観論者だよな」

計画通りにいかないことは、研究者として身をもって知っている。

悲観ではなく慎重と言ってほしい、ガレットを頬張りながらそう思うファルマだった。

◆

その後、ド・メディシス三兄妹とアダムはマーセイル製薬工場の化学プラントへと馬車で足を延ばす。マーセイル製薬工場での薬剤の生産体制も、少しずつ整いつつあった。

ファルマが、創業者である自分の銅像がエントランスに置いてあることに居心地の悪さを感じつつ施設内に入ると、工場長兼管理主任で元医療神官のキアラが出迎えた。

「いらっしゃいませ、ファルマ様。視察にいらっしゃるのを、今か今かとお待ちしておりましたわ」

「お久しぶりです、キアラさん。いつもお疲れ様です。すみません、なかなか顔を出せなくて」

工場の制服である白衣を着たキアラは、相変わらず柔和な表情で応じる。その後ろには、生産責任者と思《おぼ》しき神術使いの職員も数名控えていた。

「やっとお出ましか、ずいぶん待ったんだぞ」

その中の一人、不機嫌そうな声を上げた主はサングラスをかけた細身の男だった。パッレとブランシュは、異世界ではまだ見慣れないサングラス男の登場に面食らっている。

製薬工場は複数の化学工業プラントに分かれ、異世界薬局をはじめ、帝国各地の系列店へと供給される医薬品の製造が行われているが、彼はその製造に従事する技師らを束ねるプラント開発の専門職員だ。

サングラスの男――テオドール・バイヤールは、ファルマが先月新たに採用した錬金術師だ。

ファルマはかねてより、化学的な教養を持つ優秀な錬金術師の雇い入れを希望していた。ファルマが擁する異世界薬局の薬師、およびマーセイル製薬工場の一級薬師も二級薬師も、原料を用いた薬剤調合などはもちろん得意だが、製品としての化学薬品の製造、開発を任せるとなると、化学知識や経験の不足、モチベーションの低さにより専門家としての任用に不安があった。

この世界における従来の薬師の職業認識として、薬は天然の生薬などを抽出、精製して調合することを基本に据えていた。そのため、既存の製法を打破する化学合成薬品の製造は、彼らの旧態依然とした世界観にはそぐわないようだった。

ファルマは製薬工場における化学合成の専門家の不在を憂慮し、科学的思考ができて粘り強く研究開発に取り組むことのできる、実務経験豊富なエキスパートの参画が不可欠だと考えていた。

そこで、ファルマはブリュノを通じてノバルート医薬大の教授陣に声をかけてもらい、錬金術師の引き抜きをはかった。

錬金術師らは当初、世界最先端という自負のある研究環境を離れてマーセイルへ移籍するのを嫌がった。マーセイルは帝都にほど近いとはいえ、のどかな田園地帯であり、片田舎と見下している者もいた。

しかし、ファルマが工場と研究所の写真を携えてノバルート医薬大まで転職ガイダンスに赴くと、見たこともない研究設備と資金力に圧倒され、我も我もと錬金術師らの応募が殺到した。

その中から、ノバルート随一ともいわれる優秀な錬金術師を破格の待遇で引き抜くことができた。

その錬金術師は火炎術師でもあり、ファルマと出会う前から神術を利用した金属精錬や、純度は低いものの硫酸や硝酸などの合成にも成功し、申し分ないポテンシャルを持っていた。それが、奇《く》しくも異世界薬局の薬師であるセルスト・バイヤールの弟にあたる、テオドール・バイヤールという男だった。

彼がセルストの弟であることに気付いたのは、姓が同じだったため遠い親戚なのでは、という軽い気持ちでセルストに問い合わせたからだ。当のセルストは「あの問題ばかり起こしている弟を雇い入れて、本当によいのでしょうか」と不安そうに何度も念押ししてきた。

テオドールが少しサングラスをずらすと、どうやらパッレには面識があったようだ。

「おや、テオドール・バイヤールさんじゃないですか！　ノバルートを飛び級して二年で卒業したっていう伝説の！」

「てめえ誰だ？　何年卒の誰よ？」

テオドールは面倒くさそうに応じる。

「二つ下の学年のパッレと申します。俺もその学年の首席なんですよ」

「は？　名前だけ言われても知らんが」

眼中にもないといった態度に、パッレはしょぼくれた様子だ。いつも自信満々なパッレがOBに冷たくあしらわれる姿を目撃したブランシュは、胸がすいた様子でくすくすと笑っている。

テオドールはノバルート医薬大にて飛び級に飛び級を重ねて、パッレの二つ上の学年で首席だったほどの逸材。頭脳と神術に申し分はないのだが、視覚過敏があり、光が苦手だった。そのため、ファルマが採用面接で彼と出会った当初は顔が見えないほどフードを深くかぶっており、隠者《いんじゃ》のような個性的ないでたちをしていた。ファルマがそれに気付いてサングラスを作ってプレゼントすると、気に入ってくれたのか常用している。

「すみません、紹介が遅れまして。彼は私の兄です。こちらは、妹のブランシュです」

「おお、そりゃ兄上に失礼だったな。丁重にお迎えしないとな、小さなレディも」

ファルマの家族だと聞いたテオドールは、即座に掌《てのひら》を返したような態度になる。

「生産体制の進捗はどうなっていますか？」

「報告したくてうずうずしていた。最高だぜ、店主さん！」

口調のラフさと自尊心の高さ、サングラスの印象もあって、少し粗野な印象を与えるが、テオドール自身の知識と実務経験をファルマの知識が補強し、彼は絶好調らしい。


一行は、テオドールの試作品研究室へと案内された。そこは、いかにも錬金術師の作業場といった様子だ。

「溶媒と、基本的な出発物質の選定と確保を進めてるぜ。いやあ、あんたの指示書は今までどれだけ考えても分からなかった全合成の回答集のようだ。うっとりするよ、本当に美しい」

陶酔しきっているテオドールに対し（いや、開発者は別にいて俺が考えたんじゃないからな）と
ファルマは後ろめたく感じる。

「それはよかった。無理をせず、できることなら半合成、つまり一から作らず途中から合成を始めてショートカットできる方法を使いましょう。工業生産のためですから、労力とコストと時間の節

約のためです」

「とはいえ、神術抜きの全合成のほうが面白くてな」

開発エンジョイ勢は言うことが違うな、とファルマは感心する。

「気持ちは分かります。小さなパーツから大きなパズルを組み上げてゆく面白さがありますからね」

ブランシュはというと、研究室のビーカーに残されていたなにがしかの残渣《ざんさ》のにおいをかいでしまって、鼻をつまんで顔をしかめていた。

「小さい兄上ー、これ何なのー？　ちょっと独特なにおいがするのー」

テオドールの手前、くさいという形容詞を自重する判断力はブランシュにもあったようだ。

「ああ、それはエタノールを作るのに使った木酢液《もくさくえき》だと思うよ」

「ご明察」

テオドールがにやりと微笑《ほほえ》む。

最初にファルマが調達を指示していたのは、エタノールだ。殺菌や消毒などに広く使われ、もちろん有機溶媒でもある。エタノールは麦藁《むぎわら》や廃材、雑草、生ごみなど有機性の資源（バイオマス）を買い集め、それを発酵させて蒸留を繰り返すことで得られる。無水アルコールを精製する場合には、別に精製しておいた直鎖状《ちょくさ》のアルカンであるペンタンを加えて共沸させることによって純度を上げる。

この手順を、テオドールは難なくクリアしてみせた。

次に、ファルマはメタノールの製造を指示していた。これもアルコールの一種で、種々の化学反応に用いられる重要な有機溶媒である。ホルマリンの原料などにもなるため、ぜひ押さえておきたかった。

「木酢液はどこから調達しましたか？」

「炭焼き職人にかけあってな。買い取ろうとしたんだが、廃棄予定だっていうんで、タダで調達ができたってわけだ。職人は廃棄物処理費用が浮いて、俺はお宝を入手というわけよ」

「先方が無料でいいと言っても、材料は買い取ってくださいね」

ファルマとしては、職人に不公平感が生まれないようにきちんと対価を支払ってほしい。

「おう、そうか。分かったよ」

「それから、ご存じだとは思いますがメタノールは飲む人が出ないように注意してください。エタノールに似た味やにおいがするといっても、飲むとメタノール中毒を起こしますからね」

木酢液を蒸留することで得られるメタノールには飲用毒性がありメタノール中毒を引き起こすため、絶対に飲用されないよう保存管理は徹底するように伝える。

「どんな味がするのか、飲んで確認してみようか」

テオドールの好奇心が疼《うず》いたようだが、冗談だとしても危ない人だなと、今更ながらファルマは警戒する。

「だめです。エタノールとメタノールの味は殆ど同じで、何ならメタノールのほうがおいしいという人もいます。しかしメタノールを飲むと代謝過程で生じるギ酸によって、代謝性アシドーシス、神経障害を起こして失明したり、最悪死亡するんですよ」

「店主さんは物知りだなあ。まるで飲んで確かめたみたいだ」

エタノールを作る過程でメタノールが混入してしまうというのは、地球世界でも有史以来、直近では二〇〇〇年代においてもよくあることだった。異世界薬局の関連工場の人々を危険に晒《さら》すわけにはいかない。ファルマは職員の健康管理に配慮を欠かさなかった。

「あなたが現場の責任者なんですから、安全管理には慎重になってくださいよ。冗談でも、危険なことはしないでください。あなたのお姉さんからも頼まれていますからね」

「分かってるって、気を付けるよ。姉貴にもよろしく伝えてくれ。得られたエタノールから酸触媒を加えて脱水縮合でジエチルエーテルを生成したのは、報告書にある通りだ」

ジエチルエーテルは抽出溶媒として用いられるほか、有機溶媒としても工業的な利用価値が高く、さらに吸入麻酔薬としても用いることができる。引火点が低いため、生産、保管時は火気厳禁を徹底しているが、燃料として用いることもできる。テオドールは燃料の研究も面白がっていた。

「それから石灰窒素法をやって、アンモニアの合成に成功したぜ」

石灰窒素法（フランク・カロー法）とはアンモニアを作る方法の一種であり、炭化カルシウムを一〇〇〇度程度にまで加熱することで空中窒素の固定を可能とする、地球上でも発見当時は画期的な発明であった。他の方法として、大型設備と高温高圧を必要とするアンモニア直接合成法であるハーバー・ボッシュ法や、電気の火花が必要なビルケランド・アイデ法もあるが、それよりは省エネで、一〇〇〇度程度の高温こそ必要だが高圧もいらないし苦労しないというのが、ファルマが敢《あ》えて旧式の方法を推奨する理由である。新しい方法を取り入れるには、それなりに高度な設備や厳密な安全管理が必要なのだ。

ファルマは、想定より速い進捗に目を見張る。そうして作られたアンモニアは、有機合成反応の窒素源として用いることができる。テオドールは次々とそつなくこなしているが、これを成功させたのは大金星だ。

「合成成功おめでとうございます。着々と進捗を得ていますね、こんなに順調にいくのは、テオドールさんの実力あってこそだと思います」

「店主さんは不思議な人だ。世界の誰も知らない物事を知っているのに、自分の手を動かして得た知識ではないと言うんだからな」

でも、合っているんだからなあ……と、テオドールは首をひねっていた。

「それにしても、生石灰と炭素から炭化カルシウムを作る火力を出すのは骨が折れる。もっと大容量の神力量を持つ火炎神術使いを雇用しないと、俺のなけなしの神力を使い切ってしまう」

「二〇〇〇度も必要ですからね。雷の神術使いがいれば簡単に対応できるのですが、そういった特殊な属性を持つ神術使いは稀《まれ》ですからね。火炎神術使いや、メロディ様のお弟子にも協力を要請しましょう」

「そういや聞いてみようと思ってたんだが、この化合物はマーセイルで有名な『火山塩』を加熱したときと似た感じのにおいがするぜ」

「火山塩？」

そう言われても、ファルマの現代化学の知識と彼が引き合いに出してきた固有名詞が一致しない。きょとんとした顔をしていると、テオドールは呆《あき》れたような顔をする。

「なんで火山塩を知らずに生きてこられるんだよ」

テオドールは、ファルマの知識の偏りに違和感を覚えているようだった。ファルマはテオドールに疑いの目を向けられる中、思案する。

（あー、もしかして塩化アンモン石のことかな？　塩化アンモニウムを加熱したにおいに似てると言っているのか？　今度採掘に行って確かめてみようか）

アンモニアにも様々な合成法があるが、正直言ってどんな方法でも合成できればそれでいい。どれでもいいが、工業的に大量に必要になるからには、純度と合成のコストは大切だ。それらを検討して、収量、収率が最適な方法を探ってほしいと思う。

「なるほど。調査確認のうえ、原料に代用できるかどうか検討してみましょう」

「すぐやっておくれよ、すぐ」

テオドールはせっかちな性格のようだ。ファルマとしても、手が早いのは助かる。

「店主さん、あとで純度を確認してくれ」

「サンプルをいただければ、神術で測定しますよ」

純度を確認する方法は、至って簡単だ。サンプルの一部をとってスライドグラスにのせ、物質消去をかけてみればよいのだ。顕微鏡で見て何も残っていなければ、純度の高さを裏付けられる。

「まだ報告があるぜ。反応中間体でベンゼンも作ってやったのよ！」

「ベンゼンも作ったんですか！」

あとで賞与をたっぷりと弾んでおかないとな、とファルマは心に秘める。異世界薬局の関連施設では技術者に高額報酬を提示しているが、目覚ましい功績には賞与や報奨金も与えられる。

「はっはっは！　なんで驚愕《きょうがく》の進捗状況かといえば、そりゃ寝てないからな！　普通の奴の二倍進むのさ！」

「寝てください！」

過重労働を自慢してふんぞり返るテオドールを、ファルマは心配する。

「寝ないとどうなる？」

「最終的には命を落とすことになります」

「まさか！　死にやしねえって！」

常に説得力のあるファルマの言葉かつ渾身《こんしん》の訴えなのだが、テオドールは信じようとしない。

「働きすぎて死んだ人を見たことがないからかもしれませんね。この世界には、過重労働をしても死なかった人しか生存していないんです。これを生存バイアスといいます」

「そんな不名誉な死に方はごめんだね。こちとら、老衰か戦死を目標に全力で生きてるんだから。貴族の名誉の死といったらそれよ」

「とにかく、体を大事にしてくださいよ」

過労死経験者のファルマは、大きくため息をついた。

（頼むから、定時で帰る姉のセルストさんを見習ってほしい。がむしゃらに働いたって、いつか体

を壊してワークライフバランスを見直すときがくるよ）

姉弟《きょうだい》でも正反対だよな、とファルマはしみじみ思う。

先ほどから会話に入れず眉をひそめているキアラと目が合ったので、ファルマは彼女に申し伝えておく。

「キアラさん、テオドールさんの労働時間をしっかり管理して、錬金術師の人員を増やしてください。言ってもだめなようでしたら、容赦なく研究所を閉鎖してください」

「かしこまりました。ファルマ様のお言いつけとあれば。ね、今度という今度こそ休んでいただくんですからね、テオドールさん」

キアラの語気が強くなっている。なにやらファルマの知らないひと悶着《もんちゃく》があったらしい。普段から言うことをきかないのだろうな、とファルマは自分のことを棚に上げてキアラの苦労を慮《おもんぱか》る。

「えっ、定時で終えるのなんて無理だろ」

「だめです。今日から一日十時間を労働時間の上限とします。上限ですからね？　上限まで働いていいってことじゃないんですよ！　ファルマ様には八時間と言われているんですよ!?」

「足りない、全然足りない、あんまりだ！　夜中に研究室に忍び込んでやる！」

「だめです！」

押し問答の末、ファルマは三徹目だと言って自慢していたテオドールを強制的に馬車に乗せて帰らせた。創業者の業務命令である。

「すぐ戻ってくるからなー！」

「明日まで戻ってきちゃだめですー！」

キアラの声が工場の馬場にこだました。

「はあ、強烈ですね」

ファルマはテオドールの進捗状況を嬉しく思いながらも、どっと疲れてしまった。

テオドールを送り出したキアラが、おずおずと尋ねる。

「お騒がせしてすみません。ほかのプラントの視察はいかがなされます？」

「また後日に伺いましょう。ほかには何か問題がありますか？」

「原料のバイオマスが不足しています。今は間に合っていますが、冬場の不足は深刻です」

キアラは業務ノートを見ながら報告をあげる。ノートにはファルマが作って支給したふせんが数えきれないぐらい貼られており、そのすべてにびっちりとメモが書き込まれていた。彼女が仕事に熱心に取り組んでいる様子がみてとれる。

「そうですか。かといって麦藁を売ってくれる農家がそうそう増えるわけでもありませんし、他の領地から調達となると輸送費もかかりますしね。工場の敷地で栽培でも始めますか……」

「それもまた、コストがかかりますが」

コストがかかりすぎては、赤字が膨れ上がって不採算になってしまう。今は資金を補填《ほてん》できるかららいいが、ほかの業者が参入できなくなってしまう方法を模範として残してはだめだ。

むー、とファルマもキアラも憂わしげに唸《うな》ると、パッレが電光石火の勢いで解決策を提案する。

「このあたりの森を全部伐採すればいいだろ」

「環境破壊は領土の荒廃を生む。それに、伐採したらそれっきりで終わりになる」

ファルマの思惑の中では俎上《そじょう》にも載らなかった案なので、そう反駁《はんばく》する。

だが、返す刀でパッレも負けていない。

「伐採したあとは、畑にするなり植樹するなり、もしくは工業用地や宅地にすれば無駄にはならんだろ？」

「無駄にはならないかもしれないけど、すべてそれで調達するのは賢明ではないよ」

持続可能性や環境負荷の問題を、常に考えていかなければならない。原料の調達は単回で、植生が戻るまで数十年、原生林が元に戻るまでには数百年というのでは困るのだ。環境に配慮しない開発は、かつての地球史と同じ環境問題を引き起こし、領民たちの生存にかかわる。

しばらく悩んだが、ファルマは明確な回答を持ち合わせていなかった。ああでもない、こうでもないと一緒に考えてくれているキアラに、ファルマは一時降参を告げる。

「バイオマスの調達については必ず良い案を持ってきますので、宿題にさせてください」

「わ、宿題にしないでください。お忙しいところ、なんだか申し訳ありません。ファルマ様を煩わせず原材料の調達を進めていければいいのですが……なにぶん、知識不足で。テオドールさんは環境保護には興味ないですし……」

キアラが肩を落として落ち込む。ファルマが多忙だということは、複数の筋から聞いているようだ。ファルマは疲れを見せず愛想よく応じる。

「煩わしいなんて思わないので、何か困り事があったらすぐに話してください。それに、こういう考え事は嫌いではないんですよ。あと、忙しいといってもテオドールさんほどは働いてません」

仕事をほかの人に任せ、自分はマネジメントに回る。それは前世から少し成長した部分だ。

「はあ……恐れ入ります。皆さんもお体をご自愛ください」

キアラとそんなやりとりをしながら、ファルマたちは工場を後にした。

◆

ファルマがアダムらとともに工場を出ると、三名の領民が正門前で座り込んで待ち構えていた。

「代行領主様、お助けを」

「領主館に行きましたら、こちらにおでましだと伺って」

どうやら、ファルマたちと同行していたアダムに何かを直訴しにやってきたらしい。

彼らは、マーセイルの北東にあるマリニャーニャ地方の住民代表だという。夜明け前に出発して朝から待っていたとのことで、慌てふためいてただごとではない様子だ。

「こんなところまで来て、いったいどういうことだ？」

領主館へ向かうファルマの手前、アダムは早口になりながらも耳を傾ける。

「はい、長くなりますが……」

「ああ。それならとりあえず領主館で話を聞こう」

アダムが領民たちを領主館へ招き入れ対応するというので、ファルマたちもその気はなくてもついて戻ることとなった。

領主館に到着すると、ファルマたちも領民らと同じ客間でお茶をいただき、ブランシュはおやつにありついた。いつのまにかその隣にはロッテがいて、ブランシュとともにちゃっかりおやつの相伴にあずかっていた。

客間に通された領民は上質の紅茶と茶菓子でもてなされたが、紅茶を嗜《たしな》む作法を知らないのか、シュガーポットの砂糖をカップに大量に入れており、それをスプーンでかき混ぜる音がジャリジャリと聞こえてきた。飽和濃度にはまだ達していないからいつかは溶けるだろうな、そんなことを考えながらファルマは無糖の紅茶をいただく。

「それで、話というのは？」

「代行領主様、今年はひどい水害でして」

「水の神術で領地を庇護《ひご》してくださっていたション伯爵閣下が帝都に赴任になりまして、その影響だと思いますが」

領民らは口々に陳情を行う。

神術使いは戦闘時にのみ重宝されるのではなく、日常生活の中でこそ真価を発揮する。土属性神術使いの領主などは農作物の収穫量を何倍にも増やすこともでき、領民を豊かにすることができる。水属性でも、降水量調節や淹水《かんすい》管理などの熟練者は重宝がられる。

それゆえに、領民らにとって領主の神術属性やその巧拙、神力量の多寡というのは非常にクリティカルな問題であった。

マーセイル尊爵領は、潟湖《せきこ》をはさんでシヨン伯爵領に隣接している。水の負属性の優れた神術使いであったシヨン伯爵は、潟湖に面した海抜が低く水はけの悪い湿原を農地として利用できるよう、管轄外のマーセイル領の領民の生活までも守っていたのだと、アダムがファルマたちに説明する。

(シヨン伯爵って、あのドールマニアのか。水の負属性だなんて、珍しい属性だったんだな)

同じテーブルについていたファルマは、数年前に異世界薬局を訪れた銀皮症の患者として面識があった。彼の銀皮症はファルマの物質消去で体内の銀を消して治してしまったので、彼はあれきりもう薬局には来ていない。最近は宮殿でもめっきり会わなくなったが、ド・メディシス家には折に触れて上物のワインが送られてくる。時候の挨拶と短い手紙を見るに、元気でいるのだなと懐かしく思う。

そんなシヨン伯爵は、管轄外のマーセイル領の領民にも恩恵をもたらしてくれていたらしい。領地と領民は切っても切り離せないもので、神術は確かに領民の生活を守っている。お隣さんとはもちつもたれつだな、とファルマは実感する。

「現在、シヨン伯爵閣下の代わりに着任した代行領主様は、水の正属性。潟湖の水面を管理することはできず、畑は水浸しです。また、管轄外のためにに対応をお願いすることもできず、土地を失った領民は青息吐息でございます」

「なるほど」

アダムも領民につられて難儀そうな顔をしてみせる。

「いかにも、本来はマーセイル領の仕事であり、領土をブリュノ様から預かった私の不手際だ。視察に出ていたにもかかわらず、察知することができなかったとは」

さらに彼らの話を要約すると、シヨン伯爵が去ったばかりに農地が冠水してしまったうえ、その状態で冬の間放置していたものだから、汽水湖の塩により塩害にも苦しんでいるということだった。

「こういう状況ですので、今年の春は畑の種まきができません」

「当面は減税か免税をお願いしたいのです。このままでは食い詰めてしまいます」

申立書を提出しながら、領民が嘆く。

免税の嘆願はアダムが赴任して以来提出されたことがなかったらしく、よほどの困窮ぶりだとファルマも察知する。領民の嘆願を聞いていたアダムは、すんなりと了承した。

「事情は分かった。シヨン伯に頼り切りになっていたのは、そなたらにも申し訳ない。これまでのご配慮について、シヨン伯爵にも礼状を送っておこう」

早く報告をしてくれてよかった、とアダムはねぎらう。

「かたじけのうございます。マーセイル代行領主様のご配下には、水の負属性神術使いのお方はおられませんか」

領民たちは、どうしても水の負属性神術使いの獲得を諦められないようだ。

「あいにく、配下には抱えていない。水の負属性神術使いが手配できるまで、別のよく管理された小作地を貸すから、今年はそちらで耕作しなさい。今のままでは納税どころか、そなたらの食い扶《ぶ》持《ち》にも困るだろう。耕作地が遠くなるなら、荷馬を貸してもいい」

アダムは農地図を広げて示しながら、てきぱきと融通をきかせた指示をする。

「お心遣い、痛み入ります」

話が終わろうとしていたところで、ファルマがぽつりと提案した。

「部外者の浅知恵ですが、風車での揚水ではどうですか？」

この領民らはファルマと面識がないが、アダムと同席していることに配慮したのか、その質問を真に受けて返す。

「悪い案ではありませんが、大きな風車で揚水するには予算もかかります。職人を呼ばなければなりません」

「それに、その予算はどこから出てくるのですか？　領主様にご負担いただければ助かりますが、私どもではとてもとても。それに、今から着工したとして、いつ完成するのですか？」

「どちらにせよ、今からでは今年の収穫は間に合いません」

「風車で水は引くかもしれませんが、塩はどうやって除けば？」

領民から、次々と実務的な疑問を投げかけられる。

領内の設備投資は、領民ではなく貴族側に任される。つまりアダムが、ひいては領主であるド・メディシス家が設備投資をしなければならないという話になってくる。これは本当に浅知恵だったな、と迂闊なことを言ったファルマも反省する。

「つまり、水浸しになった耕作地の水を抜き、ただちに塩害の対策を取ればいいということですね？」

「だから、そのように申し上げています。その排水設備を誰が作ってくれるんですか？」

喧々諤々《けんけんがくがく》と収拾がつかなくなってしまったところに、アダムが提案する。

「それでは、まず当家の土属性の者に堤防を作らせましょう。そこへ真水を降らせ、塩水を希釈してから堤防の下部へ穴をあけ、水圧で排水すればよいかと」

「巨大な潟湖を囲む堤防と、それを満たしオーバーフローさせるだけの水量を、神術で継続的に供給するというのは少し難しいかなと思います」

ファルマもアダムの提案は魅力的だと思うが、平均的な神力量を持つ神術使いの限界出力頼みとなると、結果が出せなければ単なる神力の無駄遣いになってしまう。

「なに、ド・メディシス家の執事たるもの、不可能を可能に……」

「目を覚ましてください、コストがかかりすぎです」

アダムが自身の首を締めるだけになる、とファルマが止める。

「じゃあ、今の話はなしか……わしらは一体どうすればいいんです」

「いったん、その状況を見せてもらえますか？　私も検討してみたいので」

領民らが失意のあまりすすり泣きを始めたので、ファルマは首を突っ込んでしまった責任を感じ、視察を提案する。

「ぼっちゃんがご視察を？」

領民らが明らかに落胆したような顔になるのも無理はない。子供の冷やかしならごめんだ、と言わんばかりだ。

「いえ、この件は私が。ご多忙なファルマ様のお手を煩わせずとも、必ずや一件落着してお見せいたしますので、大船に乗ったつもりでお任せください」

このままではファルマに恥をかかせることになる、大失態をやらかしたとばかりにアダムの顔が蒼白《そうはく》になってしまっていたので、ファルマはフォローを入れておいた。

「一応、無策で行くわけではないのですし、様子を見るだけなのでご心配は無用ですよ」

「ああ……。ファルマ様を煩わせたとあっては、きっと旦那様にお叱《しか》りを受けます」

中間管理職も大変なんだな、とファルマは同情した。

視察は翌日となり、いったん領民らには帰ってもらった。

◆

「やっぱり、出ていくべきではなかったのかなあ……」

自室に戻り、ファルマは体をベッドに投げ出す。

「頭を使う案件は好きだけど、こういうのばかりだと疲れるな……」

異世界生活も四年目に突入。

なんでもかんでも設備を近代化すればよいというものではない。神術や伝統医学のほうが取り回しの良いこともあり、それは神力量とコストとの相談になる。

「負属性の神術使いか……」

ファルマが異世界で初めて神術体系を学び始めたときには、エレンの説明に「負属性なんて何に役立つんだ」と思ったりもしたものだが、負属性の使い手が希少だということもあり、案外正属性より需要があったりするものだった。特に火の負属性などは、消火係として大貴族に高給で雇われるとも聞いたことがある。

（確かに物質消去で脱塩はたやすいけど、それでも満潮になるたびに潟湖から耕作地に海水が流れ込んでくる。持続可能な仕組みには程遠いし、やはり俺が神術を使うのはなしだ）

それに、ファルマはマーセイルに常駐するわけにもいかないのだ。

（塩害に強い作物を薦めてみるのはどうだろう）

ファルマは、地球上の浜辺の耕作地で生産されている作物をいくつか思い出した。ラベンダー、ローズマリー、アスパラガスなどだ。そういえば、日本の熊本県では、塩分濃度の高い土壌でも栽培できる塩トマトなんていうものもあった。

「高級路線のトマトの栽培か、もしくは彼らの言う通り水の負属性術者を雇い入れるしかないのか」

ファルマの考えがぼんやりとまとまってきた頃、ノックの音が聞こえて、ロッテが入室してきた。無防備だったファルマは、慌てて起き上がる。

「ファルマ様、お支度のお手伝いに参りました」

「あれ、ロッテ。お支度って、一体どうしたの？」

ロッテは来年より上級使用人となるため、ファルマのお世話係を外れている。そのため、ファルマより少し年上のシメオンという青年が新しい担当使用人として引き継ぎのために同行していた。

彼は生真面目だが余計なことを言わずに淡々と支度を整えてくれるので、ファルマも助かっていた。

「ふふ、シメオン様が急用で帝都に戻られましたので、私が代役を仰せつかりました」

「ええ、そうだったんだ」

「なので、今日は私が担当ですよ！」

ロッテは張り切って腕まくりをしている。

「ありがたいんだけど、お願いしたいことは特になにもないよ、もう着替えも済ませちゃったし」

一度担当を外れたからか、ロッテの前で着替えというのも気が引ける。

「そうですか、では肩揉みをいたしましょう」

「え、嬉しい。なんで肩が凝ってるって分かったの？」

以心伝心だったが、肩たたきという文化のない異世界ではやや不思議な気もする。

「さっき、ご自身で肩を揉んでいらっしゃいましたよ」

「よく見てるなあ。とてもありがたいよ」

するとロッテは急に恥ずかしくなったようで、顔をパタパタと手で仰いだ。

「お褒めにあずかり光栄です。私、神力がないのでジュリアナさんみたいにはいかないと思いますけど、精いっぱいがんばりますね」

ロッテはベッドに腰かけるファルマの後ろからゆっくりと肩や首筋を揉みほぐし、ほどよい強さで要求に応えてくれた。

出会ったばかりのころは小さくて荒れていた彼女の手も、少しずつしなやかに、女性の手のシルエットになってきたと思う。そういえば、とファルマはロッテに向き直る。

「ロッテの肩も揉んであげようか？　気持ちいいんだよ、これ」

もちろん、肩揉みなどを含めマッサージで症状が改善されるかというと、慢性疼痛《とうつう》に効果があるという報告もあれば、それを否定する結果も出ていたりして、地球世界における学術的なエビデンスは『低い』にランク付けされている。どんな場合であっても、力を入れてゴリゴリやってしまうのは禁忌だ。何とか式リンパマッサージなどという適当なネーミングで、客の疼痛や不安につけこみ荒稼ぎしている連中もいたなあ、とファルマは前世の問題を思い出す。

だが、気持ちの問題というものもあるし、さらにファルマが優しく注ぎかける神力には実際に効果が伴った。

「ええっ、そんな……ファルマ様直々にだなんて。家令の方々や、神官の方々に殺されてしまいそうです」

確かに、今のファルマの身分ではスキャンダルになってしまうだろうかと思いを巡らせる。

「ロッテはあんまり気にしなくていいと思うよ」

そう言って、ファルマは日頃の労へのねぎらいを込めて、神力とともにロッテの肩を揉みほぐす。

ロッテは気持ちよさそうに目を閉じていた。その幸せそうな顔を見ると、ファルマも癒《いや》される。

どんな時でもロッテが傍《そば》に寄り添っていてくれたおかげで、心のやすらぎを覚えるファルマだった。

「ねえ、ロッテ。最近、何か困っていることはある？」

「特にないんですが……あ、そういえばにきびができやすくなっていて」

「にきびかあ……思春期だもんね。ちょっと仕方ないかもな」

思春期には特に性ホルモンの分泌によって皮脂腺の働きが活発になることで、毛穴に皮脂がたまりやすい。そこにアクネ菌などが感染すると、炎症を起こしてコメド（面皰《めんぽう》）、いわゆるにきびができたりする。

「今、気になるのがここにあって」

ロッテが前髪を上げると、確かに額に一つ大きなにきびがある。

「赤いにきびができているね……にきびの中ではアクネ菌が増殖しているはずだ」

「このまま放っておいたほうがいいんですか？　それとも潰したほうが？」

ロッテが不安そうにファルマの表情をうかがう。

（俺も前世では思春期によくできてたなあ。気になって、授業中も鏡を見てたっけ）

部活でテニスやサッカーに打ち込んでいた思春期の時分は、紫外線を浴びたり汗をかく機会が多く、にきびがよくできていた。すべての毛穴からにきびができるのではないかと、年頃の薬谷《やくたに》少年は悩んだものだった。ロッテも前髪で隠れているとはいえ、気になるものなのだろう。

「潰すと、にきび跡ができたりしてよくないよ。待ってて、薬を出してあげるから」

ファルマはテーブルに調剤道具を広げ、その場で過酸化ベンゾイル製剤の外用薬を作る。

「わあ、にきびのお薬があるなんて！　本当に助かります！」

ロッテに軟膏《なんこう》を手渡すと、たいそう喜んだ。

ひとしきり喜んだあと、ロッテはふとファルマの顔を舐《な》め回すように見つめる。

「ファルマ様はにきび、できないんですか？　私より一つ年上で、同じ思春期仲間だと思っていましたのに！」

「まだ……できていないね」

ぎくりとしつつも、たぶん一生できないんだろうなとファルマは予想する。

というのも、聖域のおかげでファルマの皮膚には常在菌がおらず、アクネ菌が繁殖できる環境がない。彼の体内には、細菌やウイルスといったものが一切存在しないので、感染症などはかかったこともなかった。いいのか悪いのか、発熱はおろか風邪などもひかないありさまである。

「むー、体質ですかねー。私もすべすべお肌になりたいですー」

ロッテは自分の頬をつまんでむにむにとしている。

「ロッテって、まだメイクはしてないよね？」

「してないです。でも、メディーク特製の化粧水と乳液なら愛用していますよ！」

「いったん、乳液をやめてみたらいいんじゃないかな。あと、化粧水は洗顔後すぐに使ってね」

ロッテの肌の質感を見ながら、ファルマが提案する。

「でも、乳液なしだと少し乾燥するところもあるんですよ」

「じゃあ、乳液の代わりにワセリンを出してあげるから、それを塗って。あとは、前髪が刺激になるといけないからおでこを出してみたら？」

ロッテは一瞬固まって、猛烈に赤面した。

「ええ、何か変な感じがしますよう！　前髪があると、安心なんです。前髪というのは、家を守る生垣なのです！」

「生垣？　前髪は生垣なのか！」

ファルマはロッテの形容のユニークさに、思わず噴き出してしまった。

「そうなんです。ないと、無防備すぎるんです。それに風通しがよすぎます。そう思いませんか？」

「そのあたりはよく分かんないな」

ロッテの感性の問題、おそらくは対人関係における心理的防御も兼ねた髪型なのであろうと察したファルマは、深入りしないほうがいいだろうと考えた。

「でも、たまにはちょっと前髪を上げてみても違った感じでかわいいと思うけどな」

「本当ですか!?　では、生垣を刈り込んでみますね」

乗り気になったロッテは、ヘアピンで半分だけ前髪をアップにしてはにかんだ。

◆

翌日、ファルマはアダムに伴われて塩害に見舞われた耕作地を視察した。

耕作地は日当たりのよい平地にあるのだが、作物の葉が軒並み茶色く変色している。畑をよく見れば、土の表面には薄く白い結晶のようなものが析出している。その結晶をひとつまみして物質消去で物性を確認したファルマは、まごうことなき塩害だな、と土壌の劣化した耕作地を憂鬱《ゆううつ》な気分で眺める。

そんなファルマの顔色をうかがいながら、領民らが口を開く。

「ええと、ご足労ありがとうございます。ぶしつけですが、あなたも神術使いでいらっしゃるのですか？」

どうしようかと考えたが、ここは彼らの話にのるしかない。

「私は、水の正と負の両属性が使えます」

領民たちはきょとんとしていたが、言葉の意味を理解するや否や猛烈な勢いでファルマを担ぎ上げ、有無を言わせず荷馬車に乗せた。

「待って、どこに行くんですか！　現場はここじゃなかったんですか!?」

田畑の塩害を何とかしてくれという話だったのではないか、とファルマは問いただす。

「昨日もいらしたのに、なんで早く言ってくださらなかったんですか！　あなたに見せたいものがあります」

「あなたが来てくれたら、もう問題も解決じゃないですか！」

「ちょ、待って。慌てないで！　モノみたいに搬出しないでください！」

ファルマが拉致された挙句、領民がここですと言って指し示した先には、だだっ広い湖が広がっていた。アダムと付き添いのロッテも追いついてきたところで、ファルマはようやく解放してもらって潟湖を見渡す。

「ここも畑だったんですか？」

ざっと摩周湖ぐらいかな、とファルマは生前観光で訪れたことのある北海道の湖と比較する。途方もない広さとまではいかないが、それなりにこの面積の湖沼を管理する、ましてや耕作地として復活させるのは骨が折れそうだ。

それにしても気になるのは……一面を覆い尽くす青々とした藻！　藻！　藻の大群生！

（これは、聞いてないぞ……塩害に加えて、藻か）

ファルマの表情が硬くなる。

「沼地になって、こんなに藻が生い茂ってしまいました」

「ああ、これは想像以上の状態ですね」

ファルマも絶句するよりほかない。

「わあ、緑の絨毯《じゅうたん》のようです」

ファルマの苦悩をよそに、ロッテが詩的なコメントをするが、目の前に広がるのは立派なアオコである。ファルマが神杖《しんじょう》を差し入れてみると、ゆうに手元まで飲み込むほどの深さだ。

「四月になって暖かくなってきましたので、増殖も盛んになってきました。人海戦術で駆除をしていましたが、断念しました。駆除を諦めると、そこから藻が増える一方です」

「困りましたね」

「そんな他人事《ひとごと》みたいに！」

領民らが、やや放心状態になっているファルマに総突っ込みをする。

アダムも頭を抱え、ロッテは既に湖に足を踏み入れていた。

「そうでしたね。でもこれは、水の負属性神術でもお手上げかもしれません」

ファルマがこう考えるには理由がある。

（この場は何とかなる。俺なら、物質消去の応用で藻類を一網打尽にできるからな。ほかの耕作地の塩害だって、物質消去で即日解決できるだろう。でも問題は今後だ。負属性の神術使いを雇えばいいといっても、どこの世界に藻まで消せるような水の負属性神術使いがいるんだ。しかも、水中生物に悪影響を及ぼさない形で……）

ここはもともと畑として施肥が行われており窒素もリンも豊富なのが災いして、有機物により藻が生えやすいのだ。

「調べてみることは調べてみますが……難しいと思いますね」

口では曖昧なことを言いながらも、ファルマは水質検査をするためにコップに一杯、湖の水を汲《く》んでサンプル採取を行った。

藻の種類を特定できれば、その藻に特異的に含まれている成分を消去能力で一網打尽にできるからだ。最悪、特定できなくとも藻類に一般的に存在するクロロフィルをターゲットにすればいい。光合成ができなくなれば、エネルギーが不足し、死滅するからだ。

（いや、藻を土壌に漉《す》き込んで逆に肥料にしてしまうという手もあるな。確か、海藻を肥料に利用しているという報告が地球上であったよな）

ファルマが思案している横から、それを否定するかのような領民からの発言が飛んでくる。

「藻はゴミですからねえ」

「そうですねえ……寒天になるならまだしもねえ」

ファルマの頼りない様子を見た領民が、時間の無駄だったのではと聞こえよがしに大きなため息をつく。

すぐ横で、暇を持て余したロッテが顕微鏡を覗《のぞ》き込み、それをスケッチブックに写し始めた。

「ファルマ様、藻ってきれいですね。なんだかカレイドスコープみたいですよ」

ロッテのコメントは、いつもポジティブでポエティックだ。

「万華鏡ねえ……。ロッテが藻アートでも作るかい？」

ファルマはふざけているのではなく、藻アートというものも実際に存在する。地球においても、顕微鏡を覗き込めば万華鏡やステンドグラスのように広がる藻を使ったアートは、ヨーロッパの貴族の間でもてはやされたこともある。

（とは言っても、藻アートじゃ使用量も微々たるものだし、流行《はや》ったとしても埒《らち》があかないな）

ファルマはぼんやり見ていたロッテのスケッチを二度見すると、はっと目を見開き、藻を取り上げてもう一度顕微鏡を覗き込んだ。記憶の隅にあるものが、脳裏にひっかかる。

（あれ？）

そして、ファルマは振り向いて領民に真顔で申し出た。

「売ってください」

「えっ、藻を買い取るということですか？」

とロッテが驚く。

「何が目的でしょう?」

ファルマの突然の言葉に、領民も同時に訊《たず》ね返す。

「用があるのは一種類ですが、大丈夫、全部買い取ります」

「買い取って捨てるんですかい? 喜捨《きしゃ》のおつもりで?」

彼らにとって藻はゴミでしかないので、そう思うのも当然だろう。

「捨てません。これは藻類バイオマスとして利用できると思います」

ファルマがかねてより困っていたことだが、この異世界には石油というものがない。

石油は数億年前の藻類などの生物遺骸《いがい》が高温・高圧で変質することによって作られるという説が地球では主流である。その石油が、異世界のどこからも採掘されたという記録がない。あればどれだけ技術革新が捗《はかど》ったかと思うのだが、ないのだ。

石油がないということで、チート能力以外でプラスチック素材の合成も断念していたし、合成医薬品を造ることもできなかった。炭化水素が手に入らないため、ワセリンの製造にも苦労していたという、惨憺《さんたん》たるありさまだ。

このことを裏付ける証拠がもうひとつ。

この世界のどこにも、地球でいうところの古代の地層が確認できていないのだ。神聖国の古文書を繙《ひもと》いても、さかのぼれる地下構造は数千年前が限度だという。深い地層から、古い化石が発掘されたという記述もない。

そんな状況下で、藻がある!

（藻類を高圧下に置けば原油ができるし、そんなことしなくてもボトリオコッカスはボトリオコッセンを作るから……それを抽出すれば石油ができる）

藻由来バイオマスから石油を抽出して、それを炭素源とすればよいのだ。それを使って製薬を進めてゆけばよい。ファルマは霧が晴れたように明るい見通しと希望が湧いてくるのを実感した。

ファルマの目論見《もくろみ》に置いてけぼりになっているのは、領民たちだ。

「つまり、どういうことで？」

「この藻から素晴らしいものを作れるんです！　まさに自然の恵みといっても過言ではありません」

珍しくもったいぶって話すファルマの瞳は、まさにカブトムシを見つけた小学校低学年男児のように、爛々《らんらん》と輝いていた。

前世では、石油から薬ができると説明すると「石油を飲んで大丈夫なのか？」と忌避感情が出る人間もいたが、石油自体が生物由来なのだから落ち着いて考えてみてほしいと思うファルマである。石油というものを知らない領民は忌避感情こそないようだが、ゴミが宝になるというのは信じられないといった顔をしている。

「いや、さすがにそれはちょっと無理があるんでねえかなあ」

「何か悪い病気でしたら、病院で診《み》てもらったらいいかもしれないですよ」

「期待させて悪いけど、ねえ？」

ファルマの正気を疑い始めた者もちらほらいる。

「私が設備投資をして藻類の培養プールを作りますから、作物の代わりに藻を育てて、異世界薬局のマーセイル製薬工場に売りつけていただけますか？」

「お、異世界薬局がらみの話かい？　坊ちゃんは関係者で？」

異世界薬局といえば、領主家の次男が営む薬局でもあり、マーセイル製薬工場で雇用や契約を創出して領民たちに莫大な富をもたらしたために、地元民の誰もから重宝がられる存在となっていた。

ただ、どうしたわけか創業者の顔はあまり知られていなかった。ファルマと直接会った者でなければ、子供店主だとはまた聞きしても信じられていないのだろう。

村人たちは懐疑的なまなざしを向けつつも、買い取るという話になったからには商談にのってきた。

「一体、藻を育てて何をするんじゃ？」

ファルマは藻を駆除せずに、逆に増やせと言う。それは畑を潰すことになるし、自分の生活もかかっているのだから、領民だって理由はぜひ知っておきたいだろう。

「薬の原料にするんです。この土地で採れていた作物の総額より高く買い取りますよ」

「ということは、これは売れれば金になる藻なんですかいのう？」

「買おうと思うのは、私ぐらいでしょうね」

「なんであんたが買いたがるか分からんが、その薬の原料とやらは藻でなければならんのかい？」

「この藻、ボトリオコッカスでないとだめなんです。ほかの藻ではうまくいきません」

ファルマは静かに白熱している。

「この藻を市場に出荷したとしても価値はまったくないでしょう。しかし弊薬局に限っていえば、その藻から重要な製品を作り出す技術を持っています。それはありとあらゆる薬の原料や、画期的な燃料になるでしょう」

「そうかい……。そういえば、坊ちゃんはどこのお偉いさんじゃ？　失礼じゃが、子供の与太話《よたばなし》なら付き合うわけには……」

「申し遅れましたが、私はファルマ・ド・メディシスといいます」

名刺を渡されて、目の前の少年が異世界薬局の店主だと気付いた領民は、声に張りが出る。

「おお、あんたが創業者か！　わしらはおたくの契約農家じゃが」

「領主様のせがれじゃないか」

「宮廷薬師だって話の……」

「いや待て、異世界薬局の羽振りがいいのは分かる。じゃが、事業を広げすぎじゃ。他に買い取ってくれるあてがあるならともかく、もし薬局が倒産したら、世界で一か所しか買い取ってくれないものを全力で育てているわしらも共倒れじゃ」

「何かやらかして、ド・メディシス家がお取り潰しになったりすることだってあるじゃろう」

「倒産したら、と言うが」

まくしたてる領民たちに、アダムがもったいぶって述べる。

「ご当家が取り潰されるかはともかく、異世界薬局が倒産するとなると、帝国と神聖国の滅亡が先ではないかと。異世界薬局は、今や帝国唯一の勅許薬局であるばかりか、神聖国の勅許も取得しておられる」

「ひっ……いつの間にそんなことに」

領民は誰を相手にしていたのかを思い知ったらしく、口をつぐみ愛想笑いを顔面に張り付けた。

「やや、でも創業者様が亡くなったらどうする」

「技術継承はしておくつもりですよ、優秀な技術者たちが引き継いでくれることでしょう」

ファルマが半ば彼らに誓いを立てるように述べた。異世界薬局はもはやただの薬局というより、帝国の医療保健機関としての役割を一部果たしている。

ファルマは若干居心地の悪さを感じながらも、改めて切り出す。

「もし生産が数年軌道に乗らなかったとしても提示額の報酬はお支払いしますので、商談に応じていただけますでしょうか」

「そりゃ、もちろん」

「悪い話どころか、詐欺かと思うような好条件だ」

「詐欺じゃないでしょうね？」

「誓ってそれはないですよ。では、間違いのないよう契約書を取り交わしましょう」

ファルマがそう述べると、異論を唱えるものはいなかった。

三話　パッレの神術訓練と、聖帝の提案

ファルマはマーセイルの視察を終えて帝都に戻り、いつもの慌ただしい日々を過ごしていた。

ブリュノが神聖国に滞在し、神術薬学の体系を研究し始めてから一か月が経った頃。

「ファルマ、ちょっと神術訓練に付き合え」

ある休日の早朝、ファルマはパッレに叩《たた》き起こされ、ド・メディシス家の所有する湖に浮かぶ荒れ地に呼び出された。ファルマは恒例の流血沙汰《ざた》に発展することを見越して、救急セットを持ってきていた。そうでなければいいなと思いながらも、ファルマは念のため質問する。

「今日の訓練は実戦形式？」

「いや、今日は実戦はいいから、純粋に特訓を願いたい」

「特訓とは……？」

嫌な予感がしたファルマが、のけぞりつつ尋ねる。

「マーセイルで、ブランシュはお前が無詠唱神術を使えると言っていたな。あれを教えろ」

「無詠唱か……。詠唱しているつもりで口パクをしたら、とりあえずできるよ」

ファルマは簡単に言ってのけるが、それにパッレは反論する。

「無詠唱で神術なんて発動したことねーぞ。それにお前だって、今まではちゃんと詠唱してたじゃねーかよ。どういう理屈なんだ？」

「あれは兄上の前でだけ詠唱してたんだよ。兄上、神技の作法にうるさいからさ。ちなみに、俺は

神杖《しんじょう》も使ってない」

「杖《つえ》、持ってただろうがよ」

「持ってるけど、持ってなくても神技は使えるよ」

「そういや、前の杖もガラス製で、いかにもお飾りって感じだったもんな」

薬神杖《やくしんじょう》のことを言っているのだったら、勘違いにもほどがあるな、とファルマは内心思う。しかし、薬神杖は目立ちすぎるし、その形状を知っている者もたまにいるので、コアだけ抜いて改造しておいてよかったと思い直す。

「無詠唱で杖なしなんて、ずるくねーか」

「誰でもできるんだから、ずるくないよ。現に、ブランシュにだって近いことができてるじゃないか。守護神殿があるそれぞれの国の言語で詠唱しても発動するなら、神技の本質はイメージの惹起《じゃっき》と形成だって想像がつくだろ。本当に厳密な詠唱が必須なら、言語は固定でないといけないはずだ。しかも、思い出してみろよ、神術が使える使えないは、神術遺伝子群の働き次第なんだ。遺伝子が言語を解すかよ」

ファルマが流暢《りゅうちょう》に解説するので、パッレは面食らったような顔をして、反論を諦めたらしかった。

「むちゃくちゃなことを言いやがるな。しかし、まあ筋は通ってんのか」

神術の腕は弟のほうが上で、理屈も分かるとくれば、受け入れざるを得ないようだ。

「要は、遺伝子制御の話だ。俺たちは自分の脳に、遺伝子発現の様態を、発動詠唱を媒介にして言い聞かせていたんだと思う。伝統的に、言語化したほうが制御が楽になるっていう話なんだろ」

「じゃあ、俺にもできるってことなんだよな？　無詠唱でやってみるぞ」

「うん、きっと誰でもできるよ」

パッレは戦闘用の神杖を出して構え、気合を入れて無言で念じる。

「〃………〃」

気合が空回りしたのか、だんだんとパッレの顔が赤くなってきた。

「って、発動しねーじゃねーか！　適当なこと言ってんじゃねーぞ！」

パッレは杖を放り投げると、がっくりと膝をつき悪態をつく。

「練習すればできるよ」

「言ったな？　絶対できるようになるんだな？　具体的には何日かかるんだ！」

「そんなに急ぐなら、今からでも」

ファルマは挑発をなだめるかのように人差し指を立てて唇にあてがうと、パッレに術の感覚を実際に掴《つか》んでもらうため、彼の背中を介して簡単な水属性神術を発動し、周囲に水蒸気の渦を発生させる。

「こんな感じだ。イメージできた？　じゃあ、今度は今のを兄上がやってみようか」

ファルマは低難度の神技である水の槍《やり》をパッレに撃ってもらい、その詠唱の声をだんだん小さくしてゆくように指示を出す。

「これ以上小さい声だと、詠唱が完成せんぞ」

「ここからは口を閉じて、口の中で唱えてみて。口で唱えていたときと全く同じ感覚でだよ」

パッレは何回かそれを繰り返すうちに、ついに口を引き結んだまま神技を撃つことに成功した。口誦《こうしょう》していた時と同じ威力の鋭い水柱が、はるか遠方へと飛び去っていく。

「できたじゃないか。じゃあ、次は口も動かさず、頭の中で唱える。でも、頭の中では発音をイメージして。その次は詠唱を忘れて、実際にやることをイメージしてみよう」

パッレがファルマのコーチで練習することしばし。

「できてしまった……ありえない」

たった十回ほどのステップを経て、パッレの無詠唱神技が完成したのだ。今や、詠唱してもしなくても威力などに変わりはない。

「よかった。神技早撃ち大会があったら兄上が優勝だよ。有事の際に大神技を使うときにも、何分も詠唱しなくていい分、メリットは大きいよ」

念じて一秒もかからず発動するようになったので、この成果は戦闘時の大幅な時間の節約につながる。コツの飲み込みが早かったと言ってしまえばそれまでだが、パッレはショックを受けたようだった。

「詠唱の省略は革新神術で少しずつ体系化されてきたんだ。でも、俺は物心ついてから、詠唱を噛《か》まないように発声練習だって一日も欠かさなかったんだぞ……今までの苦労は何だったんだ」

それでパッレは声が大きくて滑舌がいいのだな、とファルマは気付かされる。

「俺は最初からそういう感覚で、詠唱は添え物のつもりで使っていたんだよ」

ファルマはたった今パッレが無詠唱で行ったのと同じ神技を、同じように無詠唱で撃つ。

「……はっきり聞くが、お前はどこまでできるんだ？」

そう問いただしてきたパッレが息をのむ音が聞こえる。相当に長い期間、その疑問をファルマに問いかけるのを我慢していたという雰囲気だ。

「お前の属性って何だ？　本当に水の正属性なのか？　実は無属性なんじゃねーのか？」

無属性の正と負と分類されているファルマの神術は、パッレにはまだ知られていない。ファルマは回答をいったん横において、探りを入れる。

「兄上ってさ。水属性以外の神術も使ってみようとしたことある？」

「ねえよ。どうやってほかの属性の神術を使うかなんて分かんねーよ」

「エメリッヒ君の研究結果では、一つの属性が決まると、ほかの属性をつかさどる遺伝子群が抑制されるって話だっただろ？」

「そういう話だったな」

パッレはエメリッヒの叙爵のもとになった、彼の華々しい研究発表会を思い出したようだった。

「その制御って、不可逆的なものなのかな」

ファルマはパッレ自身が答えにたどり着けるように仕組みながら、思考を誘導してゆく。

「それが思い込みで、もし制御が可逆的なものであれば、火、水、風、土属性はおろか、無属性に至るまで制御できるってことか？」

パッレは少しずつ口に出しながら、恐ろしい考えを見出《みいだ》したように首を振っていた。

「……そうなった状態が、お前なのか？」

それは薬谷完治《やくたにかんじ》がこの世界にとっての異物、異世界人であり、神術について無知であったがために最初に到達した悟りに近いものかもしれない。ファルマは今になってそんなことを思う。

「神術の属性は、神殿で鑑定されて守護神の祝福を受けて決まる。お前は落雷の日を境に、神術の固定概念が新しいものと入れ替わってしまったのか……？」

「……よく分からないけど、落雷を境に、神術の基本を一度すっかり忘れてしまったのは本当だよ。それで、神術遺伝子群の遺伝子制御もリセットされてしまったんじゃないかな」

パッレは考え込むようなそぶりをした。それはどこか思い詰めているようでもあった。

「俺も神脈をリセットしたい。何をすればお前のようになれるんだ！　落雷に当たればいいのか!?どうすればお前のように守護神の加護を得られ、無尽の知識と万能の神術を授けてもらえるんだ！」

パッレは杖をかなぐり捨て、ファルマの肩を強く掴む。前にもこんな展開があったような、とファルマは既視感を覚える。

しかし、パッレが揺さぶろうとしてもその手はファルマの体をすり抜けてしまう。

「お前……何が起こってるんだ？」

「……兄上が羨《うらや》んでいるものと引き換えに、俺はこうなったんだよ」

ファルマが持ちえない〝実体〟というものをパッレは持っている。

「神術の枠を見出し、天上の知識をこの身に宿し、高みにたどり着くためなら、俺もどうなろうとかまわない！」

「前にも言った通り、落雷には滅多に当たらないよ……下手をすれば即死だってありえる。それに、都合よく記憶障害になってしまったとして、俺のような状態になるとも分からないし、兄上が今まで何年もかけて研鑽《けんさん》した技を、知識を、すべて捨て去ってしまっていいのか？」

ファルマはパッレに諭すように語りかけた。

文字通り血を吐くような思いで、一日も休まず、彼は神術をきわめてきたのだ。こと神術については、ファルマよりよほど詳しく論理体系も身についている。でも、人の何倍も苦労をしてきた彼であればこその悔しいと思う気持ちも分かるのだ。ファルマは兄のために何をしてやれるか考える。

「俺が兄上の立場で、比較的リスクをとらずパラダイムシフトを自分自身に起こそうとするなら、試してみたいことがある」

パッレが無言で頷《うなず》くので、ファルマは言葉をつなぐ。

「神官に鑑定された通り、本当に兄上は水の正属性しか使えないかな？」

「いや分かる、お前の言いたいことは分かる。でも……使えないという固定観念から脱出できないな。どう再構成すればいい？」

パッレがものの見方を変える用意があることを知ったファルマは、たとえ話を使う。

「例えば、水の正属性の神術においても、水量の出力の加減は可能だろう？」

「ああ」

水の神術使いはコップ一杯の水を造り出すことから、神力が続けばプールを満たす量の水を造り出すことまで自由自在だ。

「つまり兄上は、出す水量を減少させることもできるんだ。それは水の負属性の能力とオーバーラップしていないかな？　自分で出した神術の水と同じように、そこに存在する水も、減少できる力が備わっているんじゃないかな？」

ファルマが含んで聞かせるように言うと、パッレの瞳孔がゆるゆると開いてゆく。期せずして、何か悟りを得たのだろうか。

「分かってきた気がする……ファルマ、お前が水をここに出してくれ」

「いいよ」

ファルマは神杖を通して、ドラム缶一杯ほどの水を宙に浮かせる。

パッレに場所を譲ると、パッレは神杖をファルマの出した水に押し当てた。

「この水を俺が出したと仮定し、出力を制御する」

「いいぞ、その調子だ」

ファルマがそっと合いの手を入れる。

パッレは大きく深呼吸し、ファルマの神術水に熱と振動を加え、詠唱なしで大気中に発散させる。

十分後、パッレはそこにあった水を跡形もなく消してみせた。

「お前の水を横取りして消せたぞ」

パッレは神力の制御で集中力を使い果たしたらしく、がっくりと両膝をついて肩で息をしていた。

ファルマはパッレの肩に手を置き、そっと失った神力を充填《じゅうてん》する。パッレは一日の上限神力量を限界まで使い込んでしまい昏倒《こんとう》することがあるが、こうしておけばまだまだ訓練できるはずだ。

「おめでとう、大成功だ。客観的に見ても、水の負属性を無詠唱でやったということになるよね」

ファルマはおさらいを兼ねて、バレーボールほどの氷塊を作ってゆっくりトスすると、パッレの神術を受けたそれは彼の手に収まるまでの間に消えていた。

パッレは成功に気を良くして、勢いよく立ち上がる。

「そうだな……この制御方法を、俺たちは水の負属性と呼んでいた」

パッレは憑《つ》き物が落ちたかのように、穏やかで晴れ晴れとした表情になっていた。

「似ているものを、探したらいいんじゃないかなと思うよ。他属性の神術を扱うには、今使える神術との共通項を作って汎化《はんか》させるといいんじゃないかな。一事が万事さ」

うまく表現できないが、手持ちの札を最大限柔軟に組み合わせることで、神術体系はできあがってゆくのだろうとファルマは思う。ファルマにとっては、水を出すのも金を出すのも同じ感覚だ。

「水属性から風、火、土属性への壁は超えられるのか？」

「たぶんね。神術使いにできることなら、兄上にもできることなんじゃないかな」

なぜなら、神術使い同士の遺伝子の構造はそれほど違わないから、とファルマは説明する。

「ほかの属性の神術使いにもコツを聞いて回るか」

「研究熱心だね、さすがだ」

これはファルマの本心からの言葉だった。パッレは眩《まぶ》しいぐらいに努力家で、成果が出るまで頑張ることを諦めないのだ。

◆

「お前の言うように物事の共通項を探していたら、人体と神杖が似ていることに気付いた」

パッレからそんな話を聞いたのは、その日の夜のことだった。

「人を杖にするにはどうしたらいい？」

「死体を杖にする気か!?」

「馬鹿かお前は。杖にしたいのは自分自身だ。杖がなくても神術を増幅できるようにしたい」

ファルマの勘違いは、パッレに呆《あき》れられてしまった。

「人を杖にする方法は知らないけど、棒きれとかを杖にするには聖別詠唱をかけるしかないんじゃないか？」

前人未到の分野に踏み込んでゆこうとするパッレに、ファルマは当たり障りのないことを答える。

「お前は神杖の聖別詠唱を知っているのか？」

「いや、それができるのは神官だけだ」

世俗の神術使いに神殿の聖別詠唱を教えるのはまずいし、以前サロモンからこっそり習ったそれは極秘と言われていたので、ファルマは言葉を濁す。

「そうか……」

パッレはそう返しながらも、何かを考え込む様子で寝室へと戻っていった。

翌日。

「ねえ、小さい兄上。花瓶の花が踊ってるの」

ファルマとブランシュは、食堂のマントルホールの上に置いてある花瓶の花がリズミカルに揺れているのを目撃した。

「夢じゃないよな。風も吹いてないし……花の動きがワルツみたいだ」

ファルマが頬をつねっていると、パッレが背後から現れた。

「さすがのお前もトリックを見破れないようだな。その花は俺が聖別して杖にしたのさ」

ファルマが詳しく聞けば、曰《いわ》くパッレは守護神殿で行われている赤子の洗礼儀と鑑定の儀式をライブで聞きに行き、速記で一言一句漏らさず書き取ったという。そして、ド・メディシス家の禁書庫に長男権限を利用して侵入、家探しの末、聖別詠唱の原典のようなものを見つけたのだそうだ。新旧の詠唱を解析したパッレは、すぐに無詠唱でオリジナルの聖別様式をものにしていた。

パッレは寝る間も惜しんで、家じゅうの棒きれはおろか、ペンやナイフに至るまで聖別して、杖化したペンの自動筆記で遊び始める始末だった。

それを聞いたファルマとブランシュは、唖然《あぜん》とするばかりだ。

「大きい兄上って、やっぱり天才だよね」

「わりと冗談抜きに、技能では世界一なんじゃないかな……」

神力量を聖帝エリザベスと比べると角が立つので〝技能では〟と注釈をつけるが、手放しで人間界の世界一だと絶賛したいファルマである。

「えー、父上も超えてる？」

「うん……ここだけの話」

「小さい兄上も見習わなきゃだね」

「……そうだね」

生まれてこのかた天才だ天才だと言われてきたパッレも、ここのところファルマのおかげで活躍が霞《かす》んでいたものだが、その潜在能力を今更のように再評価する二人であった。

（エメリッヒ君といい、パッレにテオドールさんといい、世の中には天才が多くて困るな……）

自分自身が天才であるという認識の一切ないファルマは、素直に脱帽する。本物の天才の才能を解き放ってしまった。これなら神術の指導は当面しなくていいんじゃないかな、と思うまでにファルマは圧倒されていた。


その後もパッレは日々こつこつと鍛錬に励み、めきめきと腕を上げてゆく。

そんな兄の成長を見ていたファルマは、鍛錬の成果を発揮するべく腕試しをしたいというパッレの欲求が最高潮に達しているのを見抜いていた。

（困ったなあ……パッレの訓練をできる相手がいないぞ）

しかし、もはやパッレの技量に釣り合うような好敵手となる神術使いなど帝都にはいないに等しかったし、エレンとの喧嘩《けんか》ではパッレも手加減せざるを得ず、気軽に対戦も申し込めないだろう。

ファルマと聖帝の存在が幸いしてか、ここ最近は悪霊の発生も帝都ではみられなかった。さらに、パッレの守護神たる薬神の加護を持つファルマは、パッレの練習相手としては最悪の相手だった。パッレがどんな神術を放っても相性が悪く、最終的には神技を無効化してしまう。これでは彼の本領を発揮できないのだ。

◆

パッレの神術訓練になりそうな何かうまい方法はないかと思案していたところ、ファルマは宮廷から呼び出しを受けた。

聖帝エリザベスは庭園で猫の散歩をしているところだというので馳《は》せ参じると、彼女はペットのトラにまたがって現れた。

このトラは、犬や猫を飼いたいと言っていたロッテへのプレゼントのつもりで飼っていたそうなのだが、当のロッテは怯《おび》えて近づこうとしなかったので、すっかり聖帝が手なずけてしまって猫のようになっている。

彼女はファルマを呼びつけて早々に、掌《てのひら》を向けてずいっとファルマに詰め寄る。

「呼び立ててすまんな」

トラの顔がファルマの前に接近してくるので、ファルマは思わずゆっくり数歩退いた。そのまま飛びかかられて頭をかじられるのはごめんだ。

ファルマが避《よ》けるので、聖帝はひょいと身軽にトラから飛び降りる。

「もうそろそろよかろう。ほら、アレを返さんか」

「と、言いますのは……？」

ファルマは心当たりがなく、恐る恐る尋ねる。

彼女から受けた恩義は数多くあるが、何か現物の貸し借りはしていないという認識だ。

すると、聖帝は大きくため息をついた。

「余の神脈が閉じっぱなしになっておるだろうが。日課の神術訓練もできず、体がなまってたまらん」

「あー！　申し訳ありません！」

聖帝の融解陣を封じたあと、一か月後に神脈を再開しましょうと言いながら、延ばし延ばしにしてすっかり失念していたのだった。

「では、後ろを向いていてくださいまし」

ファルマは聖帝の背後に立って指先を心臓の真裏に通すと、神殿神技たる〝聖泉の湧出《ゆうしゅつ》〟を行う。

神聖国のトップたる聖帝にもこれらの神殿神術はできてほしいのだが、自分で自分に行うとなると教えるのも難しい。

神聖国で培養している聖帝の培養細胞にも異変はなかったし、基本的にサン・フルーヴ帝国に滞在している聖帝が神脈を取り戻しても、再び融解陣がとりつくということはないだろう。

ファルマが恐る恐る神脈を再開させると、聖帝の体の隅々に神力が巡り始めたのが見える。

「お体に異常はありませんか？」

「あるものか。念のため確認してくれ」

ファルマは失礼しますと言いながら、聖帝のドレスから襟足や肩のあたりに異変がないか確かめる。

「今のところ、融解陣の再感染はなさそうです」

「よし、ファルマ！　一戦相手願おうぞ！」

「せっかくのお誘いなのですが、このあと所用がありまして……私は遠慮しておきます。聖下には屈強な聖騎士の皆様がお傍《そば》におられるではないですか」

「聖騎士どもも手ごたえのあるやつがおらん。実戦ならともかく、たかだか訓練で病院送りにするのもな。クロードに怒られる」

そりゃ世界最強を冠する神術使いがこの国の皇帝に就任する決まりなのだから、手ごたえのある神術使いが現れたら皇位継承権を懸けた一戦になるでしょうよ、とファルマは聖騎士らに同情する。

「ファルマよ、誰か神術の腕のある者を知らんか？」

「それでしたら……私の兄はどうでしょう」

ファルマは兄を売ることにした。

「兄？　そなたとともに薬学の教科書を執筆して献上に来たパッレ・ド・メディシスか？」

聖帝は科学分野の理解力はともかく、記憶力はかなり良いほうなので、パッレが宮殿に来た記憶もばっちりあるようだ。

「そんなに強い神術使いには見えなかったぞ。そなたの神力で霞んでいたのかもしれぬな」

「あのとき兄は病み上がりでしたので、そう見えたのでしょう」

「神力量はどれほどあるのだ？」

エリザベスはペットのトラの背を撫《な》でながら、じっとりとした視線を向けてくる。

「正確に測定したことはないようですが、五万スケールは振り切っています。当家には、五万スケール以上の神力計がありませんので」

神力計も十万スケールでは皇帝レベルになるため、一般的な神術使いの家庭では必要がない。

「ふむ……なかなかいい線をいっておるの」

「最近では新しい神技の開発にも余念がなく、日夜勤《いそ》しんでいるようでございます」

「ますますもってその技量を見てみたい。だが……いきなり余と手合わせというのも気が引けるだろう」

指名をして手合わせを命じたところで、聖帝の接待に終始する可能性もある。エリザベスは、パッレを神術訓練の相手にしたいというよりも、彼が本領発揮するところを見てみたいようだ。

「どうすればそなたの兄の自然な神技が見られるかの」

「悪霊相手であれば、本気でくるでしょうね。でも、帝都にはもう悪霊が発生する場所がありません。いたとしても、それほど強大なものは……」

ファルマは口に出してみて、はたと思い出した。ファルマが神聖国に預けていた呪器〝疫神樹《えきしんじゅ》〟の存在である。

「私に一案がございます」

ファルマは、聖帝とパッレを実戦の場に引きずり出すための計画を奏上した。

ファルマはその日のうちに腹案をもとにチラシを作り、素知らぬ顔でパッレに声をかける。

「兄上。聖下が大規模な合同神術演習を企画していて、参加者を募っておられるみたいなんだ。悪霊の大発生を想定して、呪器を使った実戦的なものなんだってさ。俺はオブザーバーとして参加するけど、呪器に対して攻撃はしないから、何も遠慮せず兄上の気の済むように撃ち合ってみたら？」

そのチラシにかぶりついていたパッレの目が輝く。

「なんという僥倖《ぎょうこう》！　万障繰り合わせて行く！」

即答だったので、ファルマは申込書にサインをしてもらい宮廷へ提出した。

四話　調香師とアトピー性皮膚炎

大学の春休みが終わり、ナタリー・ブロンデルの腫瘍の再発がないことを確認してから一週間。

その日、いつものように薬を各所に届けていた連絡人のトムが、大声を上げながら薬局に駆け込んできた。

「店主様ー！　大変ですー！」

いつも落ち着いた仕事ぶりを見せるトムの慌てた様子に、ファルマたちも唖然《あぜん》として迎える。

「とりあえず、話は調剤室で聞こうか」

客らが何事かと振り向いてしまっていたので、ファルマはトムを調剤室に移動させる。

肩で息をしていたトムにファルマ特製の冷たい水を差し出すと、一気飲みしてひとまずは落ち着いたようだ。

「大変なんです、どうやら、何者かが『異世界薬局の薬は効かない』ってこそこそ触れ回ってるらしいんです」

トムが青白い顔をしている。

「ええ？　うちの？　そんな、まさか」

調剤中のエレンが手を止めて、半信半疑のリアクションをする。

(悪評だって？　それも今更？)

ファルマは困惑する。

「詳しく聞かせてもらっていい？」

自分で言うのもなんだが、帝都市民の健康増進にはかなり貢献してきたと思う。かつて商売敵《がたき》扱いをされたが、現在は調合はもちろん経営などの相談にものっている薬師ギルドの仕業とも思えない。悪評を素直に信じる者がいるのだろうかと、ファルマは疑問に思う。

セルストがトムの背中をさすって落ち着かせながら口を開く。

「ファルマ様が処方されたお薬の恩恵を受けている人が殆《ほとん》どですけど、どんな薬でも、中には合わない人もいます。異世界薬局は聖帝の庇護《ひご》も受けてたいそう繁盛しておりますから、快く思わない市民もいるのかもしれませんね……」

まったく困ったものですね、とセルストが口をとがらせる。

セルストのママ友ネットワークによれば、異世界薬局の薬は、寄り合いなどでたびたび話題になっているのだそうだ。概《おおむ》ね良い評判らしいのだが、それはセルストが寄り合いに顔を見せているから本音を隠しているのかもしれない、と考えられなくもない。

「うちの薬局の薬なんて、効かないほうが珍しいぐらい効いているじゃない。正直言って、従来の薬なんて目じゃないわ、あなたの薬が世界の薬学史をすっかり変えてしまったほどにね」

エレンも降ってわいたような災難に戸惑っている。

(俺が出している薬は、地球で臨床試験を経て承認された薬ばっかりだからなあ……異世界の人たちの体質に合わないということはあるかもしれないけれど)

「そんな根も葉もない噂《うわさ》を立てれば、帝国勅許店の悪評を流したとかで処罰をくらうと思いますよ」

セルストは販売している薬に全幅の信頼を置いているようだったが、過信は禁物だとファルマは内心思う。人によって効果の程度はまちまちなのだ。

「効かないと言っているということは、うちの薬局の薬を使ったことがあるということだよね。そのうえで本当に効かないのなら、その人にとって合わない薬を使っているのかもしれない。ほかの薬との飲み合わせも悪かったのかもしれないし」

「にしても、自分に合わなかったからって悪評を立てるなんてひどすぎるわ」

エレンはそう言って表情を曇らせる。

「もしくは、調剤ミスということもある。もし合わない薬を使い続けていたら危険だから、一度話を聞きに行ったほうがいいかもしれないな。トム君、その噂はどこで聞いた？」

「ファルマ君が直接出ていくつもり？　あなた、自分の立場や家格が分かってるの？　脅迫だと受け取られるわよ」

相手に聞こえないよう悪口を言っていたら、噂の主が出向いてくるようなものだ。しかも相手は大貴族。気まずいし、やめたほうがいいとエレンはファルマを止める。

「実際効かないのかもしれないから、話を聞きたいと思ってさ。脅しに行くんじゃないんだ、治療に行くんだよ」

ファルマはそう言うが、薬局職員全員の目が反対している。

「いや、恐縮すると思いますよ」

首から先だけ調剤室を覗《のぞ》き込んでいたロジェも、エレンに同意する。

ファルマは反論しようとしたが、多勢に無勢だ。

「分かったよ。直接は行かない。トム君、もっと詳しい話を知らない？　何の薬が効かないって言ってたとかさ」

「確か……塗り薬が効かないって言ってました」

ファルマは、ますます訝《いぶか》しんで首をかしげる。

（塗り薬が効かないなんて言ってた患者さんはいないし、きっと異世界薬局本店にはかかってない

んじゃないかな）

そこで、ファルマは系列店でその塗り薬を購入したのではないかと目星をつける。

「どこで買ったかは分かる？」

だが、トムはファルマの予想を打ち砕く。

「本店で塗り薬を連続で三日買ったらしいって言ってましたよ」

「ここで買ったのかあ……。健康相談でもしてくれればよかったのにな」

トムの情報に、ファルマは頭をかく。担当薬師まで特定するつもりはないが、自分は応対していなかったよな、と回想する。三日連続で来ていたら、印象にも残っているはずだ。

「あのー……ど、どうやって噂の出どころを特定するのですか？　その、言いふらしている人はもう来店しないのではないでしょうか」

レベッカが恐る恐る片手を挙げつつ、懸念を告げる。

噂の出どころを突き止めて、さらに治療を試みようとするのは、医療の押し付けでしかない。地球世界でも、一九八一年にリスボンにおける世界医師会宣言で『患者は医師や病院、保健サービス機関を自由に選択し変更する権利を有する』とされている。

（そうだな……異世界薬局から離れていった患者に追いすがることはできない）

ファルマはそう思案したが、ふと思いとどまる。

「セドリックさん、本店の売り上げ台帳を見せてくれる？」

ファルマは調剤室から出て、事務作業中のセドリックに声をかける。

「かしこまりました」

セドリックは会話に口を差し挟まず、すぐに帳簿を出してきてくれる。几帳面《きちょうめん》で丁寧、そして正確な仕事ぶりに、ファルマは何度も助けられている。セドリックは創業以来、店を訪れた客の伝票から来店回数、日時まで記載していた。

ファルマはきれいにファイリングされた台帳から目ぼしい患者を探す。

「……彼女かもしれない」

十分ほど名簿を繰っていたファルマは、一人の来店記録をまじまじと眺めた。

台帳には性別と購入時刻が記載されており、その女性はファルマが出勤していないときに来店していたようだ。

女性は一週間前に、塗り薬や飲み薬を三日連続で買っていた。訪れた順に、一日目はクロタミトン配合、二日目はウフェナマート配合、三日目はグリチルレチン酸、クロラムフェニコール配合の塗り薬だ。それぞれかゆみ止めや痛み止め、炎症抑制、化膿《かのう》止めなどとして販売している。飲み薬では、三日目にアセトアミノフェンを買っていた。購入記録から、彼女の悲鳴が聞こえてくるように感じられた。

台帳の記録を覗き込んだエレンも、なるほどと頷《うなず》いている。

「確かに彼女で間違いなさそうね。自己判断で購入していったのね。どうして相談をしてくれなかったのかしら。混雑していて診療を待てなかったのかしら」

彼女が来た日に出勤日だったエレンが嘆く。ファルマは念のため台帳を過去数か月分さかのぼってみたが、やはりこの記録を残した彼女以外にないと断定した。

「診療を避けたかったのではないでしょうか……。例えば、見せたくない場所に炎症があるとか、商売敵だとか」

レベッカが精いっぱいの推理を働かせる。

（異世界薬局の商売敵って、今でもいるのかなあ……）

現在、異世界薬局は薬の調合や販売のみならず医薬品製造メーカーの側面も備えており、帝都の全ての医院、薬店とは提携関係にある。望まれれば薬を提供し、他の医院や薬局からの処方箋にも応じ、専門家からの相談も受け付けている。本店に悪評が立てば、異世界薬局の薬を採用している提携店全てが風評被害を受ける。寡占はあまり望ましいことではないのかもしれないが、一蓮托生《いちれんたくしょう》の様相を呈しているのは事実だ。

そろそろ競合店などが出てきてほしいと内心では思っているのだが、採用された薬の売れ行きが好調のためか、現状は表立って敵対してくる勢力はない。異世界薬局の薬は、潰《つぶ》れかけていたいくつもの町の薬店の危機を救ってきた。

「ああっ、店主様。お力を落とさないでくださいね」

落胆するファルマを見て、レベッカがおろおろしている。

「ごめん、気を使わせて。評判のことは気にしてないよ。でも、一週間前か……そうすると、まだ炎症はおさまってないんじゃないかな」

ファルマは姿の見えない患者に思いを馳《は》せる。最初はかゆみ止めの薬を買っていたのに、日を追うごとに痛み止めを選んでいるところからも、炎症が悪化していることをうかがわせる。

(一類医薬品は対面販売が基本だ。ステロイドを含む薬は、一般用医薬品のコーナーには置いていない。薬師の診療のうえでの購入をいやがった可能性があるな)

ひとくちに湿疹や皮膚炎などといっても、原因は様々である。内臓疾患や、悪性腫瘍、慢性病の随伴症状としてあらわれている場合もある。だから、薬を購入するときには自己判断せず、相談をしてほしいと店内の至るところに掲示をしたり呼びかけたりしていたのだが、この患者は相談をしてくれなかった。


時刻は夕方五時半をまわり、閉店した店舗の裏門から続々と従業員が退勤する。

ファルマも帰宅のために、重い足取りで愛馬を引いてくる。

「ファルマ君、元気ないわね」

エレンが肩を落とすファルマに声をかける。

「そうかな」

「お昼のこと、気にしてるのね。大丈夫よ、常連さんも多いんだし。そんなちょっとした悪評ぐらいで客離れなんて起きないわ。きっと、あなたは悪評を立てられたことより、その患者さんのことが心配なのね」

「もちろんだよ。悪化しているようだったからね」

エレンは自分の内心を分かってくれている、とファルマは安堵《あんど》する。

悪評が立ったとしても、それはどうでもいいのだ。これまで歩んできた異世界薬局の実績は確かなもので、今もなお異世界薬局の薬を必要だと思ってくれている患者たちがいる。彼にとっては、それだけで十分だった。

「それなら、どうしたいの？」

「患者さんに会いたいかな」

「次に噂が立った段階で、すぐに現場を押さえるしかないわね。市内を巡回するトム君に、よく見ていてもらいましょう。私も目を光らせておくし、セルストさんのママ友ネットワークも頼りになるわ」

エレンはファルマを気遣うようにそう言うと、馬にまたがり帰宅の途についた。

◆

「店主様、分かりましたよ！」

数日後、トムがまた大騒ぎで朗報を持ってきた。悪評の発信源と思われる人物を突き止めたのだという。

「やっと見つけましたよ。四番街の香水店を営む調香師の女主人でした。亜麻色の髪の平民女性で、シルバーの眼鏡をかけています。井戸端会議であることないこと吹聴していました」

「ありがとう、トム君！　日々の業務をこなしながら発信源を探し出すのも大変だっただろう」

「ほんと、粘りましたよ……帝都の裏の裏まで探しました！」

トムも憤慨しつつ、意地になって探していたらしい。

「だって、悔しいじゃないですか。店主様のこと、好き勝手に言われて！」

具体的に何を言われていたのかは聞きたいような、聞きたくないような、ファルマは気が重い。

「四番街の香水店だね。ということは、ベルナデッド香水店か……。じゃあ、香水でも買いに行ってみようかな」

ファルマは店内に掲示されている帝都の地図を見て、四番街にほかに香水店がないことを確認する。

「あそこ、女性専用の香水店よ？　媚薬《びやく》も売っているとかで、犯罪に使われたらいけないから男子禁制なの」

エレンがファルマに重要情報を教える。エレンは自分で使う香水は自分で調合するので利用していないそうだが、人気の店で貴族の愛用者も多いそうだ。

「プレゼント用なら、男性が女性専用店で買っても不自然ではないでしょ」

「それでも、ファルマ君が行ったら男子禁制にかこつけて店に入れてくれないかもしれないわよ。異世界薬局の従業員以外で、面が割れてない女性に行ってもらったほうがいいんじゃない？」

「そうなると、ゾエさんとかジョセフィーヌさんかな」

帝国医薬大の面々に依頼するかとファルマが悩んでいると、エレンが口を挟む。

「私のお母さまに頼んでみようか？」

「ええ！　それは悪いよ」

さすがにボヌフォワ伯爵夫人を動員するのは気が引ける。

「お母さまはちょうど、ソフィちゃんの香水を買いたがっていたのよ」

「ソフィに香水だって!?　まだ赤ちゃんじゃないか！」

赤ちゃんの膚《はだ》に香水などつけて肌荒れでも起こしてはいけない、とファルマは受け入れられない。

「一歳ぐらいになったら誰でも使うわよ。あなたもブランシュちゃんも使ってたと思うわ。洗髪のあと、赤ちゃん用の香水を軽く髪にスプレーするのよ」

「それが普通ですよ。肌に刺激がないよう、ごく薄めて使います」

セルストも同調し、レベッカ、ロジェも頷いている。

サン・フルーヴの人々は貴族も平民も香水が大好きで、みなエチケットとしてそれぞれにお気に入りの香りがあるそうだ。ファルマも時々「香水はつけないんですか？」と従業員や客、学生から聞かれることがあったが、研究や調剤のためにわずかなにおいにも感覚を研ぎ澄ませていたいので、ファルマの白衣や私服には香りをつけていない。また、ファルマの体には雑菌が繁殖する余地がないので常在菌が存在せず、体臭がすることもない。

「自分の香りを見つけるのは、身だしなみのうちよ。香りがないと、おしゃれじゃないわ」

「そうか。じゃあ、伯爵夫人にお願いしてもいいかな」

あとでたんまりとお礼をしなければならないな、と恐縮しつつも、ファルマは伯爵夫人に依頼することにした。

「まかせといて！　きっと喜んで行ってくれると思うわ」

なるほど、そういうものかと異文化への理解を示すファルマであった。

◆

二日後、ボヌフォワ伯爵夫人がソフィを連れて異世界薬局を訪れた。

「今、香水店に寄ってきました。ソフィの香水が見つかりましたの」

確かに、ソフィの髪からよい香りがしている。スプレー式の香水を買ってきたらしい。

「あら、いい香り。シトラスノートかしら」

エレンがソフィの香りに吸い寄せられるように近づくと、セルストとレベッカも集まってくる。

「それはよかったです。こちらまで訪問いただいてありがとうございました。それで……」

ファルマが偵察の結果を聞くために前のめりになる。

「さりげなく世間話をして、香水の話題からお肌の手入れの話題をふったの。そうしたら、ひどい湿疹ができているというじゃない。娘が薬師なので口利きをしましょうかと言ったのよ」

伯爵夫人は話術が巧みで、あっという間にくだんの調香師から情報を引き出したようだ。

「どうなりました？」

「彼女ったら、喜んで！　ぜひ娘に診《み》てほしいと言ってきたわ」

この世界で貴族の薬師が平民を診ることはほぼないと言ってもいいので、ありがたがって喜ぶのも無理はない。しかし、エレンとファルマは浮かない顔だ。

「私が出ていったら……その、にっくき異世界薬局の職員だってすぐばれちゃうんじゃないかしら。私も隔日勤務だから、見られている可能性が高いもの」

エレンは自分を指さしてファルマの顔をうかがう。ファルマも当然だとばかりに頷く。

「あら、何か問題が？」

伯爵夫人はきょとんとしている。

「変装でもする？　メイクを変えて、地味めな服を着て、カツラでもつければバレないかもしれないわ」

「エレオノール様の変装なら任せてください！」

レベッカとセルストがなんだかうきうきしている。そういえば彼女らは、以前ユーゴーの一件で錬金術師の集会に潜り込もうとしていたエレンとファルマを、それぞれ男装の麗人と美少女に仕立て上げた過去を持つ。

「でも、誰にも診せずに薬を買った気持ちは分かる気がしたわ。湿疹は首や胸、背中にできているんですって。異世界薬局にも個室の相談室があるとはいえ、男性薬師に当たったら気まずいなんてものじゃないわよね。ファルマ様もですけど、特にあなたとか」

ボヌフォワ夫人に視線を向けられたロジェが「僕ですか？」と自分を指でさして、不服そうな顔をしている。

「ここ、対面販売が基本なんでしょ？」

伯爵夫人は、彼女がまだひどい湿疹を抱えているようだと説明する。

「そういうことだったのか……じゃあ話は簡単だ。俺が女装して行くよ」

ファルマが犯罪すれすれのことを言いだすと、エレンは頭を抱えた。

「相手にバレたらどうするのよ……。異世界薬局の店主がわざわざ女装までして私の裸を見に来たって、最悪の拡散のされかたをするわよ」

そう言ってエレンは首を横に振る。

「その点は気を付けるよ。あまり目を合わせないようにするし」

「できるのかしら……。ファルマ君、変声期も過ぎてるのよ？」

エレンはぶつぶつ言っていたが、ファルマが裏声を披露すると「あら、まだ大丈夫そうね」と思い直したようだ。

「ということは、店主様の女装ふたたび!? あの美少女が再びお目見えするんですか！ 絶対バレないようにメイクします！」

レベッカが何か妄想したのか、たまたまなのだろうか、鼻血を噴き出した。

「店主様の女装メイク、私たちが担当していいんですね!?」

いいも悪いも、ほかに頼める相手もいない。不本意ではあるが、湿疹の状態を診てから薬を出したい。ファルマならばその場で細菌検査もできる。

「じゃあ、頼むよ。煮るなり焼くなりお好きに」

そう言ってしまったファルマは、しばし女性薬師たちの着せ替え人形と化した。

◆

翌日、良家の子女風の銀髪美少女に変装したファルマは、カバンを持って一人で香水店を訪れた。長い縦ロールのカツラは、セルストがウキウキで調達してくれた。メディークの化粧品のつけ心地を身をもって実感しつつ、女装もメイクも二回目となると、もはや虚無の心境であった。バレないかな、というのが気がかりで、羞恥心などはもうない。

ファルマが立派な店構えの香水店に入ると、ふわりとよい香りが漂う。

「ごめんください。ボヌフォワ家のものです。母に言われてまいりました」

ファルマを迎えたのは、トムや伯爵夫人の言う通り亜麻色の髪で銀縁の眼鏡をかけた女主人、店名の通りベルナデッドという女性だった。

店舗は清潔で明るく、重厚なカウンターにはたくさんの香水瓶が並び、平民の店ながら繁盛しているのがうかがえる。三人の従業員を雇っているようで、客足も多い。

「あらあ、お待ちしておりましたわ。それにしても、お嬢様は薬学生で？」

メイクをしていてもそれなりに子供に見えるのだろうな、と得心しながらファルマは答える。

「いいえ。ですが、正式に薬師としての資格をとっておりますわ」

薬学生ではないし薬学校も出ていないが、資格を持っていることは間違いない。

「あら、お若いのに優秀ですこと」

彼女も、貴族の薬師事情は知らないようだった。

「妹の香水を選んでいただいて、母も喜んでおりました。昨日はポプリに香水を含ませてベッドの柵にぶらさげてみたら、安心したのかよく眠れたみたいです」

ファルマは当たり障りのない会話からアイスブレイクを試みる。

「それはよかったわ。枕につけてもいいんですのよ」

「母に伝えておきます。それで、湿疹ができてお困りとか」

ファルマは本題を切り出す。

「そうなんです。いつまでもしつこくて、今も全身をかきむしりたいぐらい。どうしていいか分からないのですよ」

診察と薬の代金は、「娘に香水をひと瓶見繕ってくだされば、それでいいから」と伯爵夫人との間で話がまとまっているらしい。ファルマはそのあたりのそつのない根回しに感謝した。


二階の客室に通されたファルマは、デスクにカルテを広げて既往歴、合併症の聴取を始める。気を利かせて、まっさらのカルテには異世界薬局の刻印を打っていない。ファルマは念のため、いくつかの軟膏《なんこう》も持ってきていた。

「湿疹は幼少期からできていたものですか？　最近できたものですか？」

「生まれたときからでしたわ。夏場と冬場になると、湿疹ができてかゆくて……。私の母も私自身もいろんなハーブを試したのだけど、どれも効果のないものばかり」

「少しもよくなった時期はないですか？」

「湿疹が消えたことなんて、生まれてこのかたありませんわ」

症状は慢性かつ反復性の経過をたどっているらしい。

「かかりつけの薬店や医院などは？」

「帝都中の医者を回ったけど、どこもだめ！　もう、やぶばかりよ。そういえばこの間、うんざりするぐらい評判のいい異世界薬局に行って薬を買ってみたけれど……」

「いかがでしたか？」

ファルマは目を伏せながら、仕方なしに尋ねる。

「もう、最悪！　三日連続で通ったんですのよ。それなのに、棚に並んでいるかゆみ止めも痛み止めも効きやしないなんて！」

「そうでしたか……。ちなみに、あの薬局の薬は、薬師の診療を必要としますわ。そこの薬師に相談はされなかったんですか？」

「あんな大勢の客がいる中で、肌を見せたくなかったんですもの。それに、診てもらって効く薬が出てくるなら、棚に置いてある薬は何なのですか？」

「異世界薬局の薬師が取り扱う薬と、店頭に置いてあって誰でも買える薬はまったく違うものと聞いています。また、症状に対して適切な薬が選ばれていなければ、そもそも効きはしません。店内の看板にも、そう書いてあるのを見ましたわ」

ファルマは穏やかな口調で、それだけを伝えておく。

「あら、ずいぶんあの薬局のことについて詳しいんですのね」

「帝都中の薬師が、あそこに薬を仕入れに行きますから。私もその一人です」

「そうなの、あなたも異世界薬局の肩をもつのですね」

ベルナデッドは体裁が悪そうに鼻を鳴らし、声のトーンにトゲを含ませた。

「そう聞こえたら、申し訳ありません」

「いいんですのよ。私はあなたに診てもらっているんですし、あそこにかかるつもりはありませんから」

「分かりました。それで、湿疹は痒《かゆ》いですか、痛いですか？　それは我慢できないほどですか？　一日のうちどのくらい、湿疹のことを考えますか？　湿疹はどこにできていますか？　顔にはできていないのですね——」

ファルマは、一つ一つ聴取を続ける。

「湿疹を診せていただけますか」

「首筋のだったら、見せてあげられますかしら」

ベルナデッドは貞操観念が固く、頑《かたく》なだった。

「全身を診せていただくことは難しいですか？」

ベルナデッドは首を振る。子供薬師に対してとはいえ、膚をさらけ出すには抵抗があるようだ。

「一部を見れば分かってもらえるのではないかしら、全部同じような感じですよ」

ファルマは説得を試みたが、意思が固いようなので、その気持ちを無下にはできない。ベルナデッドはボタンをはずし、首筋の湿疹の一部を見せてくれた。

(なるほど……丘疹《きゅうしん》と掻破痕《そうはこん》があるな)

ファルマは湿疹をよく観察し、皮膚の一部をとって顕微鏡で観察する。

「分かりました、ありがとうございます。それでは、この図に湿疹のある部位をマークしてください」

ファルマが人体図を描いて差し出すと、ベルナデッドは首筋、胸、背中、肘窩《ちゅうか》、おしりなどにマークをつける。

「炎症のある部位は左右対称なのですね」

「そうみたいですね、不思議なことに」

特徴的な症状と一部の皮疹《ひしん》の観察から、ファルマは病名を絞りつつあった。ファルマは決め打ちに診眼を使う。

(アトピー性皮膚炎)

彼女の上半身を強く覆っていた青い光は、白い光へと変貌《へんぼう》する。予想的中だ。

ファルマはアトピー性皮膚炎以外の疾患の除外診断を行うが、合併症もなく、アトピー性皮膚炎のみと特定した。

それから体の各部位における湿疹の面積を計算し、それぞれ紅斑《こうはん》、皮疹、掻破痕、苔癬《たいせん》化などを聞き取り、重症度を評価してゆく。

「湿疹の原因は分かったのかしら。何か食べ物がよくないのですか？　それとも水？」

不安そうに尋ねるベルナデッドに、ファルマは真面目に答える。

「これは、アトピー性皮膚炎という慢性の疾患です」

「まあ、ただの湿疹ではないのですか？」

耳慣れない言葉を聞いて、ベルナデッドは眉をひそめる。アトピーという言葉が、恐ろしげに聞こえたようだ。

「この疾患は、もともとアトピー素因というアレルギーを起こしやすい体質をもっている方に、環境要因などが重なって発症するものです」

「フレグランスの調合が、そのアトピー素因というものの刺激になるのかしら」

「はっきりとは分かりませんが、原料に動物の抽出物や香料用の花を扱うことが多い場合は、それも考えられます」

「多い場合って、そんなの当然のことじゃありませんか」

ベルナデッドが言うには、例えばほんのわずかな精油を抽出するためにも、人が埋まるほど大量の花弁などを必要とするし、つきっきりで蒸留や精製を行うため、常にそれらの成分が含まれた蒸気に暴露されているとのことだった。アレルギーの原因となっている可能性は十分にあるな、とファルマはメモをとる。

「アレルゲンと呼ばれる、かゆみや湿疹を引き起こす原因となる物質に触れている時間が長すぎますね」

「香水の原料が悪化の原因になるかもしれないって、お店はたためってことですか!?」

ベルナデッドは混乱して、悲鳴にも近い声を出した。

「いえ、廃業する必要はないと思います。まずはできることをやってみましょう。スキンケアをしながら副腎皮質ステロイドを含む外用剤を使っていただき、抗ヒスタミン薬の内服を行い、症状が落ち着いたら保湿のみへと移行します。さらに悪化するようでしたら、デュピルマブを用いた抗体療法や、ほかの治療法もあります」

「それで完全に治るんですの？」

「治療と保湿などのスキンケアは、一生涯続きます。ある日ぱたっと体質が変わったり、何もしなくても症状が良くなることは、ないとも言えませんが、ほぼありません。根気強く続けてゆきましょう」

「そうですか……。それで、そのステロイドや抗ヒスタミン薬というのは、この中にはないんですの？」

ベルナデッドは、軟膏や飲み薬がギチギチに詰まった薬箱を開けてファルマに見せる。ファルマは帝都中の薬店の軟膏をほぼ網羅していることに驚きながら、中身を確認して薬箱を閉めた。もちろん、その中にはおよそアトピー性皮膚炎の治療薬にふさわしくない薬も入っていた。

「この中には、ステロイドも抗ヒスタミン薬もありませんね。それらの薬は、異世界薬局本店の、限られた薬師に見せたときにしか出てきません」

ファルマはあらかじめ調合してきていたステロイド剤入りの軟膏をカバンから取り出す。スケールに合わせて計算すると、ベルナデッドの症状は中等症と出ているので、それに応じたステロイド軟膏を選ぶ。そして、彼女の体重をもとに用量を計算した抗ヒスタミン薬もてきぱきと準備した。

「その、限られた薬師に見せたときしか出てこないお薬が、なんで今出てくるのかしら」

「母を通じて、その薬師とちょっとしたコネがありまして」

「ふうん……」

「こちらが一週間分のお薬になります。こちらのプリントにも記載してありますが、塗り方を説明しますね」

ファルマから薬袋を受け取ったベルナデッドは、軟膏と飲み薬のパッケージを見る。

「よく見たらこれ、異世界薬局の刻印がついているじゃない！」

ステロイド軟膏のチューブに異世界薬局の刻印が刻まれているのを見たベルナデッドは、拒絶反応を示した。

「私もこの薬は異世界薬局で直接買い付けるしかありません。ステロイドも抗ヒスタミン薬も、通常の方法では調合できないものなのです」

「誰があんなところに行くもんですか。これからもあなたが診察してくださるんですよね!?」

「いえ、私は今回一回限りと母に言われています。それに、スケジュールも詰まっていますし」

そう言われたベルナデッドは、ひどく落胆した。

「一週間後、この紹介状を持って異世界薬局に行ってみてください」

「とんでもない、男の薬師に当たったら……！　そんなのお断りよ！」

ベルナデッドはロジェやセドリック、もしかしたらファルマの顔を思い浮かべているのかもしれない。

「もちろん、デリケートなお悩みを抱える患者さんのために、女性の薬師を指名することができたはずです。セルスト・バイヤールという女性薬師に依頼しました」

ファルマは、紹介状を入れた封筒に書かれたセルストの名前を示してみせる。エレンでもよかったのだが『エレオノール・ボヌフォワ』という名前を書くと、ボヌフォワ夫人の段取りが色々とご破算になってしまう。

「その人、腕はいいのかしら？」

ベルナデッドは疑い深そうにファルマを見つめる。

「もちろんですよ。私より、よほど。それでは、私はこれで」

ファルマは道具を片付けて、そそくさとおいとましようとする。

「待ってください。診療と調剤のお礼に、香水をひと瓶作って差し上げることになっていますわ」

「そうでしたね。では見繕っていただけますか」

ファルマは、あやうく報酬をもらわずに帰るところだった。


ベルナデッドはファルマを一階の店舗の個室へ招くと、人が変わったかのように穏やかになり、調香師としての接客を始めた。口調も心なしか優しげになっている。

「香水の調合は、数千種類の原料の組み合わせから、知識と技術の粋を集めて、理想にかなったたった一つの香りを、お客様の要望に沿って作り上げるのです。その調合は、交響曲の作曲にも似ていますわ」

壮大なことを言うんだな、とファルマは感心する。職業意識が高いのは結構なことだ。異世界薬局のことをボロクソに言っていたのも、このこだわりの強さの裏返しなのだろうと、ファルマは今になって理解する。

「主香料は何がお好みですか？」

「私は香りに疎くて。お任せします」

ファルマは何も香りをつけていなかったので、ベルナデッドは鼻をつんと上に向け、テイスティング用のハンカチを数枚、作業台の上に広げる。

「そうかもしれないと思いましたわ。では、社交界で評判となる香りを作りましょう。王侯貴族もみな虜《とりこ》になって、誰もあなたを放っておきませんわ。ローズマリーに、ベルガモット、オレンジ……麝香《じゃこう》も少し」

ファルマが部屋の中を見渡すと、使い込まれた香料瓶が所狭しと棚に並んでいる。

「もちろん、これだけではありませんわ。地下室にもたくさん、極上の香料がありますのよ」

そう言って、ベルナデッドはきれいに磨き上げられたメジャーを取り出す。

「すごく楽しみです」

ファルマは棒読みになりそうだった。そんな女子力の高い香りをもらっても……という思いだ。

(あとでエレンにあげようかな。俺はボヌフォワ家の令嬢役で来たんだし)

それがよさそうだ、とファルマは内心で納得することにした。

「香水には、大まかに三つの香りの段階があります。まずはトップノート、エタノールの蒸発とともにすぐに消えるアロマティックな香り、香水の第一印象を決めるものですわ。そしてミドルノート、香水の顔となるノート。ここにフローラルをもってくるといいですわね。最後はラストノート、持続時間の長いノート。香りが消えてしまうまで、数日間のものもありますわ。フルーツの香りが優しく漂いますの。香りの成分は大まかに分けて十二種類、フローラル、フルーティ、シトラス、マリン、ハーバル、ウッディ、スパイシーに……」

「なるほど……」

ベルナデッドの解説は、ファルマの知らないことばかりである。メディークも多少はフレグランスを取り扱っているが、その香りの処方は専属の薬師に任せているため、ファルマの耳には新鮮に聞こえる。

ベルナデッドはファルマに希望を聞きながら、数十種類の香料を混合してゆく。最後にビーカーにアルコールを加えると、それをガラス管で一滴、白いハンカチにたらして染み込ませる。

「試作品ができましたわ。テイスティングの前には、鼻をつまむのですよ」

なるほど、ゼロ点補正かなと思いながら、ファルマはベルナデッドに導かれるままに鼻をつまんで、しばし嗅覚を遮断する。そして、指を放し嗅覚を再開させた瞬間、ベルナデッドはふわりとハンカチをファルマの鼻の前にくぐらせる。

「いかがです？」

「甘い芳香が漂いますね。奥深い香りです」

「この処方、素敵でしょう、お気に召しましたか？　トップノートだけで判断してはだめ、ちゃんと次の香りをかがないと。シンフォニーの序章で席を立つようなものですよ。これをベースに改良してゆくのです」

「なるほど……。そういえば、このお店では媚薬を取り扱っていると風の噂で聞きましたが」

「そんなものありませんわ。でも、最高の香水を前にしたら、誰もがそれほどの効果を感じてしまうのでしょうね」

そうだったのか、とファルマは事情を理解した。

ファルマが「もうこれで十分、おいとまを」と言い続けて二時間後。

ようやくベルナデッドの理想に達したらしく、「素晴らしいハーモニー！」と自画自賛をしていたひと瓶の香水ができあがり、そしてようやく解放してもらえた。

◆

一週間後、ベルナデッドが異世界薬局に姿を現した。

彼女にばれないかとファルマは身構えたが、ほかの患者の対応をしながら知らぬ存ぜぬで通すしかない。ファルマは調剤室に引っ込んだ。

「セルスト先生はいらっしゃいますか、紹介状を持ってきましたの」

トムがベルナデッドを睨《にら》んでいたので、慌ててエレンがトムを奥に引っ込めた。彼女が異世界薬局の悪評を立てていることを把握していると気付かれてはならない。

「お預かりしますね。ではこちらにお越しください」

全ての経緯を聞いていたセルストが応じる。

セルストの聴取と診察、処方指示のあと、ファルマが調剤を行う。ファルマがセルストに尋ねると、症状と炎症の範囲は劇的に改善しており、本人も治療効果に満足しているとのことだった。

「次の二週間分のお薬です」

セルストがファルマの調剤した薬をにこやかに渡す。薬の代金も、お手頃な価格だ。

薬袋を受け取ったベルナデッドが、作業のために背を向けていたファルマに呼びかける。

「店主様。少しお時間よろしい？」

「何でしょう？」

ファルマは無防備な笑顔で応じる。するとベルナデッドはファルマに近寄り、すましてこう耳打ちした。

「この間は、ご足労いただきありがとうございました」

ファルマはしまったという顔をする。

「外見はすっかり変わっているけれど、あなたのにおいを覚えていますわ。それに、あなたの指からは私が調合した香水のラストノートの香りがします。調香師の嗅覚はあざむけませんよ」

（やられた……！）

彼女は、一週間前にファルマが手首につけてみた香水の残り香をかぎわけたのだ。ファルマがどんな言い訳を繰り出そうかと凍り付いていると、

「今度は、男性用の香水を作りにいらしてくださいね」

ファルマは相手が一枚上手だったと思い知らされる。

それから一週間も経たないうちに、異世界薬局本店の良い評判がほうぼうで持ち上がり、いつもの何倍もの客が店に押し寄せた。噂の発信源は、言うまでもなくベルナデッドなのだろう。

インフルエンサーというやつかな、とファルマはベルナデッドの拡散力に恐れ入るのだった。

五話　サン・フルーヴ帝国の技術革新

異世界薬局の悪評がほぼ払拭《ふっしょく》されて一息ついたファルマは、今日も薬局に通常出勤していた。

「ファルマ様、電信がきたみたいですよ」

ロッテが長い記録用紙を大切そうに持って階段を下り、三階の職員休憩室までやってきた。

いつも伝書鳩《でんしょばと》のメッセージを届けてくれていたロッテは、ここ最近は電信の記録用紙を持ってくるようになっていた。

「ありがとう、誰だろうな」

ファルマは電信を読みながら、この状況に至った経緯を振り返る。

電信技術が帝都の技術局へ特許登録されるや、その発展は目覚ましく、異世界薬局には帝都各地からの無線通信が入り始めていた。

そして早くも、目端の利く実業家や投資家たちの協力もあって、帝都と近隣都市間では無線通信網が整備されようとしていた。また、それを指を咥《くわ》えて見ていた他国も、技術局へ使用許可を申請し特許使用料を支払って利用を目論《もくろ》んでいるそうだ。

通信網構築の黎明《れいめい》期にあっては、我先にと通信を濫用《らんよう》し混乱混信を極めるであろうことが分かり切っていたので、ファルマは先んじて国家が使用する帯域を協定で決めた。

また、サン・フルーヴ帝国医薬大の医学部付属病院と異世界薬局間の電信も開通した。薬局の四階の一部を改装して通信設備のある通信室を作り、営業時間中は専属の通信士が詰めて送受信を行っている。

屋上に待機していた伝書鳩はお役御免とはならなかったが、多少はリストラされた。彼らは元の鳩舎《きゅうしゃ》に戻され、昼は放鳥されて仕事もなくえさをついばみ、セミリタイアの様相を呈しつつ、優雅に暮らしている。

連絡人のトムも帝国医薬大まで通う頻度は減ったが、電信では伝わらない細かな確認はどうしても発生するものなので、医師らから請け負う仕事は相変わらず途切れはしなかった。彼は民家や各薬店に出入りし、医師や薬師らと顔なじみになり、急速に得意先を増やしつつ緊密な連絡を担ってくれている。時代が時代なら、ＭＲ（医薬情報担当者）の才能もあるんじゃないかな、とファルマは見込んでいた。

通信技術の発展の帰結として、ファルマの業務量は莫大《ばくだい》となった。異世界薬局には無線で処方相談が舞い込むわ、処方箋が届くわと、利便性が上がったこともあってあれもこれもといった具合なのだ。


その忙しいさなか、マーセイル製薬工場の錬金術師テオドールが異世界薬局に乗り込んできた。

「よお、店主さん。ちょっと話があってな」

薬局の正面入り口から堂々と入店してきた人物に、店内がどよめく。サングラスと態度の大きさでインパクトが強いのだろう。

「ちょっとテオ、どうしてここに？　マーセイルの現場をほっぽり出してきたの？　来る前に私に相談しなさいよ」

弟の来訪に気付いたセルストは、声をひそめて居心地が悪そうにしている。

「セルストさん、ちょっと今からテオドールさんと帝都観光に行ってくれない？」

「ええっ、そんな。仕事中ですのに」

ファルマが頼むと、セルストは迷惑そうな顔で答える。

「それも仕事ということで……」

「分かりました……すみません、弟のしつけが悪くて。だいたい、事前に連絡をして休憩中か閉店後に来ないのが悪いんですわ。私に相談もなく……ほらテオ、行くわよ！　清潔な薬局に化学薬品がついた不潔な格好で来ないの！」

セルストは渋るテオドールの腕を引っ張って出ていった。

休憩時間になって、テオドールとセルストが薬局に戻ってきた。ファルマは休憩室にテオドールを通す。

どうやら姉弟《きょうだい》はスイーツ店巡りをしていたらしく、紙袋にたくさんおやつを買い込んできていた。新しい眼鏡フレームも買ってきたというので、サングラスに合わせるのだろう。帝都の有名ブランドの袋もいくつか手に提げていたし、セルストに新調してもらったと思《おぼ》しきセットアップも着込んでいた。

「帝都は何につけてもおしゃれだな。研究室で引きこもっていた俺のようなやつには刺激が強い」

テオドールは刑期を終えて出所した囚人のように毒の抜けた顔をしていた。ともあれ、息抜きにもなり楽しんでもらえたところで、ファルマは本題を切り出す。

「それで、何か問題がありましたか。それも、急ぎの用ですか？」

「いや、何も問題はない。だが、その急ぎの用が発生したときのために、マーセイルから図や反応式を送りたいんだ。郵便や伝書鳩では遅い」

「といっても、数日もあれば届きますよ、速達を使えばさらに早いです」

ファルマがカレンダーを見ながら、帝都郵便の配達日数を計算する。伝書鳩はもっと早いが、行方不明になる可能性がゼロではないのと、メモ用紙ほどの情報しか送れないという制約もあるので、定期郵便を使うとなおいい。

「いいや、すぐ返事が欲しいんだ。店主さん、あんただって手を動かして実験をすれば、それじゃ遅いことなんて分かるはずだ。反応生成物を見てすぐ報告したいし、次の手を打ちたい。もっとスピード感をもってほしい。すぐに次をやらないと変性してしまうものだってある」

テオドールは苛立《いらだ》ったようにまくしたてる。

（そうなんだよな……分かるよ。俺だって当日のうちに次の実験を仕込みたいし、面白い結果が出たらすぐにほかの研究者とディスカッションしたいもんな）

現代地球の科学者は、インターネット上で過去の膨大な文献を検索できるし、それが次の実験の方向性を決める。だが、この世界にはあてになる文献が少ないうえに、それを取り寄せる方法も限られている。テオドールは、それが大きなハンデだと考えているらしい。

「気持ちは分かりますが、現状すぐには難しいです。テオドールさんが転勤して、帝都に研究室でも構えますか」

質問にすぐに答えてほしいという要望なら、もうファルマの住居の近くに引っ越してくるほかにない。ファルマは真剣にそう提案しかけたが、テオドールは顎《あご》をいじりながら思案している。

「帝都か……時々ボヤや異臭騒ぎを出してもお咎《とが》めは――」

セルストが弟の口を両手でふさいで、問題発言を遮る。

「いいわけないでしょ！　帝都からつまみ出されるわよ！」

モゴモゴと何かを訴えかけるテオドールに、セルストが説教を始めていた。

「じゃあ、水の神術使いを助手に雇って防火番にするよ」

「テオドールさん、化学火災に安直な放水は厳禁ですよ」

化学火災に水をかけてしまうと、かえって爆発や延焼を招いたりするのだ。適切な消火方法を試みなければならない。

「なら、火の負属性の神術使いに頼むしかねえな。もしくは、炎の神術陣を使って――」

テオドールが消火の方法ばかり考えているので、ファルマは慌てて否定する。

「根本的に、避けられる火災を起こさないでください。それは人的、物的にも大きな損害です。なんとかマーセイルの研究所から通信でやりとりできるようにしましょう」

「そう言ってくれると思ったぜ」

マーセイルでなら火災が起こってもいいということではないが、製薬工場の周囲には民家がない。帝都で火災を起こすよりは、幾分か対処のしようがある。

◆

そうは言ったものの、通信はファルマの専門分野ではないので、インターネットに知識を求めるべく神聖国へ赴いて情報をいくつか入手してきた。

最初に技術者たちに開発を依頼したのは、描画するマスを定義し、その座標を指定して送るというものだった。

しかし、消費電力や描画するマンパワーの節約のためデータの圧縮が必要となるため、面倒を嫌った無線技術師によって符号化が試みられた。ファルマは彼らの試行錯誤を頼もしく思う。彼らが思いついたのは、連長圧縮（ランレングス圧縮）というものだ。それは白と黒を0と1で定義し『白白白白黒黒白白』は『００００１１００』と表されるところを、さらに短縮して『４２２』という具合に表す。通信できるデータ量は多くなったが、データ量の増加に伴い復号係のミスが頻発した。

そこで、自動にできないものかとの技術者からの相談がファルマのもとに舞い込んできた。すわコンピュータの出番かとも思われたが、コンピュータ開発に手を広げるにはファルマには時間がなさすぎる。

急場しのぎとして、ファルマは振り子の先に電極を付け、その往復を利用して湾曲した銅板の表面を走らせ、銅板に貼り付けた文字や絵などの原稿を読み取らせて遠隔地に送達する、パンテレグラフというファクシミリの原型となる原理を技術局に登録した。

（どうかな、使ってくれるかな）

そんなファルマの心配はどこへやら、驚いたことに、それを契機に画像送達技術が次々と発明され始めた。

とある技術者が、振り子ではなく金属の針を使い、円筒に原稿を巻き付けて、それを回転させながら読み取ったほうが効率がよいと考え、受信側は円筒の回転速度と針の動きを同調させることによって電送を成功させた。

それを受けて、事前に技術局に登録されていた光電管を用いて光の強さを電気信号に変換したものを読み取らせて発信し、受信側は信号の強さをインク濃度へ変換し記述するという仕組みを考えた者もいた。

どれも地球史で見たものではあったが、発明の連鎖反応が起き、映画フィルムができる一歩手前――そんなムーブメントがきている。そして誰かが思いつくのも時間の問題だろう。

こうして技術局には、発明者の実名とともに多種多様な送信技術が登録され始めた。発明したからには賞賛と名誉に浴したいという自己顕示欲を出すものが現れるのは世の道理、そうファルマが期待していた頃に、ファルマ以外の技術者や実業家の実名登録が始まり、それこそが健全な世の中の姿だ、とファルマは肩の荷を下ろし一息ついた。

医学、薬学、理学、工学等を包括する科学技術の躍進は、多くの人間の参加と、相互のイノベーションなくしてはありえない。たった一人で、受け身で待っている人間のために一方的に知識を投げるばかりなのは、まずいことだと常々懸念していた。

こんな状況が続いているうちに、技術開発競争は第三段階へと進んだ。

特許を実名登録すれば、技術局から報奨金や特許料が得られるので、さらに競争が発生する。そこかしこで技術者や学者らの井戸端会議が繰り広げられ始めた。

技術開発をする能力はないが、登録書類の執筆を代行する特許事務所のような、かゆいところに手の届く商売を始める者も出てきた。

◆

技術局は、もともと帝都大路の一等地にある。

なぜそんな場所に技術局ができたかというと、ファルマが帝国に技術を預けたいと言ったときに、聖帝エリザベスが将来を見越して直々に一等地を見繕ってきたからに他ならなかった。

「二十五番さん、受付票をどうぞ」

ファルマが久々に技術局に足を運ぶと、受付番号を発行されるほどににぎわっていた。

「今日は閲覧に来たんですが、結構待つのでしょうか？」

「あら……先にご案内しましょうか？」

受付の女性が融通をきかせようとする。

「いえ、皆さんと同じく順番を待ちます。本でも読んで待っていますので」

「そうですか、お待たせして申し訳ありません。ところで……ファルマ様。私は声で気付きましたが、今日は変装してこられたのですね」

ばれていたか、と少し恥ずかしい。

「ちょうどよいカツラを手に入れましたので。多少なりとも変装しなければ、技術者に捕まってしまいますからね」

「顔で分かりますよ。メイクでもしてこないと」

受付の女性がそう言って苦笑するので、ファルマも赤面してしまった。下手な変装など、ないに等しいようだ。

頻繁に登録受付にやってくるファルマは、帝都の技術者らにマークされ始めていた。ファルマが技術局から出てくるところを見計らって、待ち伏せていた技術者らに囲まれ根掘り葉掘り聞かれるようになってしまったので、技術を登録する際は代理人としてセドリックを派遣することにしていた。

だが、今日は久しぶりに技術局の空気を味わいたくて、変装をして直接やってきたのだ。登録された技術を閲覧しに来るのは、ファルマの少ない隙間《すきま》時間の楽しみの一つだ。

新技術を利用しようと毎日顔を出している者があり、また登録しに来る者もあり、技術開発によって活況を呈している。受付の女性に尋ねると、日に三百名ほどが利用しているという。

「今日も工業ギルドの人が多いみたいですよ」

「へえ……増えてますね、工業ギルドのメンバー」

「ええ、大学創設の準備に必要なようですよ」

受付の女性が言うには、工業ギルドのメンバーたちが技術局で意気投合し、それまで工業系の各種ギルドの専門学校であったサン・フルーヴ帝国技術学校を改称して、官民合同の電気通信技術なども包括した『サン・フルーヴ工科大学』を創設しようという動きが出てきているのだそうだ。聖帝のお墨付きを得て、来春にも新規開校すべく準備を整えているらしい。

個々で競い合うのもよいが、技術者一丸となって全体で帝国の技術力を底上げしてゆこうという流れは大いに結構だとファルマは思う。現代の地球の通信技術や工業技術とは異なる技術が発明されれば、それはそれで面白い。

「あ、そうそう。先日、髪の色を薄くするという技術を登録に来られた方がいましたよ。でも、高貴なお方にはふさわしくない方法でしたわ」

「そういえば染毛、脱色技術はまだ登録されていませんでしたね、それは閲覧が楽しみです」

自分の順番がきてから、ファルマが喜んでその資料を開示してみると、それは尿を濃縮し髪色を脱色するというものだった。

(方法が間違ってもいなくて、リアクションに困るな。ブリーチはアンモニアと過酸化水素水があればできるからな)

帝都中のファッションに敏感な人々が頭から尿をかぶる羽目になっては困るので、もっと地肌を傷めず清潔な方法で改良版を出すか、とファルマは額を押さえた。

ファルマはいくつか開示、閲覧をしてみて、少しずつ詐欺的な内容での登録が現れ始めたことに気付く。そこで法律に明るいセドリックに相談し、悪徳業者が参入しないよう事前に手を打ち、利用制限や登録制限をかけた条項の盛り込みを技術局に打診した。

そこで、『技術局に登録を申請する際、技術の妥当性があるかどうか審理委員会で事前審査し、悪質なものは実名・社名公表のうえ厳重に処罰する』というお触れが出ることとなった。

六話　霊薬バテラスールの解呪

開発されたパンテレグラフを使って、ファルマはテオドールと緊密にやりとりをし、合成や原料調達についての指示を事細かく送っていた。

過労死を警戒して余りにも労務管理にうるさいからか、テオドールが自宅にラボを作り始めたというキアラからの情報を聞いてファルマは頭が痛い。自宅にラボなんて作ってしまうと、実質二十四時間働けてしまうのが辛《つら》いところだ。

似たような性格であり、大学のラボが自宅化しているエメリッヒ・バウアーに関しては、ファルマの目が届くということもあり、同期のジョセフィーヌ・バリエや帝国医薬大の研究者らと共同研究であるという意味合いもあって研究時間の管理はきちんとなされている。

エメリッヒは叙爵されたことで暮らし向きにも余裕がでてきたようで、生活のための薬師のバイトはもうしておらず、さらに研究に専念している。臨床経験が少なくなるというのは懸念材料でもあるようだが、学生としての本分は研究と勉学であり、今は患者を診《み》ている段階にないとの本人の意向があった。


「テオドールさん、また高熱が出てるのに出勤したのか」

ファルマがキアラからの報告を聞いて悩ましく思っていると、セルストが接客を終えて薬歴を書きながら弟を気遣う。

「弟は錬金術師として天職を見つけたようで、張り切っているのでしょう。しかし、その状況で出勤してはいけないと分からないのでしょうか。ほかの労働者に風邪の菌やウイルスをうつすことになります」

セルストは、度重なる悪霊の襲撃で有事に対応できるよう異世界薬局の近くに引っ越してきたため、彼女の子供たちがよく薬局に遊びに来るようになった。その子供たちは、キッズスペースで赤ちゃんの面倒を見ていたりする。

「言っても言っても言っても懲りてないみたいだよ」

実際に同じようなことをしてきたファルマにとっては、自戒を込めつつの発言だ。

そんなファルマの気持ちに寄り添うように、セルストは過去を振り返る。

「ふふ、私もここに勤めさせていただく前は、よく体を悪くしていたのです。なにしろ、成果主義とはいっても、貴族を顧客に持つと何をもって成果とすればよいのか分からないような無理難題を押し付けられていたものですから」

以前は貴族を何人も顧客に持っていたセルストだが、やれ不老不死の薬を作れだの、若返りの薬を作れだの、それはひどいものだったそうだ。おまけに、態度も横柄だったりしたらしい。

「この薬局に勤め始めてから、店主様にそういった無茶な客のふるまいから守っていただいていると感じます。それに、私もまったく発熱したり風邪をひいたりしなくなりました」

それは言うまでもなく、ファルマの展開しているパッシブスキルのたまものだったのだが、あまり追及されても困ってしまうので、ファルマは愛想笑いをする。

「それは、生活習慣がいいのでは？」

「そうかもしれませんね。弟もそうなってほしいものなのですが……。そういえば昔、弟が研究室にこもりっきりで、私が部屋を訪ねたら鍋を火にかけたまま密室で二日間倒れていたということがありました」

「密室で火にかけたまま……一酸化炭素中毒かな」

その話が本当ならば、少し発見が遅れれば死んでいたということになる。

「危うく死ぬところだったという笑い話ですけどね」

「それは本当に笑い話にならないところだよ」

ファルマが真顔になる。

「前も指示したけど、作業中は換気をよくするように重ねて指示をしておくよ。これもキアラさんに監督してもらわないと」

ファルマは、テオドール率いるマーセイル錬金術師らが突っ走って重大な事故を起こさないよう祈るばかりだった。自分で窓開け換気をするのを忘れるなら、もう排気設備のあるドラフトを作るしかないな、とファルマは唸《うな》る。

水属性神術使いの錬金術師は火を使わず薬効成分を抽出しポーションを作るのが得意だが、火属性神術使いのやることといえば乾留・蒸留・煮沸・融解・燃焼などなど、炎や熱を使う工程ばかりなので必然的に事故も多い。もちろん、火属性神術使いは皮膚も頑丈で炎に対する防御力も高いのだが、ひとたび事故になれば機材や設備なども一緒に焼けたり吹き飛んでしまう。工場にとっても大きな損害で、工場がたびたび事故を起こすとなると、住民からの反発もあるだろう。

（研究ノートの保管は、テオドールさんたちの研究棟から離れた棟の金庫にしてもらおう。現代の地球でさえ、研究室での爆発や機材の破裂、ボヤ騒ぎなんてざらにあったんだからな）

思いつきで色々とやらないでほしい、とファルマは心配だ。実験計画を必ず電報などで提出してもらうようにしているが、心配は尽きない。

「有機・無機化学および専門科目の座学と安全講習はしたんだけど、なかなかしっかり伝えるのは難しいね」

「そうですね……。従業員を守るために防炎、防爆神術陣を施した服装を支給するのはいかがでしょうか？」

「そうしたほうがいいね。ついでに保護眼鏡も改良しようか」

ファルマはさっそくセルストの提案を受け入れることにした。

そこに、接客を終えたレベッカもやってきた。

「あら、レベッカちゃん、なんか最近顔色が黄色くない？　脅かすわけじゃないけど、肝臓とか大丈夫？」

レベッカの顔色を見たセルストがそう指摘する。どうやら、黄疸《おうだん》ではないかと疑っているようだ。

「え、そんなことないですけど。絶好調ですよう」

「レベッカさん、最近、緑黄色野菜か柑橘《かんきつ》系の果物をとりすぎてない？」

ファルマの指摘を受けたレベッカは原因に思い当たったらしく、顔を真っ赤にした。

「きゃーっ！　栄養剤を飲みました！　これは柑皮症《かんぴ》だと考えますー！」

「なんでまたそんなに栄養剤を？」

「一級薬師試験の勉強で……」

　レベッカは、夏に行われる一級薬師の試験を受けるために夜も勉強で寝不足らしく、自宅に近い異世界薬局の支店で栄養ドリンクを買いまくっていたそうだ。今年から一級薬師の試験の内容は現代医薬品の問題も加わり、難易度も上がっている。

「それだけ勉強してたら受かるでしょ」

「言えてるね」

　ファルマがセルストと言い合って笑う。

「そんな前振りして、落ちたらどうするんですかぁ……。現代医薬品は店主様が教えてくださって身についていますが、薬草学とか自信ないんですよう……」

「今年は難化しているから気を付けてね。現代医薬品も薬草学も五十問分、俺が試験問題を作ってるから」

「ほらー、店主様が脅すー！　なんで試験問題作成に参加してるんですかー！　過去問が使えないですよう」

「んー、担当委員だからとしか言いようがないな。申し訳ないけど、手心は加えられないよ」

　一級薬師の質を高めるためにも、難化は必須といえた。あまりに脱落者が増えると受験人数が減ってしまうので、他国の薬師会とも難易度を調整しなければならないが、どの国も軒並み難化していると聞く。ファルマのもたらした現代薬学が、国境を越えて普及しつつある証左だ。

「じゃあ試験勉強に付き合ってあげようか？　お礼は夕飯のおごりでいいわよ？」

見かねたセルストが申し出ると、レベッカはありがたがってそれを受けた。

「本当ですか、ぜひよろしくお願いしますー！　お子様たちの分もごちそうしますー！」

そんなやりとりをしてなごんでいると、ちょっとちょっと、とエレンがカウンセリングブースから顔を出してファルマを手招きしている。

人目を憚《はばか》る話だろうと察したファルマが、エレンと対面してカーテンを閉め、ブースに座る。

「ねえ、ファルマ君。つかぬことを聞くんだけど、診眼を使ったあとにしばらく眩《まぶし》しく感じることってある？　これって普通の状態なのかしら？」

エレンは深刻というほどではないが、見逃すこともできないといった様子だった。

「いや、俺はないよ。何も感じてない」

「診眼を長く使えるように頑張ってるんだけど……。使ったほうの目が見えにくいのよ」

エレンは片目ずつぱちぱちと瞬《まばた》きをする。炎症はないようだけどな、とファルマはエレンの目を覗《のぞ》き込む。

「痛みとかは？」

「ないわ。うーん……なんだろう。疲れ目かしら」

「集中しすぎてるんじゃないか？」

日常的に診眼を使わないほうがいいのかもしれないよ、とファルマはアドバイスした。念のためにとエレンに診眼をかけてみたが、普段の状態と何も変わらない。

いっとき、ファルマの輸血のおかげか近視が治ったと言っていたエレンだが、また元の状態になって眼鏡を手放せなくなってしまっている。血液は脾臓《ひぞう》で分解されるものなので、効果は長くは続かなかったようだ。薬神紋の一部は彼女の手首に定着し、診眼だけはまだ使えるようだが、それもいつまでもつのか分からない。

ともあれ、ファルマがエレンに診眼を使うと、不可逆性の近視ということで他の眼科系疾患がマスクされてしまう。近視は治らないので、治療薬を言い当てて白い光を取り除き、第二段階の診断を行うこともできないのだ。

「俺の診眼では、特に異常は検知していないけど……。君ってもともと近視だから、同じ部位の二つ以上の疾患は特定できないみたいだ」

エレンが一度診眼を使うたびに、一日分の神力を使ってしまうことには変わりない。工夫してごく短時間での診断を試みているようだが、それでも一日に二人が限度ということだった。

「エレンが診眼を使うの、やっぱり体に負担なんじゃないかな」

ファルマは考え込む。自分だって診眼はここぞというときにしか使っていないし、規格外の能力をエレンのような一般人（？）が使って害がないという保証もなかった。

ファルマはエレンの目を改めて覗き込むが、やはり炎症などを起こしている様子はない。専門医ではないので表面的なものしか分からないが、眼球の表面にも異常は見当たらなかった。

ファルマが自分を凝視して考え込んでいるものだから、エレンが顔を赤くする。

「や、やあね。そんなに見つめて。そういえばファルマ君、なんか大きくなったわよね」

「心配してるんだから、茶化さないでよ」

ファルマの心配をよそに、エレンは軽く笑って席を立ち上がると、勢いよくブースのカーテンを開いた。

「ふふ、深刻に考えすぎよ。こういう時は目を休ませるに限るわ。神力を枯渇させてもいけないし、診眼を使うのは控えることにするわ」

とはいえ、エレンがあてのない違和感を訴えることはあまりないので気にかかる。ファルマがかける言葉を迷っていると、エレンは小声で礼を述べた。

「ほんと、ありがとう」

「……うん。また変な症状が出たら教えてよ。気になるからさ。それに、エレンの勘って当たるんだよ」

「分かったわ。やっぱり、ファルマ君みたいにしようと思うとガタがくるのね」

「エレンが手伝ってくれるのはすごく助かってるけど、俺と君の体は多分構造が違うから。症状が続くようならやめたほうがいい。無理しないで、俺に回してくれていいから」

ファルマはエレンを気遣うが、違和感の正体は掴《つか》めない。診眼を使って目がくらんだようなことは、一度もなかったからだ。

そこで、ファルマは重大なことを思い出した。

「ロッテを助けるために、エレンと兄上が受けた霊薬バテラスールの呪い……。あれを今すぐ何とかしないといけないのかもな」

エレンが元気そうにしていること、診眼を使っても特に不調を見出《みいだ》せなかったこと、神力量にも変化がないことなどから、あれこれと対策は考えながらも保留にしていた問題だ。

しかし、もしファルマの予想が外れていて、禁術の代償として少しずつ症状が出てきて、やがて多臓器不全になってしまうような類《たぐい》のものなら、いま対処しておかなければ大変なことになるかもしれない。

ファルマは、すべての呪いを無効化する天類の神薬『万理《ばんり》の解』の完成をもって、一気にエレンとパッレの呪いを解く算段にしていたが、その完成が見えてこない以上、絵空事を言っている場合ではない。

「診眼を使った反動ではなく、バテラスールの合成に君の目の不調が関係あるなら、だけどね」

「ファルマ君……これ以上あなたに負担をかけたくなかったのに、巻き込んでしまってごめんなさい」

「隠されるほうが気になるよ。ありがとう、症状が出ていることを打ち明けてくれて」

「何か私にできることはある？」

「協力してほしいことができたらすぐに伝えるよ。今日は勤務が終わったらすぐに帰るね。そうだ、こないだ見つけてきたおいしいハーブティーをあとで渡すよ」

ファルマはエレンを安心させるように言い聞かせ、これ以上心身にストレスをかけないように、今日はしっかりと休んでほしいと伝えた。

◆

薬局から自宅に直帰したファルマは、今日もなにやら分厚い本を読み込んで研究に勤《いそ》しんでいるパッレにかけあう。

「兄上、ただいま。さっそくだけど、神秘原薬のある薬庫を開いてほしいんだ」

禁書庫や神秘原薬を貯蔵する薬庫は、当主のブリュノか嫡男のパッレにしか開くことができない。疫神樹《えきしんじゅ》の被害を受けたド・メディシス家ではあったが、幸い禁書庫や薬庫には被害はなかった。

「なんだ、藪《やぶ》から棒に。何をする気だ？」

「バテラスールの呪いを解く」

「なんでまた急に？」

「エレンの目に何らかの症状が出ている。バテラスールが原因かは分からないけど、懸念事項は早急に解決してしまいたい。兄上の目には特に異常はない？」

「いや、特に自覚できる症状は何もないぞ。呪いを解くといったって、俺とエレオノールに呪いをもたらしているバテラスールの病原性物質はまだ特定できてないじゃないか」

バテラスールに含まれていたと思われる病原性物質は既に分解されてしまったか、もしくは代謝されてしまったのか、エレンとパッレの血液からはこれというものを見つけることができなかった。さらに、神秘原薬の原料を分析しても寿命に影響しそうな病原性のある物質は出てこなかった。既にそこまで調査は終わっていて、呪いの対策は暗礁に乗り上げていたのだ。

「そうだからアプローチを変えることにした」

「というと？」

「できたばかりのバテラスールを使って解析しようと思う。合成直後のバテラスールは、きっと術者に対して何らかの病原性を持っていると思うんだ。無害な神秘原薬の組み合わせが、溶解し術を立ち上げることによって有害物質を発生させるんだろう。そして術者の体内に入ってから、何らかの遺伝的作用を与えた後、急速に分解する。そういうことだったのかもしれない」

「じゃあ、何か？　もう一回俺とエレオノールでバテラスールを作れってか？」

「いや、兄上には詠唱と調合の再現方法を教えてほしい」

「待て待て、バテラスールの合成の資格があるのは、薬神を守護神に持つ若い女性だぞ？」

そう言われるだろうと思って、ファルマは携えていたアイスボックスの蓋《ふた》を開ける。

「エレンの輸血用全血を持ってきた。兄上とエレンの組み合わせでいけるなら、俺とエレンの組み合わせでもいけるはずだ。バテラスールに有資格者と認識させるには十分だろう」

パッレは何か反論しようとしたが、前回と同じ条件が揃《そろ》ったことに気付いたようだった。

「……神秘原薬を完全融解させたあと、術者が指を切って、創傷面を原薬のるつぼに浸さないといけない。お前が新たに感染するつもりなのか？」

「いや、術者の血液がバテラスール完成の触媒になるのだとしたら、創傷面をるつぼに浸して術者に感染を成立させる必要がどこにある？」

ファルマが思うに、条件の厳しさは影響の大きい禁術を濫用《らんよう》させないようにするための、一つの制御装置なのかもしれない。

（それに、たぶん霊薬の類なら傷口を浸したとしても俺には感染しないと思う）

守護神をもってしても代償をとられるのは神薬からであり、実質的にファルマの脅威となるのは天類からだ。だが、そうだと確信をしていても、あまり確かめたい気分にはならない。それで特定できなければ、次なる手段を考えるしかない。

「そんな話があるかよ……」

パッレは泣きそうな顔になった。何のためにバテラスール合成のために命を張ったのだ、と言わんばかりだ。パッレの心境もよく分かるので、ファルマは抑え気味に話す。

「でも、禁書に書かれている手順通りに合成しようとするのが普通だよ。失敗すれば即座に呪死という制約がついているんだからな」

「そうは言うが、失敗したらお前は即死なんだぞ」

「そうならないように、呪死を跳ね返す神薬を持ってきたんだ」

ファルマは小瓶に取り分けた神薬をパッレに示す。

「神薬だと……？」

「そう、〝爾今《じこん》の神薬〟。一日だけ、飲んだ者を不死にする神薬だ」

「……前にも聞こうと思っていた。お前、それを神聖国から調達しているのではなく、自分で作ってるだろ」

「……」

ファルマは無言をもって肯定する。

「バテラスールを作るとき、お前の毛髪が守護神の聖体として機能した」

「エレンから聞いたよ。よくそんなことを思いついたよね」

エレンの突拍子もない行動は、ファルマが受けた薬神の加護を信じていた結果なのだろう。

「俺は理屈が分からない。もし、お前の毛髪が守護神の聖体とみなされるなら、お前が生まれたときからそうでないといけない。でも、俺が知る限り、幼少期のお前はそうではなかったはずだ。お前が薬神の加護を受けたという落雷のあの日、体組成が根こそぎ変わってしまったのか？　お前の中で何が起きているんだ？　守護神の加護というのは、人間を守護神へと作り変えるものなのか？」

「……正直なところを言うと、俺も自分の体に何が起こっているのかよく分からないんだ」

「お前の中にいる薬神様は、どういう状態で存在しているんだ？　ふとしたときに、助言や助力をしてくださる感じなのか？」

「……常駐して意識を共有している感じ、に近いかな」

ファルマの実感としては、薬谷完治《やくたにかんじ》の意識が表層に出てきている。それでも、ファルマ少年の存在はどこかに感じていた。ファルマ少年が薬谷をどのように認識しているのかは、薬谷には分からない。ひょっとすると、薬谷に意識を乗っ取られたまま、彼のすることを観察するほかないのかもしれない。

思ったよりもファルマが薬神の加護に干渉されていたのだと気付いたパッレは、嫌な予感がしてきたらしい。

「マジか。今俺が話しているお前は、ファルマのほうか？　それとも薬神様か？」

「しいて言うなら、両方かな」

薬谷完治とファルマ少年の意識は混じりあっているような状態だが、パッレの薬神への信仰心はそれはもう凄《すさ》まじいものがあるので、それを一心に向けられるのは辛《つら》いし、後ろめたい思いもある。パッレの心境も慮《おもんぱか》り、ファルマはぼかした言い方をしておいた。さすがに、自らが神聖国に正式に擁立された薬神であり、現在はド・メディシス家の籍も抜かれて神籍にあることまでは言わないほうがいいだろうと思いとどまる。

「……分かった。あまり詮索《せんさく》しないことにする。そのほうが薬神様のためだよな？」

「これまで通り接してもらえると助かるよ」


パッレと折り合いがついたところで、ファルマはパッレの指南のもとに、エレンの全血と自らの血液を使って、バテラスールの再調合に成功した。そしてエレンとパッレの仮説通り、調合したばかりのバテラスールの中から感染性の遺伝子断片を同定した。

ファルマはただちに配列を解析し、それに対する抗体を設計した。エメリッヒの蓄積した細胞培養のノウハウもあって、目覚ましいスピードで、エレンとパッレの治療用抗体製剤の調製にこぎつけ、解呪の見通しが立ったのだった。

その後、エレンの目の不調の正体は、エレンが飛蚊《ひぶん》症の症状を訴え始めたことから、網膜剥離《もうまくはくり》の初期症状だったと診断がついた。

しかし、それがバテラスールの呪いと関連性があるのかまでは、結局判明しなかった。

七話　ギャバン大陸への再上陸

一一四八年四月二十六日。

「新大陸への二度目の上陸じゃぞい」

ジャン提督が陸地へと一歩を踏み出すと、甲板に出た船員たちから拍手がどっと湧き起こった。

出航からわずか二十二日、ギャバン大陸探検隊二百名の乗組員は、脱落者なし、最速航海でギャバン大陸へ到達した。

上陸したのは、大陸東海岸の南部地方。真っ白な砂のビーチが広がる奥には、豊かな植生の森林地帯が広がっている。まさに新天地といった趣だ。

「ここがギャバン大陸ですね……。本当に着いたんですよね……もう酔い止めの薬を飲まなくてよいと思うと……あ、でも帰りがありました」

低血圧で干物のようになったクララが、何とか船べりにひっかかったまま尋ねる。

「着いたのは間違いないが、その、なんじゃ。ギャバン大陸っちゅー呼び方はよさんか」

「でも、そういう名前がついてしまいました」

航海士も、海図を見せながらそっけなく返事する。最新版の海図には『ギャバン大陸』という文字が躍っている。

「まあいい、今夜、帝国へ電信を打ってくれ。皆心配しとるじゃろうで」

ジャン提督は居心地が悪そうな顔だ。

「はい。聖下もさぞやお喜びになるでしょう」

「さすがはジャン提督です。まさかここまで早い到着とは思いませんで」

「提督が指揮される船団でしたら、大船に乗った気持ちでいられます」

船員たちはジャン提督の航海の手腕をほめそやす。

ジャン提督への信頼が厚いのは、それなりの理由があった。彼は若い時分に帝国から東イドンへの最短航路を初めて見出《みいだ》し、航海士としての名声を不動のものにした。新航路の開拓で帝国に莫大《ばくだい》な利益をもたらし、東イドン会社を組織してからは植民地を狙う海賊を退け、数々の海戦にも勝利した伝説の船乗りだ。海賊を撃退しただけではなく、海域を荒らす大悪霊をも追い払ったという尾ひれのついた称賛もとどまるところを知らない。

「今回はなぜか〝船の墓場〟でも悪霊と遭遇せんかったし、異世界薬局の店主さんのおかげもあるじゃろう」

過剰な持ち上げに困った提督は、ひとまずその場にいないファルマに功績をなすりつけることにした。

「確かに、驚くほど直進できましたね」

「前回は悪霊がのさばっていたのに……。好天にも恵まれましたし、偶然でしょうか」

「もしくは旅神様の加護かもしれんぞ」

今度はクララが担ぎ上げられ、胴上げをされそうになっていた。

「ひえぇ！　酔います、酔います！」

クララは目が回っている。

「帰りもうまくいくといいんじゃが……」

そんなクララを横目に、ジャン提督はのんびりとあくびをする。

クララも疲れた顔で上陸すると、荷降ろしが始まった。船団が次々に到着し、海辺には安全確保のための神術陣が敷かれ、本格的な船外活動を開始する。

クララも嬉《うれ》しそうにビーチに突っ伏して、砂浜で平泳ぎのような動きをした。

「はあー、やっぱり陸地は最高です」

もう陸地から離れたくないとばかりに、クララは顔を砂にめりこませている。

「砂！　あー砂！　これでやっと酔い止めを飲まなくてもすみますー！」

「はは、お嬢ちゃんはそれが一番じゃの！」

大陸の砂浜を踏む海の男ジャン提督は、足元も確かだ。

「帰りもあるかと思うと吐きそうですけど。おえぇ……」

「今は吐かんでよかろう」

航海の途中に無人島などに立ち寄ることもあったが、先を急ぐあまり滞在は数時間ということが殆《ほとん》どだった。航海の全日程は短期間で済んだとはいえ、クララは陸地が恋しくなっていたところだ。

「じゃあ、ここらで一言念押ししとこうかのう」

背の低いジャン提督は、荷箱の上によっこいしょと登ってブリーフィングを始めた。

「諸君ら。分かっておると思うが、今回の旅の目的は拠点の確保、次に探検と地図作製のための測量じゃ。船上でも今後の段取りはひと通り説明したが、野生動物や悪霊とは、やむを得ない場合を除き極力戦うでないぞ。どこに悪霊の巣窟があるか分からんからな」

「了解！」

手に負えない悪霊と遭遇して海上まで追ってこられては逃げ切れなくなって、一巻の終わりだ。クララの予言では、船団の全滅はなく死者は出ないということだったが、その予言も無事を約束するものではなく、いつ瀕死《ひんし》の状況に陥るともしれないのだ。

「まずは、食料・資源探索隊、測量隊、神術陣敷設・基地建設隊の三隊に分ける。滞在期間は最大一か月じゃ。積んできた食料では、それしかもたんからのう。滞在分の食料が尽きたら、帰るとする。なんか質問はあるか？」

「提督！」

ジャン提督の乗っていた船とは別の船の指揮官が、挙手のつもりか杖《つえ》を挙げていた。

「はいそこっ」

ジャン提督が顎《あご》をしゃくる。

「新大陸の果物や水、獣などは食べてはいけないのでしょうか。食料を増やすことができれば、滞在期間が延ばせます」

「ばっかもーん！　出発前研修で店主さんからさんざん言われとったじゃろうが！」

ファルマからの研修内容は小テストを執拗《しつよう》に行うほどの厳しさだったのだが、船員は既に頭から抜けているようだ。

「口にしていいのは本国から持ってきた食料、神術使いの出した水、これだけじゃ！　その、あー……あれじゃ。未知の病原体に汚染？　されとるかもしれんし？　病原体はなくとも重金属かなんかに汚染されとるかもしれんから？　重金属ってなんじゃ、重い金属か？　難しい話はよう分からん！　とにかくダメなもんはダメじゃーっ！」

ジャン提督もファルマの説明を半分ほど分かっていなかったが、現地のものは何も食べるな、基本的には船の上で生活しろと部下に指示し、ファルマの言いつけを死守するつもりだ。

判断を一つでもたがえれば、命を落とす。ここは未開の地でもあり、それが現地住民か野生動物かは知れずとも、何者かの縄張りなのだという緊張感を持って滞在を続けている。

不測の事態で食料が尽きた場合に備えて『神術に依存しない、現地のものを食べる際の可食性テストの方法』と『飲み水の作り方マニュアル』もファルマから渡されているが、これは究極の最終手段で、基本的には絶対に飲むな食べるなと言われていた。

毒物検出の神術が使える水属性神術使いも同行しているが、それが新大陸でも通用するものと過信してはならないということで、原則として神術を使用することは禁じられている。

珍しい植物や果実があれば、写真を撮り、それを着彩し、できるだけ採集して持ち帰る。それらの検疫はマーセイル港で行われる見通しだ。野生動物の調査も、生息領域の特定も、無理のない範囲で行う。体を張った調査はいらないのだ。

「さあ、異世界薬局の嬢ちゃんにもらった神術陣の出番じゃ。時間の節約にもなるし、ありがたいのう」

ロッテが餞別《せんべつ》としてジャン提督に渡した火炎神術陣を調査拠点に敷設し、最も近い水場までの測量を行う。

宝石や黄金の探索も気になるが、欲張りすぎてはいけない。功名心は命取りだ、とジャン提督は口を酸っぱくして船員らに言って聞かせた。

だが、そんなジャン提督の方針に異を唱える者がいた。

「たとえ未知のものでも、連れてきた犬に食わせてみれば毒かどうかぐらい分かるんじゃね？　それより領地確保にいこうぜ。うかうかしてると、他国が来るかもしれねーぞ」

こう言うのは、従騎士《エスクワイア》であり、かつては女帝の小姓《ペイジ》を務めていたノア・ル・ノートルだ。

彼は偽名で船に乗り込んでいたが、出航して五日目ぐらいに「ノア・ル・ノートル様ですよね？　社交パーティーでお会いしたことがあります」とクララにバレていた。

有名侯爵の公子でもあるノアがなぜ危険な船旅に紛れ込んでいるのかというと、聖帝エリザベスの密命だ。彼はある特性を買われて、聖帝から「できる限りでかまわないが」と注釈をつけられつつ、秘密の任務を与えられていた。

「だーっ、話を聞いとったのか！　遅効性の毒もあるんじゃぞ。食料は、わしらが持ってきたものを植えたものが育つまで待つんじゃ！　領地もへったくれもあるか！　お前は新天地を舐《な》めとる！」

「測量して、帝国の旗を立てた場所が領土になるんだろ？　急がないと先を越されるぞ」

ノアは帝国での慣習を基準に考えている。

「誰も来ん！」

「どうしてそう言えるんだ？」

「断言してもええが、新大陸に到達したのはわしら以外にはおらん！　そんな航海技術を持つ国なんて、サン・フルーヴ帝国以外にありゃあせんのじゃ！」

航海技術以外にも色々と幸運が重なったような気のするジャン提督であったが、それは埒外《らちがい》に置いた。

「そんなの分っかんねーだろうがよ！」

ジャン提督とノアはお互いに言い合っていたが、最後は舌戦に疲れてノアが折れた。

「分かったよ……じゃあ、領土の確保より調査が先だ」

「それでいいんじゃ」


船員たちは平地を見繕って、地道に開墾を始めた。

土壌の確認をし、神術陣で囲いを作って畑とし、本国から持ってきたマメ、カブ、マクワウリ、ミカン、リンゴ、オレンジなどいくつかの作物の種と苗を植える予定だ。

「〝**大地の実り**〟」

土属性の随行神官が協力して、促成栽培神術をかける。時には神術陣も利用して、生育を急がせる。これらの作物を育てている間に一度本国に帰り、育ち始めた頃に戻ってきたときは安全な食料が確保できるのだ。現地の果物は帝国に持ち帰って研究し、毒性がないことを確認してから、次回から食べてもよいというマニュアルになっている。おいしそうに見えたとしても、ここはぐっと我慢のしどころだ。

◆

その日の夜には、帝国との定期通信でギャバン大陸上陸の報を華々しく報告した。今回ばかりは単調なモールス通信ではなく、音声通信での成果発表である。

聖帝からのねぎらいの玉音を受け取った船員らは、感極まっていた。

船員たちは安全のため、また悪霊との遭遇を避けるためにも、船に戻り一夜を明かす。夜間は船への侵入者を警戒してすべての船室に鍵と悪霊除《よ》けの神術陣が施され、交代で見張りを行った。

上陸当日は何事もなく、平穏に過ぎていった。

◆

翌朝からは、本格的な大陸の探索活動が始まった。

探索開始から数時間ほどして、基地はにわかに慌ただしくなった。

「湖だ！　透明で真水の湖があったぞー！」

探索隊が海岸から一キロほど内陸に、大きな湖を見つけて帰ってきた。水場があれば、将来的に集落などが作れると喜んでいる。

「水場を見つけたら、発見者が名前をつけていいっていう決まりでしたよね？」

と、発見者の船員が確認をとる。そこで、その湖は『ギャバン湖』と命名された。

これに納得がいかないのがジャン提督である。

「なーんーでーじゃー、そこでなんでわしの名前をつけるんじゃ！」

「到達地の地名は『ギャバン』に統一したいと思いまして、ほら、揃《そろ》っていたほうが覚えやすいじゃないですか。さあ、提督も現地を確認してみてください」

「揃えんでええわい！」

発見者の開き直った返答に、ジャン提督は嘆くほかなかった。


探索隊の先導でその湖に到着したジャン提督は、あることに気付いた。

「ん？　そういや、その真水っちゅーのは、どーやって確認したんじゃ？　まさか飲んだとか、舐めたんじゃあるまいの？」

ジャン提督の眼光が鋭く輝く。

「えーと、その……し、しぶきが口に入りまして」

船員が苦しい言い訳を繰り出すと、ほかの船員も次々と白状する。

「ちょっと体を洗いたくて……。で、でも水浴びだけならいいじゃないですか！」

「水浴びじゃとう!?」

ジャン提督の眉がどんどん吊《つ》り上がり、目が見開かれる。

「危険生物はおらんかったのか？　この透明度の高さなら、何か見えたじゃろう」

「クロコディルが日光浴をしていましたが、神術で向こうへ追いやっておきました」

大型肉食動物であるクロコディルとの遭遇にも動じないあたり、神術使いとは頼もしいものだと神脈を持たないジャン提督は感心するが、水浴びをしたり口に含んだ件は見逃せない。ジャン提督は眼鏡を上げ下げして、金科玉条としているファルマの『絶対順守！』と書かれたメモを確認する。

「むー……クロコディルを退けた話はええが、水浴びをするときには、容器に水を張ってその中に何やら薬を入れろと書いてあるでのう。湖や川の中を泳ぐのは想定外じゃ。のう、マジョレーヌ師よ」

「え、ええ。ファルマ・ド・メディシス師からは、やむをえず現地の原水を利用するときは浄化神術では不十分とのことで、時間がかかりますが水質検査と微生物調査が必須と言われています」

やりとりを聞いて青ざめていた随行薬師のマジョレーヌ・ポアンカレが返答する。彼女はブリュノの高弟で、錬金術師と一級薬師の二つの資格を持っている臨床家でもある。マジョレーヌもファルマの渡航前研修を受け、ブリュノの命令で随行していた。

しかし、船員たちもファルマの研修を受けたとはいえ生水の危険性を熟知しておらず、マジョレーヌの話に聞く耳を持たない。

「そんな大げさな！」

「本国でだって、湖や川で泳ぐのは当たり前だ。そんな大変な目に遭ったことなんてないし、誰も水質なんて調べてない。いったい何が危険なんだ。異世界薬局の子供店主は少し神経質なんじゃないか？　そりゃ、尊爵家のお子様は湖沼で泳ぐなんざ想像もつかねえんだろうけど」

「ああまで小うるさいと、潔癖症に違いないよな」

「わしゃー店主さんを信用して、助言を求めたんじゃ。店主さんはのう、船乗りの一番の死因ともいえた壊血病を過去のものにしたんじゃぞ」

口を滑らせた船員らが、ジャン提督に睨《にら》まれていた。

「まあ、その功績はあるかもしれませんが、何でもかんでも守ってたんじゃ……」

なし崩し的にマニュアルが破られそうな気配の中、マジョレーヌは怯《ひる》まず説得する。

「生水には毒物や重金属が含まれていたり、感染症のおそれもあります。ファルマ師は決して心配性や潔癖症などではありません、私たちの生存率を少しでも高めようとしてくださっての忠告です。水にあたって全滅しましたなんて、聖下に報告できますか！」

しかし、ただでさえ船員としての細かい規則や締め付けが山ほどある船旅である。それが上陸後も続くとあれば、船員たちも我慢の限界に達してしまう。

「前回は無事に戻れたんでしょう？」

「前回は現地の水を飲んでいないと伺っています」

マジョレーヌは、過去の航海の情報を書き写したノートを見ながら食い下がる。

「ああ、分かりました、分かりましたよ！　その水質検査に、いったい何時間かかるんですか。待ってられません、日が暮れちまう！」

「急ぎますから、休憩をとりながら待っていてください」

船員らの剣幕に、マジョレーヌの声が震えていた。

「あー、じれったい。水を飲まなければいいんだろ！　水底に真っ青な魚がたくさんいるぞ！　魚がいるってことは、毒なんてないだろう。安全じゃないか！」

「せめて水質を調べてから！」

「水は一滴も飲まないから、よっと」

船員はそう言いながら服を脱ぎ捨てて、湖に飛び込んでいた。他の船員たちもマジョレーヌの言葉を聞かず、思い切り水浴びを始めた。

童心に還《かえ》ったかのように大はしゃぎで水を掛け合って白熱する船員たちは、マジョレーヌが何を言おうともう止まらなかった。透明度が高く光が乱反射する水には人を虜《とりこ》にする美しさがあり、潮風と汗でべたついた体を清めたいと思う者が出るのも仕方のないことだった。

「何か……見落としている気がする」

顔面蒼白《そうはく》になるマジョレーヌに向かって、船団の料理人は黄金色の殻をもつ巻貝を手にしてにっこりしていた。

「見てください、水底にきれいな貝がたくさんいますよ。これ、おいしいのかなあ」

「そんな素手で！」

ファルマから感染症の講義も受けてきたマジョレーヌは、飛び下がる。

「薬師様がたは潔癖すぎますよー。火を通せば安全！　スパイスと油で炒めたら、きっと絶品ですよ、異論はないでしょ？　なあに、一口召し上がればコロリと意見も変わりますよ」

その様子を見たクララもそこはかとなく嫌な予感がして、何やらその場で祈祷《きとう》のための小踊りをしてからおずおずと忠告する。

「あの……それ、触らないほうが……すごく嫌な予感がします。私の守護神、旅神様がそう仰せです」

クララは独特な雰囲気と怪しい舞踊を披露することから、船員たちの中では〝少し変な人〟という扱いになっており、そんな人物の忠告を真に受ける人間はいなかった。

「またまたー。気にしすぎですよー」

「そうかなぁ……」

クララとマジョレーヌは押しに弱く、お互いに顔を見合わせて一言ずつ述べた。

「私はどうしても嫌な予感が……」

「私は薬師としての衛生的観点から、危険だと申し上げているのに……」

マジョレーヌは『常備医薬品・衛生用品手帳』というものを取り出した。

「もし何かの感染症にかかったとしても、しばらく持ちこたえられるだけの薬は準備していますが……全員が一度に同じ病気になることは想定されていません。そうなると、薬はとてもいきわたりません」

マジョレーヌは、半泣きになっていた。

「ああ……大陸間をひとっ飛びで移動できる神術があればいいのに！」

「それ、今一番欲しいやつですね」

「それです」

クララとマジョレーヌは悲しみに暮れつつ意気投合した。

◆

クララとマジョレーヌの懸念をよそに、その日、船員たちの身には何も起こらなかった。

マジョレーヌの水質検査は、湖の数か所からサンプリングを行い、その日の夕方までかかって結果が出た。

「濁度、色度、細菌の個数、水素指数、全般的に問題ありません。ファルマ師の水質指標をクリアしています」

船員の大半は湖に入ってしまっていたが、結果として水質検査も細菌検査も問題はなかった。飲用には適さないが、生活用水としては間に合う。フィルター濾過《ろか》を行えば、飲用もできる。そう結論が出たこともあって、マジョレーヌはすっかり安心したようだった。

その翌日も、何も起こらなかった。

大っぴらに泳いでいる者も増え、ついにはこっそりと魚を焼いて食べる者も出始めたが、ジャン提督も「水質に問題ないのであれば、火をしっかりと通せばええかのう」と認めざるを得なかった。

緊張の糸が切れた、そんな空気が漂う。誰から言い出すともなく、この湖は安全だということになりつつあった。

「クララさんも水浴びぐらいしたら？」

「私はマジョレーヌさんにお水をもらいましたから」

こういう時に、自分で温水シャワーを調達できる水属性の神術使いは勝手が良かったが、クララは無属性ということもあり、自前では大量の水を調達できない。なので、水浴びをしたいときには船内の水浴室で水属性神術使いであるマジョレーヌに随時依頼をしていた。

「この青い魚、焼いたらウロコがパリパリしてうまいですよ」

「さっ、魚は苦手ですの」

船員がクララにも魚を勧めてきたが、彼女は守護神への祈りを欠かさず、頑として応じようとしなかった。料理人は徐々に食材の旨《うま》みを引き出す調理法を編み出し、日に三度の食卓には日々カラフルで新鮮な魚介が並ぶようになった。

「それじゃ、こっちのクロコディルのテリーヌはどうです？」

「遠慮しておきます」

付き合いの悪い奴と思われようが、嫌な予感がするときは全員が同じ行動をしないほうがいい。

それが、現在は貴族とはいえ平民のスラム出身であるクララ・クルーエのサバイバル術だった。

◆

それから一週間で、ギャバン大陸探検隊は上陸地から南北に数キロの安全な生活圏を確保した。発見した場所にはギャバン山、ギャバン渓谷、ギャバン川など『ギャバン』という地名をつけまくった。野生動物も、発生する悪霊も、歴戦の神術使いの活躍で退けることができた。

「あっちの岩場に行ってみようかなあ」

ノアは、めぼしい土地を見繕っているようだった。

「そっちは崖崩れがあるかもしれませんよう」

クララがノアに忠告する。

野生動物などへの警戒から団体行動をしようとする大多数の人間とは違って、ノアは時々怪しい単独行動をとった。クララが気になって理由を尋ねるも、「聖下の御密命にかかわるので」と情報をシャットアウトされてしまう。

クララはジャン提督にも相談していたのだが、「聖下お傍《そば》付きの従騎士様じゃからのう……立ち入りすぎるのはのう」と、立場上不問にしているようだった。

その後も着々と測量が進み、真新しい地図ができてゆく。順風満帆、船員たちも活気にみなぎっていた。

「守護神様の神託、外れたのかなあ……」

クララは朝食のあと、洗濯物の取り入れをしながらぼやく。貴族が雑事を手伝っているという構図だが、ここでは貴族も平民もない。お互い協力をしなければ死あるのみだ。

クララは日中も動悸《どうき》が止まらず、日々旅神に祈りを捧《ささ》げるが、夜はなかなか寝つけなかった。そんな彼女の日課といえば『今日の運勢を占い、ジャン提督にアドバイスをして、危険な兆候の見える船員には忠告を促す』という立派（？）な仕事だ。

彼女の占いの効果もあってか、船員全員がさしたる怪我《けが》や病気にも見舞われていない。それなのにあまりにもクララが沈んでいるので、船医からは「ストレスですよ」と断定され、マジョレーヌからは「眠れないなら、睡眠薬とか抗不安薬を出しましょうか？」と聞かれたが、クララは薬で解決する問題ではないとはっきり感じていた。

「ふえぇ、絶対なんかあるよう……早く帰りましょうよう……」

クララは目じりに涙をぶら下げていた。

とにかく彼女は何事もないまま早く帝都に帰って、サバイバル生活ではなく安心できる環境で惰眠をむさぼりたかった。

船員たちは甲板や食堂で夕食をとると、男女別、職務別に数人ずつ相部屋で寝る。

クララとマジョレーヌは、ほかの女薬師とともに同じ部屋で枕を並べていた。

「そろそろ寝ましょうか、今日は眠れるといいですね」

マジョレーヌがランタンの明かりを消す。

クララが不安定な状態でいるので、看護を兼ねてマジョレーヌが相部屋を申し出てくれたのだ。

「そう祈るばかりです……」

クララはそう言うと、日中の船外活動でパンパンになった自分の脚を揉《も》む。

「どうしても辛《つら》いようでしたら、本当に睡眠薬を試してみますか？」

「夢を見なくなってしまったらいけないので、やめときます。私はそれが仕事のようなものですし、もし薬のせいでそれができなくなってしまったら、悔やんでも悔やみきれませんから」

クララは俯《うつむ》きながら、小さな自負を口にした。

マジョレーヌはそんなクララを見直しつつ、優しく声をかける。

「睡眠薬……正確には睡眠導入剤には、色んなタイプのお薬がありますよ。脳を休めるタイプのベンゾジアゼピン系のもの、そうでないもの、自然に眠る力を利用するものも。夢を見にくいお薬もあれば、夢を頻繁に見るお薬もありますよ」

「ありがとうございます。でも、いいんです、今日はちゃんと寝ますから」

クララはナイトキャップをかぶり、ベッドを整えて上掛けを首までかぶった。

「でも……夢を見るのが仕事なんて、素敵なお仕事ですわね」

マジョレーヌは誉《ほ》め言葉のつもりだったが、クララはそう捉えなかった。

「無能って感じですよね……。この船団の皆さん、エリート揃いで気後れします。私はなんでここにいるんだろうって場違いに思えて……。特にマジョレーヌさんなんて、そんなに若いのに知識も経験も豊富な薬師様で、かっこいいなって思います。それに引き換え私なんて、いつも寝てばっかりで……」

「あっ、そういう意味ではなくて……。クララさん、私はあなたのことを特別な人だと思っています。予知能力なんて、きっと世界の誰も持ってないですから。私なんて、ただ先人の知恵を頭にそのまま詰め込んだだけの、水属性神術使いにすぎないんですから。守護神様がクララさんただ一人を選んで、そんな特別な能力をお与えになったのは、きっと前世で素晴らしいことを成し遂げたからに違いないですわ」

クララはマジョレーヌの熱っぽい言葉に驚いて、目を見開いた。

「そんなふうに思ってくれている人がいるなんて……」

クララは感情の波に任せて、少し涙ぐんだ。

「私は守護神様が鑑定されるまで、自分はなんて無価値な人間だろうと思ってきました。でも、私を信じてくれる人がいる限り、守護神様から思《おぼ》し召しを受けたと思って、誰かの役に立ちたいと思っているんです」

そう言ったクララを励ますように、マジョレーヌが手を握ってくれている。

「それが召命であるなら、悪夢も怖くありません」

クララは一つの決意とともにマジョレーヌに微笑《ほほえ》みかけると、やがて眠りの中に落ちていった。

八話　急襲

その夜、クララが見た悪夢は、これまでで最も悲惨なものだった。

それは、船員たちがどこか島のような場所の一か所に集められ、病に喘《あえ》ぎながら折り重なり倒れているのを、クララが檻《おり》の中から見つめている情景だった。

手を伸ばそうにも届かない。一人ずつ力尽きてゆく様子をなすすべもなく眺めるしかない。

もはやこれまで、そう覚悟を決めたとき、空から眩《まばゆ》い光が降ってきた――。

光の正体を確かめることもなく、クララはベッドから飛び起きた。

全身、びっしょりと寝汗をかいている。

隣で眠っていたはずのマジョレーヌは既に起きており、船外活動を始めていた。クララは喉が枯れているのを潤すために、水さしから水を飲む。

(今日だ……きっと何かが起こる)


その日の朝、早番で上陸していた船員たちが悲鳴を上げながら逃げ帰ってきた。

「基地の周囲に敷設していた神術陣と結界が、すべて破壊されています！　基地内にも何者かが侵入した跡があり、資材が破壊されていました！」

「何じゃと!?」

船長室でモーニングティーを楽しんでいたジャン提督が紅茶を吹いた。

慌てて給仕がナプキンを持ってくるが、ジャン提督はその給仕を勢い余って突き飛ばす。

「茶を飲んどる場合か！」

慌てて立ったものだから足がもつれて躓《つまず》きかけるが、体勢を立て直し、ジャン提督は自慢の大声を快晴の空に響き渡らせた。

「神術陣を退けるほどの悪霊が来たのか！」

探検隊は騒然となった。なにしろ、近くに悪霊の住処《すみか》となりそうな場所はなかったし、大型の野生動物もいない。

「神力を消費するが、やむをえん。もっと強力な神術陣を展開し、基地の荷物を船に戻せ！」

ジャン提督の指示が飛んだ。

「〝**大地の祓《はら》え**〟」

随行神官と神術使いたちは基地の周囲に結界と神術陣を張り直すが、何かに気付いた神官が息をのむ。神官らはしばし話しあった後、分析結果をジャン提督に伝えた。

「妙です。神術陣を破るほどの悪霊であれば気配が残るはずなのに、それがまったく残っていません」

その時、マジョレーヌが震えながら近づいてきた。

「提督！」

彼女は捧《ささ》げ持った布の上に何かを載せて、ジャン提督に見せる。

「なんじゃ？　わしゃ老眼で」

ジャン提督は顔を近づけたり遠ざけたりしたが、焦点が合わないようだ。

「基地の地面に、髪の毛が落ちていました」

「船員のじゃないんか？」

「真っ黒の、長い直毛です。この髪の持ち主は、我々の船にはいません。そして、動物の毛とは違う構造……これは人毛です」

一同に戦慄《せんりつ》が走った。神術使いたちは無意識的に杖《つえ》を構える。

「ほらみろ、やっぱり他国が先回りしてんだろうがよ。どこだ？　スパインか？」

ノアがマジョレーヌに詰め寄るが、マジョレーヌは首を振る。

「でも、黒髪の人って……スパイン人も含めて、今まで見たことありますか？　せいぜい濃い茶髪ぐらいではないですか？」

「確かにそうだな……神像にはたまに黒髪の守護神がいるが」

そう、黒髪の船員は存在しないばかりか、マジョレーヌも船員たちも、生まれてこのかた黒髪の人間と会ったことがない。その事実に気付いたとき、誰もが黙りこくるしかなかった。

「本当に動物の毛ではないのか？」

まだ、最悪の事態から目を背けようとする船員も散見される。

「ええ、それは間違いありません。私たちが分かるのはただひとつ、犯人は野生動物や悪霊ではなく、この大陸の人間の可能性が高い。そういうことです」

船員らは震えあがったが、ジャン提督は彼らの動揺をよそにてきぱきと副官に指示をする。

「本国に電信を飛ばせ。新大陸にわしら以外の人間がいる可能性がある、とな」

「しかし、昼間は大陸間での電波が安定していません」

通信士は半泣きで伝える。

「かまわん。今すぐだ！　そして、その毛を持たせて伝書海鳥を帝都まで飛ばせ。店主さんに見せるんじゃ！」

ジャン提督は、一刻を争うという判断だ。

「無理です、一番長距離を飛べる鳥を使っても、これほど遠くからは戻れません」

「できるかできんかは聞いとらん。やれ！」

「かしこまりました！」

「諸君、武器の準備を怠るな。大砲を全門、岸に向けろ」

ジャン提督の指示は、単なる脅しではない。そんな気迫を言外に込めている。

「話が単純でいい。人間とやりあうなら、杖はいらんからの」

ジャン提督はなおも動じる様子もなく、肌身離さず持っていた腰のピストルに手をかけ、コートを羽織った。

「われら泣く子も黙る無敵艦隊。陸であれ海であれ、戦争とくりゃお手のものよ」

少し芝居がかった言い回しに続いて、ジャン提督の号令が洋上に響いた。

「戦闘準備じゃ！　調査基地は海岸堡《かいがんほ》を構築し、艦隊の前面に物理防壁を展開しろ！　沖合の島を撤退時の陣地とする。ボヤボヤするな！」

「はっ！」

船員らは戦闘モードにスイッチしたジャン提督に圧倒されるが、迅速に行動を始める。

海上に停泊している大型帆船は視認されやすいため、既に標的になっているだろう。こちら側は相手に船を沈められれば終わりだが、内陸部に逃げ込むことのできる相手を殲滅《せんめつ》することはできない。ジャン提督の言うよう、一刻も早く防衛措置、特に海上の安全域の確保が必要だった。

神術使いと随行神官が、各属性ごとに隊を編成する。

「〝地殻よ、隆起・堅守せよ〟」

正の土属性神術使いらが連携して共鳴神技を行使する。杖を地上に突き立て、息を合わせて発動詠唱を発すると、基地の周囲が硬く高い岩壁で囲われた。これを前戦基地とし、防衛のための拠点とするのだ。

「〝陥入せよ〟」

続いて控えていた負の土属性神術使いが、その周囲に一瞬で二重の壕《ほり》を張り巡らせる。

「〝湛《たた》えよ〟」

水属性神術使いが一斉に杖を振れば、その濠《ほり》に水が満たされる。

「〝火炎焼灼《しょうしゃく》！〟」

火属性神術使いが、海岸堡の周囲百メートルの森を炎で焼き払い、視界を確保する。

「〝大地の牙！〟」

さらに正の土属性神術使いらが、その前面に頑強な柵を構築した。

ここまで、わずか数分。この機動力は、神術使いがいかに戦地で欠かせない存在かを実証している。相手が神術使いであれば構築した要塞《ようさい》を神術で切り崩されてしまう可能性もあるが、平民相手ならば物理攻撃は防げるし、視界を広くとったことで敵の突撃を早期に発見し迎撃できる。

「今日の神力はもう使い切ってしまったぞ。襲ってきたらどうする？」

「かなわんな」

「ポーションの配給を頼む」

神力計を握りながら、神術使いらは汗をぬぐう。神術使い全員が消耗したわけではなく、予備戦力はもちろん残してある。

神力を消耗した者は、杖を銃器に持ち替えた。貴族が手にする武器は杖のみで銃火器を扱うのは末代までの恥という誇りと矜持《きょうじ》は、新大陸においては命取りとなるため犬の餌にくれてやれという考え方だ。

「はいっ、どうぞ！　神力充填《じゅうてん》薬を準備しておいた甲斐《かい》がありました！」

マジョレーヌは、調合した神術薬である神力回復促進ポーションの瓶を、甲斐甲斐しく一人一人に手渡してゆく。

「おう、ありがたい！　ていうか、そんな便利なものがあるんだな！」

これによって、通常なら神力の回復に一日程度を要するところが、半日で済むようになる。だがこのポーションは翌日の神力を前借りする仕組みで、そのぶん後日にツケを払うことになる。

ハラハラしつつその様子を見守っていたクララが、ジャン提督に進言する。

「防衛は必要ですが、交戦は避けるべきだと思います」

「正当防衛と安全の確保は、国際法でも認められとる。寝言を言っとる場合じゃなかろう！」

ジャン提督は憤慨しているが、クララは涙目で言いにくそうに理由を述べる。

「差し出がましくてすみません、でも相手は国際法なんて理解してないと思います。地形を変えて森まで焼いちゃうのは、過剰防衛だと思います。私たちはこの大陸が無人だと思っていましたが、知らずに彼らの縄張りを荒らしてしまったのかもしれませんし、あちらからしても侵略者を追い払うための正当防衛なのかもです。地図の作成や最低限の測量は終わっていますし、ここは安全を優先し帰還すべきかなって……」

「では、拠点を変えてはどうでしょう。彼らの縄張りを出れば、攻撃してはこないはずです。北上か南下しましょう。別にここを拠点にする必要はありませんし、仕切り直しませんか」

クララの意見を受けて、航海士が拠点の移動を提案した。乗員の全員が全員戦闘要員ではないので、交戦は避けたいと考えている者も多いようだ。

しかし、ジャン提督は首を縦に振らない。

「それは遁走《とんそう》じゃろうが！　場所を移して再調査と拠点建設なんて、時間と物資の無駄じゃ！」

「しかし、一晩で神術陣が破られました。相手はこちらの手の内を熟知しているものと思われます。ご存じの通り、神術陣というのは主に悪霊や野獣に対しての対抗術でありまして、基本的に対人は想定されておりません。設置型の神術陣は、人為的に陣形の一部を破綻させることで、いくらでも破ることができるのです」

随行神官らは戦闘技能に長《た》けている精鋭揃《ぞろ》いなので戦闘をいとわないが、神術陣を破られたことは懸念材料となるらしい。

「このように危険な地では、作物を育てることもままなりません。基地を建設しても、そのまま無人で残して帝国に帰還できる場でなければ意味がありません」

「ぐぬぬ……！」

最終的にはジャン提督は随行神官に矛を収めさせられたが、譲らない部分もあった。

「では明日、拠点を移す。だが、敵はまだ近くにいるはずだ。相手の正体も見極めずに逃げ帰るようなことだけはできんぞ！」

何も情報を得られないまま退避したとしても、次も同じ目に遭う可能性がある。引き揚げる準備はしたうえで、彼らの正体を見極めてから帰還するのだとジャンは意気込む。

「不寝番によれば、夜間、陸側に明かりは灯《とも》っていなかったとのことです。彼らは明かりをつけずに行動して神術陣を破壊するなど、的確な機動性を発揮していたということですよね」

マジョレーヌがジャン提督に疑問を投げかける。

「月明かりや星明かりを頼りにしたんじゃろう」

船乗りたちにとっては、それで明かりとしては十分なのだ。

「昨夜は新月です。夜目の神術でも使っているのでしょうか」

「それなら、晶石の可能性もあるな」

ジャン提督は眼光を鋭くする。

晶石の中には、神力を受けてほのかに発光するものがある。それを照明代わりにすれば、足元の明かりぐらいにはなるだろうというのだ。

不寝番をしていた随行神官の一人が、それを聞いて険しい顔になった。

「確かに彼らが晶石を使うのでしたら、暗闇に乗じて未知の神術を使い、我々に奇襲をかけることができます。しかし、こちらからはそのような明かりは見えませんでした」

「いや……こっちの明かりがあるじゃろう。特に、船の照明は海上に反射する。それは陸地での照明にもなるかもしれん」

こちらからターゲットは見えないが、向こうからは丸見えというわけだった。

それならと、ジャン提督は陸地に明かりを増やす作戦に切り替えた。

◆

「前線に火を絶やすな！」

ギャバン大陸探検隊は、最大限の警戒のもとで夜を迎えた。

「さあ来い。正体を見せてみろ！」

ジャン提督は陸地に向かって吠《ほ》える。待ち構えていると、通信士らが青い顔をして報告にやってきた。

「報告します。電波は送信しているものの、帝国と通信が確立できません。帝国を含む各国の基地局も応答しません。これ以上は電源の確保が難しく……」

「はあっ!?」

ジャン提督は顎《あご》が外れそうになっていた。

通信士によれば、電源の節約のために電波の届きやすい夜になってから帝都との通信を開始したのだが、その直後に異変に気付いたのだという。

「そんなわけがあるか！　装置の故障ならば、なんとしてでも復旧しろ！」

「いえ、通信機器は正常に作動しており送信には成功しているのですが、送信した電波がどこかで遮断されていると結論付けました」

「なんじゃと！」

通信士はなすすべなしといった面持ちで怯《おび》えていた。

マーセイルから八千キロメートル、絶海の地にて通信は途絶。

前回までの航海では無線設備などなかったが、悪霊以外の危険もなかった。前回と違うのは、未知の地で、明らかに悪霊以外のものと対峙《たいじ》したまま孤立したということだ。

その意味を誰もが理解し始めた時、内陸から吹き降ろした一陣の疾風《しっぷう》が、前線を煌々《こうこう》と照らしていた火炎神術を一斉に吹き消した。

「来るぞ！　再灯火しろ！」

「〝照炎珠〟」

炎の神術使いらが、すかさず照明弾となる火球を上空へ放つ。照明が確保されると、黒く朧《おぼろ》げな五体の人影が忽然《こつぜん》と出現し、基地の数十メートルほど手前まで迫ってきていた。

「なんだあれは⁉」

「〝捕縛せよ！〟」

随行神官らが、陣地に埋設していた拘束神術陣を起動した。

これは悪霊や獣を問わず相手を完全に無力化してその場に縫い付けるための術で、基本的に捕縛できないものはない。しかし、術は黒い影を五体とも認識することができず侵入を止められない。

影の集団は横一列に並び、壕に張られた水をものともせず一歩ずつ歩いて越えてきた。

「〝憤怒の暴風！〟」

「〝火炎の牢獄《ろうごく》！〟」

風属性と火属性の連携技で、影を火炎風で吹き飛ばそうと試みるが、影は攻撃で少し煽《あお》られたものの、なおも一定の速度でこちらへ近づいてくる。射撃部隊の掃射が始まったが、被弾しても体勢を崩しもしない。

「〝死霊の祓え！〟」

神官らが除霊神術を使うが、効果はない。神術使いらは影の正体を見極めようとしたが、その何者かは悪霊ではないが実体でもないという相反する性質を持っていた。

「こいつらは一体何なんだ⁉」

神術使いらがパニックに陥ったとき、海中から無数の黒い影が船を囲むように現れた。人の頭のようなシルエットを海面に映じたそれは、ふわりと海上に浮かび上がりその全貌《ぜんぼう》を現す。その姿は森の奥から迫ってくる人影と同じものだった。

「囲まれたぞ！」

近くで見れば、それは黒布を頭からすっぽりとかぶった異形というべきものだった。そして、四肢の各部は人間としては不自然な、不規則的な細動を繰り返している。

「〝不破の聖界〟」

それらが船底を伝って上がってこないよう、神官が素早く船底に防御用の神術陣を張り巡らせる。

「〝火焔《かえん》の矢〟」

誰もが船の周囲に目を向けていた時、ノアが鋭い発動詠唱とともに繰り出した火炎が、陸地の最奥にいた影の頭部に直撃した。

狙いすました一撃により、その一体が吹き飛ばされ転倒すると、全ての影の動きが一瞬止まった。

「見つけたぜ」

ノアは勝ち誇ったように最奥の影に告げる。

「なんで分かったかって？　くっくっ……お前だけ〝人間の動き〟をしていたぞ」

女帝の傍《そば》仕えを長く務めてきたノアの洞察力が冴《さ》えわたっていた。

「〝火焔の牢獄〟」

ノアが続けて放った神術炎の火柱が、その術者一体の周囲に立ち上る。

「ル・ノートル殿に続け！」

彼を援護するように、土属性神術使いが岩石牢を作り出し、相手をとらえた。

しかし、囚《とら》われの術者はわずかな動揺も見せることなく、流れるような動作で指先を前に向けた。

「何だ？　防御しろ！」

ノアへの報復を図るかのように、その術者は彼の乗っている船に向けて地面に縦に一本線を引く。

すると、岩石牢は果実を切ったように縦一線に割れ、それと同時に術者の延長線上に位置していた船のマストの頂点から縦二つに船が裂け、船員たちは海上に散り散りに投げ出された。

大型帆船は大きな渦に飲み込まれながら、あえなく沈没していく。

「〝氷晶盤！〟」

水属性神術使いが海上に杖を突き立てて海面を凍らせ、急造の足場とする。

ジャン提督は闇夜もいとわず躊躇《ちゅうちょ》なく術者を銃撃したが、銃弾は不可視の防壁によって弾《はじ》き飛ばされてしまう。

乗員は命からがら海中から氷上に上がり、一部は上陸しつつ、神術使いらはめいめいに戦闘陣形を立て直す。

ずぶぬれの神官が、肩で息をしながら一団に告げる。

「あれは神術ではないようです。むしろ、悪霊の用いるそれに近い！」

術者はその姿を見せつけるように、かぶっていたフードを脱いだ。

黒い覆布の下から現れたのは、長い黒髪の少女だった。

「女だぞ！」

彼女は神術使いらを軽くあしらうかのような艶美な動作で大地に胡坐《あぐら》をかくと、両手を地についで俯《うつむ》き、地面に扇のような図柄を描いた。

すると、大地に赤く発光する鳥と植物をかたどった幾何紋様が現れ、彼女を中心にして地上に敷設された神術陣が崩壊していき、赤い発光で上書きされてゆく。

神官らが叫んだ時には、燃え上がるような炎色の羽毛に覆われた怪鳥と巨木が地面の図柄の中から湧き上がり、夜闇の中で禍々《まがまが》しく実体化し始めていた。

「なっ……!?」

彼我の力の差を知った神官の杖を握る手が、わなわなと震えていた。

その直後、クララが絶叫した。

「皆さん、今すぐ武器を捨てて！」

クララは自ら率先して杖を捨てて必死に警告したが、誰もその言葉に従わなかった。

その時、閃光《せんこう》とともに怪鳥が咆哮《ほうこう》し、それを合図に杖や銃を持っていた者全員を射抜くように光の矢が直撃した。

少女は実体化した蔦《つた》を操り、硬直した乗員ら全員を捕縛する。

大地より実体化した怪鳥は少女を背に乗せると悠然と上空に舞い上がり、ただ一人意識を保ったクララめがけて大嘴《おおくちばし》を開きながら急降下した。

「きゃーっ!!」

惨劇の夜。

壮麗な巨躯を誇った五隻の戦艦の姿は無残にも波間に消え、沖から寄せる波は大量の漂流物を岸へと運んでは、静かに沖へ返していた。

九話　合同神術演習の夜

時刻は夜十一時、夜空には三日月が浮かぶ。

サン・フルーヴ帝都郊外の荒野に、千人を超える神術使いたちが大きな輪を作って集まっている。神聖国武装神官とサン・フルーヴ帝国近衛師団、その他上級神術使いらによる、合同神術演習の日を迎えていた。

闇夜の中、聖帝の放った火炎神術の火球が荒野を昼間のように照らす。

「これより、大規模な悪霊の発生を想定した大演習を行う」

指揮をとる聖帝エリザベスの声が厳かに響く。彼女は戦闘用のドレスを着用し、大神官となってあつらえた戦闘帝杖《ていじょう》を携え臨戦態勢をとっている。

宮廷や大神殿に所属する神術使いのうち、上位戦闘神技、上位防御神技が使えると担保された者であれば、誰でも参加してよいという聖帝の意向を受けて、われもわれもと腕に覚えのある神術使いたちが詰めかけた。審査に合格した神官や廷臣はもちろん、腕試しとばかりに武術系の名門貴族らも多数参加している。

この背景には、もちろん聖帝がパッレを実戦の場に引っ張り出すという目論見《もくろみ》もあったが、そればかりでなく昨今の帝都の神技、防御神術陣の技能向上の機運と防災意識の高まりも一役買っていた。既に、各地では悪霊発生を想定した模擬演習や市民の避難訓練なども行われている。

というのも、皇帝不在の間に帝都で発生した大規模な悪霊に対し、なすすべなく隣市に避難するしかなかったという事態に陥り醜態をさらすことになってしまった神術使いらは、そのプライドをへし折られたからだ。

悪霊発生時、我先にと逃げた貴族は白い目で見られるだけでなく、領民から追放されたり、解任を求められたりした。これらの事例を耳にしたからか、有力貴族らは保身と恐怖心もあって上位神術使いを召し抱えたり、慌てて自ら杖《つえ》を振り始める者も多数現れたそうだ。神術を扱えるだけでは貴族としてもはや不適格で、家族と財産、そして領民を悪霊から守り抜く能力が求められ始めたため、彼らも必死なのだ。

悪霊が出れば杖屋が儲《もう》かる。そんな言葉もこの世界にはあるようだが、帝都では神力増幅効果のある戦闘杖《せんとうじょう》が飛ぶように売れているらしく、また平民も悪霊除《よ》けのお守りを買い求め、帝都の空気は物々しいものに一変した。

聖帝が主催するこの演習は、神術結界で広域を囲ったうえで呪器を解放し、実際に悪霊を大規模に発生させて、除霊を行うという実戦形式の模擬戦闘訓練である。訓練の最終段階ではファルマが後片付けと地鎮をし、最後は結界を解いて呪器を鎮めるという段取りだった。表向きは神術使いらが悪霊を片付けた、という体裁でおさめるつもりである。

聖帝から演習のブリーフィングを聞いていたエレンが、ファルマに耳打ちで尋ねる。

「ファルマ君はなんで参加しないんだっけ？」

「……なんでだと思う？」

ファルマは困ったようにエレンを見やる。

「分《わ》っかんない」

「救護班の担当というのもあるけど、薬局を平穏無事に続けたいからだよ。患者さんが薬局に来て安心できない状況は、どうしても避けたいから」

「なるほどね……」

エレンもファルマの説明を聞いて遠い目になった。

ファルマの神力量や実力が一般神術使いにまで露見すると、薬局の営業や大学の運営において居心地がすこぶる悪くなる。一般市民にまでファルマの力がばれてしまっては、患者や客を巻き込んでのトラブルに見舞われないわけがない。せっかく各地の施設にも患者が分散して医療拠点ができつつあったし、大学で後進も育ってきたのに、一期生が卒業しないうちから帝国の医療を崩壊させるようなことはあってはならない。

ファルマが守護神として神聖国に担ぎ出されることを了承したのは、エリザベスを救い、そして世界の安寧秩序を守るためでもあった。現にエリザベスが大神官として即位して、呪いから解き放たれた彼女がしかるべき職務を果たしているからこそ、この世界は仮初《かりそめ》の平和を保っている。

「ファルマ、続きの説明を」

「あっ、はい」

エレンと私語をしていると、聖帝に水を向けられた。ファルマは咳払《せきばら》いをすると、神術使いたちの円陣の中央に腰を低くして進み出た。

「改めまして、筆頭宮廷薬師のファルマ・ド・メディシスと申します。本日、私は参加しませんので、説明係と負傷者の救護を務めさせていただきます」

簡素な自己紹介だが、場の全員が事情を知っているわけではないのでこれでいい。

ファルマの言葉が始まると、神官らはただの宮廷薬師に対しては不釣り合いなほどの恭順な礼をする。おのずと注目が集まるなか、ファルマはコートの内ポケットから呪器を取り出す。

「えーと……今回の演習に用いる呪器は、神聖国より取り寄せました疫神樹《えきしんじゅ》というものです。発芽と同時に地中から悪霊を無限に呼び込み、一定の領域に入った生きとし生けるものを無差別に襲撃して樹幹へと取り込み悪霊化しようとします。神術攻撃を続けても、完全には破壊できません。防御に自信のない方は、遠隔から攻撃をしたほうがいいでしょう」

疫神樹は、ファルマがド・メディシス家から引きはがし、いったん神聖国へと預けていた呪器だ。狭い範囲で無限に悪霊を呼び込むという性質が、演習にはうってつけだった。

呪器は必ず、ファルマが制圧できるものでなければならない。性質の分からない呪器を解放することは危険極まりないが、疫神樹ならば研究済みだ。ファルマも試しにと何度か試してみたが、問題なく制御できそうだった。

「全員、弊薬局の提供いたしましたハバリトゥールは飲みましたね？」

この場の全員が、悪霊が数日間近づけなくなる霊薬であるハバリトゥールを飲んで、悪霊の憑依《ひょうい》を予防している。ハバリトゥールはファルマ自身で作ることができるので、神術使い一人の一生分の神力をすり潰《つぶ》す必要はない。ファルマは神力切れを気にしなくてよかったし、守護神として擁立されている彼は呪いにもかからなかったからだ。

「それでは、準備はいいですか？」

ファルマが種子を地中に埋めて呼びかけると、今回の演習における神聖国側の総責任者として指揮をしていたサロモンが応じる。

「神聖国神官、全隊準備完了です」

「うむ、こちらもよいぞ」

エリザベスも腕組みをしたまま首肯する。

「では、始めます」

ファルマは頷《うなず》くと目をつぶり、疫神樹を覆っていた神力を断った。

「そろそろ発芽します。どなたも、油断なく」

ファルマはゆっくりと後退し、防護壁の役割を果たしている神術陣の外に出る。広範囲をすっぽりと覆うドーム状の神術陣は、帝都神殿神官長のコームらが維持しており、これが崩れれば周囲に悪霊をまき散らしてしまうことになる。

結界の中央に位置する疫神樹が発芽し、周囲に黒い霧が湧き上がる。制御を失った疫神樹はたちまち悪霊に汚染され、黒い不定形の塊を生じる。樹木の生長を早回しするように禍々《まがまが》しく脈打ちながら成長を始めた疫神樹は、数分も経《た》たないうちに無限に悪霊を生み出す大樹となった。

エレンが杖《つえ》を握りしめ、制御装置を外す。エメリッヒは二杖《じょう》を両手に取り、神力を込め始めた。

神術使いたちは、この世界が悪霊を踏みつけながら危うく成り立っていることと、神術の存在意義を再確認しているようだった。

戦闘は神術使いらに任せ、ファルマはこの時点では手を出さない。今回のファルマの役目はあくまでも、この呪器を持て余しどうしようもなくなった時の後始末要員だ。

悪霊を呼び出してまで彼らに神技の特訓を促しているのは、いつ消滅するともしれないファルマが世界中の悪霊による危機をたった一人でカバーできるわけではないからだ。強力な悪霊と戦える人材を一人でも多く育てておき、各地に悪霊駆除のノウハウを伝承することもまた必須事項だった。

疫神樹が呼び込んだ悪霊が、結界を打ち壊そうと群がり始める。

「水・風・土属性、攻撃開始！」

負の土属性のサロモンの号令が響く。

この演習では、相性の合う属性ごとに一斉攻撃を行う。例えば水と火など、組み合わせによっては、攻撃の威力が削《そ》がれるからだ。少人数ではできなかったことも、大人数では可能な戦術となる。

神官らは共鳴神技を使い、連携のとれた連続攻撃を近接、遠隔からたたみかける。

「日頃の鍛錬の成果を見せてやる！」

パッレは嬉々《きき》とした表情を浮かべると、氷の柱を次々に生成し、それに乗って跳躍し、空中から疫神樹を急襲する。無詠唱の革新神術で氷の柱を幾重にも穿《うが》ち込みながら疫神樹の樹幹に降り立ち、指先で疫神樹に触れると、疫神樹全体が氷塊に覆われ動きが止まる。パッレの神術技能は目覚ましい成長を遂げていた。

「な、何が起こってるんだ？」

「ほお、やるではないか」

パッレを見知った神術使いが困惑する。聖帝は早くもいいものが見られたとご満悦の様子だ。

「疫神樹が含有している水分を利用して、内部から凍らせたのでしょう」

ファルマがパッレの神技を分析していると、凍《い》てついた疫神樹の表面に聖紋のようなものが走る。

それに反応したのは神官らだ。

「あの陣形……！　神杖《しんじょう》の聖別詠唱ではないか！　なぜ神官でもない者が秘儀を使えるんだ!?」

「しかも、詠唱をしていないぞ。無詠唱で疫神樹を聖別して神杖化しようとしているのか!?」

パッレは持っている杖を手放し腰に差しなおすと、晶石を両手で握り込み、両腕を前に突き出した。彼の両腕にも同様の聖紋が走った次の瞬間、光砲にも似た大神技を生身で放出し、周囲に光をまき散らしながら疫神樹の半身を粉砕した。

「疫神樹と自身の両腕を聖別して神杖化、破邪系の革新神術を晶石で増幅し、無詠唱で神技を繰り出したようですね」

ファルマが、何が起こったか理解できない参加者のために、冷静に解説する。ド・メディシス家での訓練で目の当たりにした、パッレの十八番《おはこ》だ。

エレンも他の神官たちと同様に、神術の常識を超えたパッレの神技に唖然《あぜん》としていた。疑いのまなざしがファルマに注がれたので、ファルマは全力で首を振って先に釈明した。

「いや、俺は初歩の初歩しか教えてないよ」

「独学でああなっちゃったってこと？」

エレンの口がぽかんと開く。

「しいて言えば、似ているものを探すといいとは言ったかな。ヒントになったかは別として」

ファルマがパッレに教えたのは『他属性の神術を扱うには、今使える神術との共通項を作って汎《はん》化《か》させるといい』という一言だけだ。

その一言に触発されたパッレは、部屋にこもって神術を分析し、凄《すさ》まじい解釈を試みた。

神杖は、植物あるいは金属を聖別することで得られる。

植物と動物の細胞は、細胞壁の有無のみで本質的には同じ。

ゆえに、肉体も聖別して杖化できる。

そんな発想に至ったというのだ。

「そんなヒントだけで……段違いだわ。今のパッレ君にはかなわないわね」

勝気なエレンにしては珍しい発言で、ファルマには彼女のパッレに対する敗北宣言のようにも聞こえた。

しかし、パッレの会心の一撃でも、容赦のない再生能力を持つ疫神樹を滅ぼすことはできなかった。

「くそっ！」

「あっ、弾《はじ》かれたよ。せっかくの演習だし、エレンも攻撃してみたら？」

「そうね！　今日は本気でいくわ」

エレンはいつもの杖の他にも、普段は虎の子のようにしまいこんでいる戦闘用の高増幅杖《こうぞうふくじょう》を持参してきていた。いつエレンの屋敷に行っても、ショーケースの一番上の段に飾っていた高級神杖だ。それを一振りして杖に付属している透明な晶石に神力を込めると、エレンは次々と氷系神技を繰り出した。威力は十分で、疫神樹の樹皮を少しずつ削り込んでゆく。

「どこか弱点があればいいんだけど、よく分からないな。大根おろしを作るように、再生が始まる前に丸ごとすり潰すのが正解なんだと思う」

ファルマが呟《つぶや》くと、エレンが反芻《はんすう》した。

「大根おろしって？」

「ああ、ごめん。こっちの話」

エレンの突っ込みに、ファルマは（大根おろしがない世界だったな）と反省しつつ話をそらす。

「弱点か……疫神樹に診眼をかけてみたら、致命傷を与えられた箇所が赤く光るんじゃない？」

「疫神樹に診眼を……？　それは名案！」

致命傷を探るために診眼を使うなど、思ってもみなかった。悪くないアイデアだ、とファルマは賞賛する。

エレンは眼鏡をはずすと、診眼を使うと起こるといっていた目の不調もかえりみず、そっと瞳に手を添える。彼女にとっては、今がここぞという場面なのだろう。

「あれかしら」

エレンが疫神樹に診眼をかけ、より赤く光る急所と思《おぼ》しき部位を探し当てたようだ。これだけはほかのどの神術使いにも真似のできない、ファルマより授かったエレンの固有神術だ。

「〝氷の華〟」

エレンは呼吸を整え、堅実で正確な神技を疫神樹の根元へ放つ。ファルマ少年やブランシュに神技を教えてきただけあって、彼女の神技のすべては美しく完成していた。彼女はパッレやファルマのようにひねったことをせず手順通りの神術を繰り出すので、その術はきわめて安定している。

「〝無尽の旋風！〟」

風属性のエメリッヒはエレンの隣で二杖を操り、神技の高速連続射出を行っていた。

しかし、それでもなお疫神樹の再生能力が勝っている。

出力不足を悟ったエレンが、エメリッヒを誘う。

「エメリッヒ君！」

「何ですか、エレオノール先生……あっ、分かりました！」

勘のいいエメリッヒは、エレンが杖を差し出しているのを見るや、二本の杖を一本にまとめた。

エメリッヒとエレンは呼吸を合わせると、杖の先端を揃《そろ》える。

「〝颶風氷刃《ぐふうひょうじん》！〟」

二人で神力を増幅させて一つの技を繰り出す、共鳴神技を発動させる。エレンの射出した研ぎ澄まされた無数の氷の刃《やいば》が、エメリッヒの風圧で弾丸のように加速され、疫神樹の枝を切り刻み再生を阻む。

そこへ、周囲の神術使いらが援護を行う。

「〝真空内爆！〟」

帝国侍医団の侍医長クロードも、風属性の神技で加勢に回った。彼の神技は生体内に真空を作り出し、爆縮により発生した衝撃波により生体組織を破壊するというえげつないものだ。

「まだまだいくぞ！　〝旋風斬撃！〟」

続いてクロードが放った攻撃は、風を刃物のように使い、再生しつつある枝葉をことごとく裁ち落とした。クロードの杖は切れ味鋭い剣、あるいはメスのような形状をしている。

「水属性は攻撃を中止！　火属性と交代せよ！」

今度は火属性と、他属性の連携だ。

「下がっていろ」

聖帝が杖を掲げると、周囲に退避の指示が飛ぶ。

「聖下のお出ましだ。退避ーっ！」

聖帝が杖を振ると同時に、不死鳥の降臨とともに爆炎が天まで立ち上り、疫神樹は青い火柱に包まれた。閃光《せんこう》と煙幕によってあたりの視界が奪われたため、風属性神術使いらが視界を一掃する。

しかし、疫神樹は幹や枝まで完全に焼け落ちたにもかかわらず、根から新たな悪疫が漏れ出して形を成し始める。

次は負の土属性神術使いが土を硬化させて持ち上げ、土壌を粉砕して砂へと変えるも、根の増殖はとどまることを知らず、大地から吸い上げるように悪霊を呼び込み実体化させ続けている。

「〝神威の真円陣〟」

医療火炎技術師メロディが踊るような杖さばきで幾重にも炎の神術陣を構築して、悪霊の拡散を抑え込む。神炎に飲み込まれた悪霊らは断末魔の悲鳴を上げ、灰となって実体が崩れ去った。

戦闘開始から一時間もの間、神術使いらは死力を尽くし攻防を繰り広げていた。

「んー、そろそろキツくなってきたかな」

ファルマは、規則正しく秒時を刻む懐中時計に目を落とす。

これまで手出ししたい気持ちを抑えながら、遠隔から疫神樹に取り込まれた神術使いらを救援したり、負傷者の処置をしつつ遠巻きに見ていたファルマだが、そろそろ参加者たちの神力が尽きる頃合いのため、加勢が必要だろうと考え始めた。

疫神樹の攻略は難しく、一気に根元まで消してしまわなければいくらでも再生するのだ。疫神樹が根を地中に張り巡らせ、種子を撒《ま》き散らして増えてしまい、仕留めきれなくなってしまうのはまずい。

「根が深くなってきています。終了してよろしいですか？」

「……よかろう」

ファルマはエリザベスに同意をとると、「では」と言ってコームの維持する結界の内側に足を踏み入れた。疫神樹からの全ての攻撃はファルマの周囲にパッシブに展開されている結界に阻まれ、彼を害することができない。

ファルマは遠隔から物質消去の能力で炭素を消去すると、疫神樹はファルマが念じた部分から粒子状に分解され始め、枝葉の一部、根の一本も残さず消滅し、元のように種子の姿に戻って大きなクレーターを残した。幻のような光景に、疲弊しきった神術使いらは目を瞬《しばたた》かせる。

「なぜ消えた……!?」

彼らのもっともな疑問に対し、ファルマが適当な説明を添える。

「時間がくると、消えるような仕組みになっていました」

結界の解かれた荒野で、神術使いらは安堵《あんど》と疲労で思い思いの場所に大の字になっていたので、ファルマは指先で天をかき混ぜて柔らかな霧雨を降らせた。その霧雨には強い神力が含まれ、神術使いが失った神力を補って全身を癒《いや》していった。

「お前……何かやりやがったな。まだ戦えたのに」

ファルマの仕業だと気付いたパッレは、そう一言吐いて目を閉じた。彼の神力は底をついていたが、満足そうな顔をしている。エレンは神力切れで倒れ、寝入ってしまっていた。

ファルマは疫神樹の種をポケットに入れると、ポケットをポンポンと叩《たた》いてみせる。

「そなたにしてみれば、赤子の手をひねるようなものか」

ファルマのおどけるような所作を見たエリザベスは、そう言って苦笑した。

◆

「ファルマ・ド・メディシス様！」

演習が終わってそれぞれ撤収を始めたころ、サン・フルーヴ帝国海軍の伝令役が二名、全力疾走させてきた軍馬を飛び降り、ファルマのもとへ転がるようにして駆け込んできた。

「報告です！　ジャン＝アラン・ギャバン提督から伝書海鳥で送られてきました。新大陸に現地住民がいるようで、彼らのものと思われる黒髪も同封されています」

「無線ではなく、あの距離から海鳥を飛ばしたのですか？　送信日時は？」

「はい……三日前です」

ファルマは衝撃を受ける。海鳥が戻れるか定かではない距離から手紙を託して飛ばすなど、子供の使いよりまだ悪い。そんなものより、電信一本入れればどれほど正確な情報をやりとりできるだろう。

「その後の通信は入っていないのですか？」

「はい、まだ……」

ファルマは釈然としない。その報告内容に、違和感があったからだ。

(現地住民なんて、東海岸にはいなかったぞ？　どっからやってきたんだ？)

というのも、過保護きわまりないファルマは、探検隊が人にばったり遭遇するといけないと思い、わざわざ事前に現地の下見をしてきたのだ。

ファルマの捜索方法だが、山林をかきわけしらみ潰しに探していたわけではなく、上空から目視しかしていないが、それだけで誰もいないと断定しているわけではない。

彼が住民を見つける方法は至って簡単で、そして正確だった。空から診眼で見渡せば、どんな地中深くに隠れていても、必ず人がいるのが分かる。人の集落を俯瞰《ふかん》すれば、そこに体調を崩している人間は必ずいるものだ。

（しかし、黒い毛か……。俺が調べた後に、西海岸から人がやってきたのか？）

ファルマは、伝書海鳥が運んできた毛髪に毛根がついているのを見つけた。毛根には、数万個の細胞が含まれている。ＤＮＡ抽出と鑑定は、エメリッヒの腕でも成功するだろう。今、ファルマとほぼ遜色《そんしょく》のない遺伝子実験技能を持っているのは彼だけだ。ゲノム情報があれば、相手が神術使いか否《いな》かはおろか、病気のかかりやすさやルーツまで調べることができる。

ファルマは、ジャン提督に随行している薬師マジョレーヌの顔を思い浮かべた。マジョレーヌは、相手のゲノム情報を知ることがいかに有利であるかということをきちんと理解していたのだろう。ファルマが取り組んできた知識の共有が生かされた形だ。

「分かりました。引き続き新大陸に近い全基地局に要請し、電波の送受信を試みてください。私も聖下に上奏し、早急に対応を決めます」

そう答えながらも、ファルマは厳しい顔つきになる。

無線がつながらないのは、十中八九電源を喪失したからだろう。ただの故障や電力不足ならば問題ないが、基地を破壊され、そのまま大陸の住民に襲撃されていたりしたら……ファルマの脳裏にそんな不安がよぎる。

「新大陸でファルマと再会する未来が見える」と言っていたクララの予言を思い出すが、クララは今回の旅では誰も死なないと言っただけで、負傷者や重症者がいないとは言っていない。

「もう三日も経ってる。それで通信が途絶したままとなると、これは百パーセント救援が必要なパターンだぞ……」

新大陸までは、薬神杖《やくしんじょう》ならば一時間少しで行くことができる。ファルマはただちに救援に向かおうと決意した。

閑話　挑戦権の拝受

合同神術演習を終えて解散の空気が漂う中、聖帝は自らパッレのもとに足を向けた。だらしなく姿勢を崩していたパッレが、自然と道が開けたのに気付いて畏《かしこ》まる。

「パッレと申したな、そなたに取らせたいものがある」

「は、頂戴いたします」

パッレはどういう風の吹き回しかと戸惑いつつ、跪座《きざ》していた。

「此度《こたび》の演習での神技の数々、見事であった。そなた、歳はいくつだ？」

「十八です」

パッレが緊張気味に答える。来月、彼は十九歳になる。

エリザベスは、何やらパッレを値踏みするように見下ろした。

「ふむ、成人しておるな。体に不完全な聖紋などはあるか？」

「いえ、ございませんが……」

「そうか……これを持ってみよ」

唐突に、エリザベスが持っていた特注の帝杖《ていじょう》を差し出してきたので、パッレは命令通り帝杖の先端を握る。すると、神力計を兼ねた帝杖は青く発光した。これは水属性を示す光だ。

エリザベスは神力計の目盛りを読み、満足そうに頷《うなず》く。

「ふむ、神力量も把握した。よかろう。これを」

エリザベスは周囲の目から隠すようにして、パッレに帝室の紋章のついた小箱を渡す。とはいえ、周囲の注目を浴びまくっていたので、パッレは手で陰をつくり中を検《あらた》める。そこには、純金のカードが入っていた。

「これは……？」

パッレがカードの裏面を検めると『サン・フルーヴ帝国帝位御』とあった。

パッレはその意味するところを察知して、息をのんだ。

これは、帝位継承戦に参加するための正式な資格だ。世界最大の帝国、サン・フルーヴ帝国の帝位継承候補者は大神官が選出し、帝王学を学ばされ、帝位継承戦を経て先帝から玉座を奪い取る。

パッレはその皇帝の座に挑むことをひそかに許されたということになるのだ。

サン・フルーヴ帝国皇帝には帝位継承に厳密な基準があり、その一つが世界最強の神術使いでなければならないというものだ。現職である彼女からそう見込まれたということは、神術使いとしてこの上ない栄誉なのだ。

エリザベスは、衝撃を受けて固まるパッレに耳打ちした。

「この時と思い定めたら、いつでも来い。余はまだこのカードを他の誰にも渡したことはない」

エリザベスはファルマをこそ次期皇帝にと見込んでいた時期もあったが、彼が成人していなかったため、見送っていた。その間に、ファルマは神籍に入って候補から外れたために、あても外れて、新たな後継者を探していたのだ。

ファルマの推薦で期待値は上がっていたが、独自の神術体系を駆使するパッレは素晴らしく、エリザベスは彼の真価を見出《みいだ》し興味を持った。

「……おそれながら」

しかし、パッレは二つ返事では応じなかった。

「私には目標がございまして。まずは一人前の薬師になり、満足に人を治せるようになることです」

彼は絞り出すように、言葉を選びながら答える。臣民でありながら皇帝に何か意見をするようなことは、本来あってはならないことだ。

「ああ。その意向は、そなたの身近な二人から常々聞いておった」

二人というのは、ファルマとブリュノだ。パッレの率直な希望を聞き、エリザベスは頷いた。

パッレは薬師としての経験を積み、ゆくゆくは宮廷薬師を目指している。ファルマに先んじられてしまったとはいえ、その一途な思いは今も変わらない。宮廷薬師は皇帝に仕え、皇帝をはじめ王侯貴族の命を守る仕事。自身が皇帝として即位してしまえば、薬師としての技能は衰えることになり、往診や調剤などもままならない。彼にとって、皇帝という地位は魅力的なものではなかった。

「我が神力も至高の技の数々も、いつかは衰えよう。王にとって、国民は我が子も同然。その我が子を守るため、いずれ誰かに玉座を託さねばならん。そして現在兼務しておる大神官としての職務に専念することができたなら、一つ荷も軽くなる」

パッレは言葉に詰まる。

「なに、そう固くなるな。これは挑戦への許可であり、選択はそなたの自由だ。それに、余から勝利をもぎ取るのは、そうすんなりといかんだろうがのう」

彼のこわばった様子を見たエリザベスは、安心させるように笑顔を見せる。それは、子を持つ母としての彼女の気配りのようでもあった。

「薬師として人を癒《いや》すその先に、世を治し、国家を守る仕事がある、そう思えた時でいい」

「いえ、とても、私のような者には……ですが、承知しました。こちらはお預かりいたします」

パッレは逡巡《しゅんじゅん》の末、カードを受け取ることにした。使うか使わないかは、よく考えて決めればよい。ただ、指名された以上は受け取りを拒否することはできなかった。

「それから、余の朝の神術鍛錬に付き合ってくれると助かる」

「光栄の至りにございます」

パッレは、エリザベスから思いがけず神術訓練の好機を得た。

十話　クララの孤軍奮闘

「ひゃっ！」

滴る水滴に頬《ほお》を打たれて短い悲鳴を上げ、クララは目を覚ました。

「ええっと……」

クララはきょろきょろとあたりを見渡し、状況を確認する。

彼女がいるのは湿度の高い暗い洞穴で、天井から下がった鉄格子のようなもので空間を隔てられている。クララはどうやら格子の中に閉じ込められており、先ほどの水滴は洞穴の天井から落ちてきたようだと把握した。

格子の外には松明《たいまつ》が灯《とも》っており、その奥にある通路のような開けた場所を多くの人々が行き交っていた。

クララの目に映ったのは、褐色の肌をした黒髪の人々だ。しばらくその往来に目を奪われていると、クララの杖《つえ》を脇に抱えた女が格子の外からじっとこちらを眺めているのに気付く。物音がせず、風景と同化していたために、存在に気付かなかった。

しまったと思ったが、クララは身がすくんで動けない。

彼女は少女のように見えるが、年齢ははっきりとは分からない。長い髪の毛を片側だけ三つ編みにして下げて、カラフルな紐《ひも》で縛っている。その好奇心の強そうな大きな黒い双眸《そうぼう》で、クララを睥《へい》睨《げい》してきた。

（あっ！　この子、船を沈めた子だ！）

あの時は暗闇でよく見えなかったが、目の前の少女はたった一人で神術使いたちを軽くいなした実力を持つ相手。その彼女が、よもやこんなにあどけない少女だったとは、と改めてクララは驚く。

「――、――――！」

少女はクララに近づいて話しかけてきた。クララはひきつった愛想笑いを返してみるが、彼女の言葉がまったく分からない。

「あ、あのう……言葉が分からないです」

クララは申し訳なさそうに首をひねって肩をすくめると、少女も同調するように小首をかしげて鼻で息をついた。ジェスチャーが通じるとは思っていなかったが、なんとなく察してくれたようだ。

「できれば、その、私の杖を返して……もらえませんよね」

少女はクララの持っていた杖を片手で握り、反対の掌《てのひら》にぽんぽんと杖の先を打ち付けながらクララの様子をうかがっていたが、そのうち誰かに呼ばれて立ち去っていってしまった。

（あぁ～、私の杖がー！　持ってっちゃだめー！）

クララは今にも泣き叫びたくなったが、杖が持ち去られた方向だけは冷静に記憶にとどめた。

すると、彼女と入れ違いに、二、三人の少年たちが身をかがめながら檻《おり》の前にやってきた。見張りではなく野次馬なのだろう。彼らとは異質の装いと容貌《ようぼう》を持つクララに関心を持っているということは分かる。

(子供……なついてくれたらいいんだけど)

そこで、クララは絵でコミュニケーションをとることを思いついた。幸い牢《ろう》の中の地面には指先で絵を描くことができた。

彼女は彼らが知っていそうな生き物を考え、関心をひくために最初に鳥の絵を描いた。

「ピリ!」

少年が指をさして叫んだ。

クララもその絵を指さして尋ねる。

「ピリ?」

「ピリ!」

「分かったわ、ピリって言うのね!」

(鳥が『ピリ』か……やっぱり各動物に対応する単語があるのね)

クララは幸先よく言葉の手がかりを得た。次に魚の絵を描いて指さす。

「カタナ」

「魚はカタナなのね」

クララにそれなりの絵心があったことが幸いした。

「じゃあ次、これなーんだ?」

クララは自然にクイズを装いながら、次々と人の絵を描き、言語を収集し始める。

男と女、子供と大人、体の各部、動作。子供らが絵を見て、あるいはクララの動作を見て答えた単語を、クララは地面にメモをとり暗記していく。

クララは彼らが慣れたタイミングを見計らって銃の絵を描いたが、子供らは首をひねって、

「ニーネ？」

と返した。

クララはすかさず馬車の絵を描いたが、この時もまた別の子が「ニーネ？」と返してきた。

（よし、これでいける）

クララは彼らが知らないであろう帝国に存在する事物を描き、ニーネと返ってくるのを確かめた。

今でこそ神脈を持ついっぱしの貴族ではあるが、クララはファルマに神脈を見出《みいだ》されるまでは平民として、そして捨て子としてスラムで育った。日銭を稼ぐために大市に集う異国の行商に片言で野菜を売りつけることもあったので、言葉の通じない相手と交渉するすべを知らないわけではない。辛《つら》かった幼少期の経験が生きた形だ。

相手の言語を理解するためにまず必要なこと、それは「これは何？」に相当する、汎用《はんよう》性のある言葉を知ることだ。ニーネというのが、相手への質問文だ。それさえ引き出せば、あとは根気との勝負だ。

クララはぎこちなく微笑《ほほえ》んで、自らを指先して「クララ！」と名乗った。そして、彼らの一人を指さし、こう言ってみた。

「ニーネ？」

子供らは驚いたようだったが、クララに指名された彼は自身を指しながら笑って答えた。

「マリポ」

これが、彼の名だ。クララは地面にメモをとって記憶した。

初めての自己紹介の後も、クララは子供たちと地道なやりとりを続けた。


それからしばらくして、子供らが大人に呼ばれて離れていった。クララと子供たちのやりとりの声が大きすぎて、目に余ったのだろう。

クララの牢の前を横切る大人たちは、船員らが身につけていた杖や銃を手にしていた。それを見たクララは、愕然《がくぜん》とした。

（なんてこと……!?）

貴族にとって命の次に大事な杖。その杖を取られるということは、彼らが無事ではないということだ。殺害されていると考えるのが妥当で、最低でも拘束はされているだろう。

（ジャン提督やほかの人たちはどうなったんだろう……無事なのは私だけかな）

クララが助かったのは、少女が攻撃に転じた時に杖を手放したからだろう。彼女には、少女がこちらの持つ杖や武器を通じて攻撃してくる状況が瞬間的に見えていた。それは旅神という守護神の加護、あるいは防衛本能のようなものだったのかもしれない。

クララは周囲にも武器を捨てるよう叫んだが、誰もそれを受け入れなかった。戦闘中に武器を手放せと言われても、まず意図が分からないし、心情としても無理だったのだろう。

（こんなことにならないように、私が船団に同行してきたはずだったのに……！）

だが、くよくよしていても始まらない。失敗は挽回しなければ、とクララは萎《な》えた心を奮い立たせる。それどころか、クララにも命の危険が迫っているのだ。

クララは自分の予知の記憶をたどる。

ジャン提督らは、最後の瞬間まで骸骨のようには見えなかった。ということは、百発百中の旅神の加護たる予知能力を信じるならば、ジャン提督らは無事ではないかもしれないが命までは取られていないと思われる。しかし、クララには自分自身の命運は分からない。自分一人だけ殺されるということもありえるのだ。

「あ、そうだ。私は分からなくても、守護神様はすべてをご存じだわ」

クララは涙を拭くと、猛烈な勢いで地面に「はい」と「いいえ」に当たる記号、そしてその周囲に占いのための略語と文字盤を書いた。

「いでよ、神託盤」

これは降守護神術というもので、一時期サン・フルーヴ帝都の貴族のサロンで流行《はや》っていた『ウイジャボード』の類《たぐい》に近く、守護神の使いを呼び出して文字盤の上で神意を聞き出すことができる。サロンで行われていたのは心理遊びのようなものだったが、クララの場合は本当に旅神の加護を指先に宿らせているため、旅の道中に限っての予言はまさに神託といえるほどに的中する。クララは航海中にも何度かこの占いを試してみたことがあった。

クララは静かに、流れるような動作で舞踏神術を踊じたのち、軽く念じる。

「守護神様、きたりませ」

クララの指に淡い光が宿り、勝手に動き始めた。

（守護神様、守護神様、ようこそお越しくださいました。ジャン提督らは存命ですか）

〝はい〟

クララの指先が淀《よど》みなく動く。その宣託を信じるとして、ひとまずはよかったという思いがこみ上げてくる。クララはこの地で孤立無援ではないという事実に、たまらなく勇気づけられる。

（近くにいますか）

〝はい〟

（無事ですか）

〝いいえ〟

「無事では、ない……？」

ああ、そんな……と、クララは絶望的な気分になった。助けてもらいたい立場だが、クララが彼らを助けなければならない状況になった。

（早く助けないと危険ですか）

〝はい〟

クララ一人でここから脱出して彼らを救助できるとも思えないが、ひとまず敵を知ることにする。

クララは現地民らが戻ってこないうちに、神託の引き出しを急ぐ。

（私たちを襲撃した少女は神術使いですか）

〝いいえ〟

（彼女は何者ですか）

はい、いいえで答えられない質問のため、クララの指が文字盤へと誘導されてゆく。

〝呪術師〟

「はえー……」

クララはその単語に聞きおぼえがあった。

彼女の居候先のド・シャティヨン侯爵家は、社交界の噂話《うわさ》に精通していた。ある噂によると、貴族の中には神殿に隠れて呪術を嗜《たしな》んでいる者もいるそうだ。『呪術』と呼ばれるそれらは、大抵はおまじないの域を出ないものだったが、ウィジャボードとは異なり守護神の眷属《けんぞく》にない異端の低俗な霊を呼び出して使う術だという。

大陸にも存在する〝霊を使役する〟という発想と、少女が見せた術に、クララは共通点を見出す。大地から鳥や植物の化け物を喚《よ》び出し、そして大量の異形を動かしていた原動力が呪術だったと考えれば、一応話はつながる。

錬金術にも似たようなものがあるが、サン・フルーヴ帝国を含む各国では禁忌であり、見つかろうものなら神殿から異端審問の対象とされてしまう。そういった理由から、ここまで実体化が強力な呪術は大陸には残っていないはずだ。

（彼らの中で、あの少女が一番強力な術者ですか）

〝はい〟

そこまで尋ねたところでクララの今日の分の神力が切れてしまったので、これ以上は神術を使えない。明日まで神力の回復を待つしかないという手詰まり感が、クララに焦りを誘発する。

あの場にいた神術使い全員を一瞬で無力化したほどの相手に、戦闘神術の使えないクララが神術で戦闘をしかけてどうにかできるはずがないが、急がなければこうしている間にもジャン提督らは危険な目に遭っている。

正攻法ではダメだ。クララに残された手段はあの少女に取り入り、篭絡《ろうらく》することのほかにはないと考えた。

「メレネー！」

クララが意を決して少女に呼びかけると、彼女は驚いたような表情で振り返った。

先ほど彼女の似顔絵を描いて、彼女がメレネーという名であることを子供たちへの取材で突き止めたばかりだ。持つべきものは絵心と度胸である。

メレネーはクララの前で自身の名を明かさなかった、そんな状況でありながらクララがメレネーの名を当てたのであれば、興味を引けるはずだ。

相手はクララを瞬殺できるだけの能力を持っているだろう。心証を損なうことは得策ではないが、怯《おび》えてばかりもいられない。ギリギリの駆け引きの開始に、クララの心臓が高鳴る。

「イヘト　マニ」

クララは腹部を撫《な》でながら、ここの言葉で「お腹がすいた」と言うと、メレネーは不審そうな顔をした。しかし、彼女の仲間に何かを言いつけると、他の者が焼いた芋と焼き魚、そして飲み水を持って現れた。

「ヤライヤライ」

これは、お礼の言葉に相当する。クララが覚えたわずかな言葉を駆使するのを、メレネーはどちらかというと不思議そうに聞いていた。

「カタナ　マナナ」

魚、良い、という意味だ。実際においしいかというと、魚自体のクセが強く、同行してきた料理人の腕と比べるとあまりにもワイルドというか、スパイシーな味付けだ。クララの知らない香辛料をふんだんにまぶしているようだった。クララの舌には合わなかったが、ひとまず友好的な態度をとりつつ、相手の食文化を褒める。

「マリポ！」

メレネーはマリポを呼んだ。おそらく、メレネーは先ほどまでクララと身振り手振りで話していたマリポにクララの通訳係をさせようというのだろう。

メレネーが杖をクララに掲げてみせると、マリポが問う。

「ニーネ？」

「私の神杖《しんじょう》です」

クララが慌てて答える。

「マーネ？」

マーネとは、どうやってという意味だ。杖をどうやって使うのかと聞かれているのだろう。

「神力で動かします」

クララは貸してと言って手を伸ばしたが、メレネーは杖を渡してはくれなかった。さすがに用心深い。メレネーは、これが武器にもなるものと知っているのかもしれない。

「ニーネ？」

メレネーは船員から没収したらしい銃を掲げてみせる。

「銃です」

「マーネ？」

「……ナンナ」

銃の使い方を教えれば自分や仲間が撃たれてしまうかもしれないので、クララは教えるわけにはいかなかった。だから、「ナンナ（分からない）」と言って質問から逃げた。

メレネーは納得がいかなかったのだろう、地面に模式的な人の絵を描き、その絵に手を置いて引き上げるような動きをすると、そこから人型の霊が現れた。

クララは驚いて思わず後ずさる。殺されるかと思いきや、メレネーはクララに話しかけてきた。すると、霊がメレネーと同じ口の動きで話し始めた。

『私の言葉が聞こえるか』

霊は、メレネーの言葉を翻訳してクララに伝えているようだ。

そうか、とクララは気付く。

霊は思念の塊であり、霊の発する言葉は言語を超越すると聞いたことがある。メレネーは霊を介して互いの言葉を翻訳することができるのだろう。マリポの通訳がうまくいかないと分かると、すぐに対話の方法を切り替えた。メレネーは呪術の腕も良ければ頭も切れる、侮れない相手だとクララは身を引き締める。クララは頭脳戦には自信がない。

「はいっ、聞こえます！」

霊がクララの言葉を翻訳してメレネーに伝える。

『私たちは当初、お前たちが敵なのかどうか見定めようとした。そこで辛抱強く、お前たちがこの地で何をするかを見ていた。だが、お前たちは不吉な力を使って我々の領土を侵した』

不吉な力というのは、おそらく神術のことだろう。彼らにとっては、神術というのは忌まわしい術体系のように見えるらしい。クララは思わぬ恨みを買っていたことに驚き、言葉に詰まる。

「そんなつもりは……私たち、あなたたちがいるとは知らなかったんです」

『お前たちは、静かに眠っていた古き霊たちをその力で追い払おうとした。この地を守っていた偉大な霊も、邪悪な力によって退けられた。残されたわずかな霊たちは、お前たちの仕業に違いないと怒っている』

ジャン提督に随行してきた神官らは確かに腕利きばかりで、悪霊払いの神術を駆使する。しかし、悪霊を払って恨まれるなど思ってもみなかったのだ。

「私たちが退けようとしたのは、悪霊だけで……」

『この地には悪霊などいなかった』

メレネーは曇りのない瞳でそう言い切った。

クララたちにとっては悪霊でも、彼女たちにとってはそうではないのだ。そう断定されてしまうと、クララは彼女の意見を肯定するよりほかにない。

「あなたたちは、霊を大切にしているのね。私たちはあなたたちの流儀を知らなかったの。ごめんなさい」

クララのいた大陸では、死者の思念は悪霊になるとばかり考えられていた。しかし、この大陸の人々は霊とともに暮らし、霊を敬う。そんな世界観で生きているようだった。

「この大陸の悪霊は、人間を襲ったりしないの？」

悪霊は自然発生するもので、基本的には人間を襲ってくるものだとクララは思っていたが、その摂理は普遍的なものではないのだろうか。

『古き霊がいる限り、悪霊など現れない。だが、その古き霊が姿を見せなくなった』

「そうだったの……。でも、どうして私だけ助けてくれたの？」

メレネーは何か自分に利用価値を見出したに違いないと、クララは身震いする。

『私を見た時の反応が、お前だけ他の者たちとは違っていた。また、お前だけ私たちを攻撃しようと武器を向けなかった』

（そんなところまで見えてたんだ……）

あの暗闇の中でも、メレネーはそこまで見通していたようだ。

『なぜ、お前はあのとき杖を手放した？』

「あなたが杖をめがけて攻撃すると分かったから」

答えながら、クララは「あれ？」と心にひっかかりを覚えた。

（そうか。そう訊《き》いてくるということは、メレネーが使役する霊には予知能力のようなものはないんだ。彼女の霊は、人の心を読むことまではできないのね）

だからクララに興味を示し、直接質問をしているのだろう。クララは第六感を働かせつつ、そこまで裏読みをした。

『お前はどうやって危険を回避しているのだ？』

メレネーにそう問われるが、クララは予知能力を知られてはたまったものではないと、首を横に振る。

「こ、これは、なんというか……勘のようなものです」

クララの声が震えていたのを、メレネーは見逃してはくれなかった。

『嘘《うそ》をつくと、お前の仲間が明日にも死ぬことになる』

「うわーっ！　やめてください！」

クララの立場は、人質をとられた捕虜にも等しかった。だが、立場は弱いものの、どうやら彼らもクララの能力をあてにして殺せないらしい。

（ははあ、やっぱり私には利用価値があるってこと？）

そのことを最大限利用するしかないとクララは腹をくくると、交渉を持ちかける。

「私が知っていることなら答えます。ですから、彼らを助けてください」

『お前たちの仲間は全員、ピチカカ湖に入って呪われた。遅かれ早かれ、その呪いはやがて死に至らしめる。解放したところで、助かりはしない』

(えーっ！　やっぱりあの湖、何かいたんだ！)

クララがなんとなく心理的に気持ち悪くて、避けていた湖の水。その湖に入ると、死に至る呪いを受ける。そんな罠《わな》がひそかに仕掛けられていたのだと知り、クララは背筋を凍らせる。

「その呪いというのは、あなたがかけたのですか？」

『いいや、それは太古より自然に存在するものだ。お前は湖には頑として入らなかったようだな』

「そ、それも何となく嫌な予感がしただけです！」

『本当か？』

メレネーの眼光が鋭くなる。

旅神の予知能力はクララ固有のものだ。相手に教えたとしても、守護神を持たない者にできることではない。それでも、メレネーの問いに返事ができなければ、クララもろとも全員殺されてしまうかもしれない。クララは絶体絶命の窮地に陥った。探り合いをして時間を潰《つぶ》している暇はない、とクララは覚悟を決める。

「……分かりました、本当のことを白状します。私には予知の能力があります。あなたの言う通りにしますから、あの人たちには手出しをしないでください！」

『いい返事だ』

「その……あなたがたは、皆にかかった呪いの解き方は知らないんですか？」

『知らない。だから、我々はあの湖には入らないのだ。手出しはしないが、奴らは無人島に置き去りにするだけで許してやる。いずれ死ぬことには変わりないがな』

そんなのこちらのしゃべり損ではないか、とクララは失望する。

近づいてきたメレネーがクララの首に指先を押し付けると、そこに呪印のような刻印が現れた。

『お前は私の奴隷となれ、叛《そむ》けば死だ』

(ひぇーっ、不平等契約ーっ！)

クララは涙目になったが、抵抗することもできない。神力が切れた状態で従属の呪いをかけられれば、なすすべがない。

クララは無力感に打ちひしがれながら、牢の中でへたりこんでしまった。

十一話　救援隊の出発

「お話の途中で申し訳ございません」

聖帝とパッレの話に区切りがついたのを見て、ファルマは二人の間に割って入った。

「聖下、緊急にご報告したいことがございます」

ファルマはサン・フルーヴ帝国海軍伝令役とともに、聖帝に現況の報告をした。

「ふむ……現地住民がいると判明した状態で、通信途絶か。打つ手がないな」

聖帝の反応は、沈痛な面持ちを見せながらも、どこか諦念を帯びたものだった。

ジャン提督の艦隊は、有事には救助を想定されていない決死隊である。たった今から救出のための船団が出航したとしても、追いつけないからだ。

過酷な旅路だからこそ、ファルマは念には念をと支援してきたのだが、それでも足りなかったようだ。クララの予言から予想していたこととはいえ、あれだけ備えていても有事を避けられなかったことに、ファルマは忸怩《じくじ》たる思いだ。

「クララの予言でも受難を避けることができずにかようなことが起これば、新大陸への船団派遣はしばらく見合わせるほかない」

これが聖帝の政治的な判断だった。

ファルマは、新大陸までの緊急の移動手段がないことの限界を思い知る。帝国の中では、暗黙の裡《うち》に彼らは殉職したということになってしまうのだろう。

「しかし、彼らはまだ生きているかもしれません。私が行っても構わないでしょうか」

ファルマは食い下がる。

「たった一人で行ってなんとする」

「安否の確認と救命措置、そして通信を回復させ、救援隊が来るまで安全な場所に避難させてくることはできます」

もし本当にできるというなら八面六臂《はちめんろっぴ》の活躍だが、自分でも見積もりが甘いのは分かりきっていた。

「例えば数十名の傷病者がいたとして、一人で他の場所に連れていくことはできまい」

「工夫すれば、一度に四人は運べます、重傷者から順に何十回と往復すれば、数日で全員連れていけます。相手が悪霊ならともかく、人間相手であれば私は負けません」

ファルマは本気だが、かなり強気な発言だともいえる。

「まったく……そなたの着想はいつも想像のはるか上をゆくな」

「恐れ入ります、ご許可を」

ふむ、とエリザベスはもったいぶって扇子を開く。

「サン・フルーヴ皇帝として、筆頭宮廷薬師のそなたに下す命令は〝否《いな》〟だ」

「……はい」

ファルマの思いは、エリザベスの拒否によって無残にも絶たれてしまった。ファルマはエリザベスを見つめたが、彼女を責めることはできない。彼女が一度決めた命令を取り消したことはなく、ファルマも引き下がるしかないのだ。

◆

ファルマは、ド・メディシス家に戻る馬車の中で思案していた。対面にはエレンが座っている。

(聖下に許可を求めたのは失敗だったな……。聖下だって、俺に一人で行けなんて言えるわけがない。でも、言わないまま不在にしたらバレるしな)

ファルマからジャン提督たちの話を聞いたエレンが、合同演習の戦闘で腫れた腕に氷を当て、体を馬車の客席に預けながら心配そうに話し始める。

「通信が機能しなかった場合に備えて海鳥を持ち運んでいて、イチかバチかで飛ばしてくれたおかげで状況を知れたわけだけど……知っているのに、私たちには何もできないなんて」

「普通の海鳥ではなく、長距離通信用の渡り鳥を使ったようだね。そして、海鳥の飛行は一方通行だし、提督たちのもとには戻れない」

「そうなのよね、渡りをするみたいに往復してくれたらいいんだけど」

「帰巣本能を利用して巣に帰らせただけだから、こっちから新大陸には行けないよね。でも、この報告を無駄にするわけにはいかない」

クララの予言が的中したことを嘆いている時間はない。事前にジャン提督らが上陸地を報告してくれていたおかげで、船団の位置は確認している。無線通信の機能を持つ戦艦は五隻のうち二隻だが、襲撃や遭難などに備えて互いに距離を取って、一隻は上陸せず洋上待機していたはずだ。だから、何かあって上陸した乗組員が全滅したとしても、一隻は残存して戻れるようになっていた。

それなのに、両方とも通信が途絶。これが意味するものは、残り一隻も危機的な状況にあるということだ。

宮殿に引き返して聖帝を説得するしかないのかとファルマが悩んでいると、エレンはその考えを察知したようだ。

「まさか一人で飛んでいこうと思ってない？　手練《てだ》れの神術使いも同乗した二百人もの船団からの

連絡が、忽然《こつぜん》と途絶えたのよ？　手強《てごわ》い悪霊かもしれないし、ちょっとは作戦を練ってから行くべきだわ」

「いや、確実に言えるのは、相手が悪霊ではないってことだ」

ファルマが数度確認した限り、ジャン提督が上陸目標としていた地点に危険となるようなものはなかったはずだ。だから、襲撃者は悪霊ではなく人か動物、あるいは未知の怪異だと断定していい。

ファルマがそう説明しても、エレンは首を横に振る。

「じゃあ私も行く。あなたは向こう見ずだし、心配だわ。私も診眼を使えるから、要救助者のトリアージの手伝いはできると思うわ」

「君は怪我《けが》をしてるし、それにもう診眼はしばらく使わないほうがいいよ。どちらにせよ、まずは聖下のお許しを得ないといけないし」

その時、不意に馬車が止まった。ファルマが外を覗《のぞ》くと、白馬が馬車に横付けされている。

その白馬にまたがっていたのは……。

「エリザベス聖下!?」

「余の顔が見たかろうと思うてな」

先ほどファルマの上奏を真っ向から否定したばかりのエリザベスが、面白そうに笑っている。

彼女は演習を終えた後、借り上げた近隣の町の宿泊所へ戻り休んでいるはずだが、どうやってかそこから抜け出してきたようだ。

「そなた、新大陸へ行く心づもりであろう。余も連れてまいれ」

先ほどファルマの新大陸特攻は許可できないと確かにその口で述べた聖帝だが、そのことを忘れてしまったかのようにファルマに同行しようとしている。

「あの、先ほどのやりとりでは、確かご許可いただけないというお話では……？」

「相違ないが？」

「おっしゃる意味が分かりかねます」

「表向きの理由としては、皇帝として、余の主治薬師の勝手な行動を許可はできん」

「……」

「が、一介の大神官ごときが、そなたの決定を否定する権能は持ち合わせておらん」

聖帝は手にしている帝杖《ていじょう》に古代語で刻まれた『守護神に仕える者』という文字を指先でなぞりながらファルマに示す。

(ああ、なるほど、そういうことか)

ぱちっと片目をつぶる聖帝に、ファルマはようやく彼女の意図を心得た。彼女は二重の立場を器用に使い分けていたのだ。エレンは聖帝の無言の符丁を解さず、首をかしげていた。

「しかし、聖下をお連れするわけにはまいりません。御身に何かがあっては困ります」

「こちらも同じセリフを返すぞ」

大神官の立場としては、守護神は箱入りにして祀《まつ》っていなければならない。だが、その守護神たるファルマに自らの責任でと言って自由を与えているのだ。そこでファルマに何かがあれば、やはり大神官としての責任を問われると、彼女はそう言っているのだろう。

「ですが、聖下が不在ですと、さすがに……」

ファルマはファルマで、エリザベスには帝都にいてほしい。というか、いないと消息不明ということで大騒ぎになる。

「それなら、根回しは抜かりないぞ」

「はあ……」

もう「はあ」としか言葉が出てこないファルマである。

「侍従長には、神力消耗を回復させるため半日は寝室に入るな、食事もいらん、誰も起こすなと申しつけてある。日が沈むまでに戻れば問題もなかろう」

「えっ、日帰りのつもりですか!? しかも半日!?」

さすがに泊まりの装備はしていくつもりのファルマだが、聖帝は朝飯前のように考えているらしい。

「十分であろうが」

(聖下、強気すぎるだろ……待ち伏せだってあるかもしれないんだぞ)

ファルマは渋い顔になった。

「これはこれはエリザベス聖下、いかがなさいましたか？」

騒動に気付いて、パッレが前の馬車から出てきた。「俺も混ぜろ」という顔をしている。

「……では、家に到着したらすぐに薬や装備の支度をしますので、お待ちください」

家路の途中、ファルマは考え直してほしいと願うばかりだった。

◆

「……本当にエレンも兄上も来るの？」

ファルマはそそくさと支度を始めたパッレとエレンに、改めて不安を口にする。

「船員たちを救出したあと、怪我人を診《み》ている人間が必要じゃない。とても一人で対応できるとは思えないわ」

「怪我人はそっちのほうだろう。疫神樹《えきしんじゅ》との戦闘で神力もからっぽじゃないか」

「かすり傷よ。それに、寝れば神力は回復するわ」

神力が減るとか、回復するという感覚はファルマにはない。何時間以上寝ると満タンという感覚になるのだろうかと、ファルマは興味を持つ。

「俺が三人を運んで飛んでいくんだよ？」

「重いかしら」

「重いよ」

ファルマの新調した薬神杖《やくしんじょう》は、他の秘宝で性能をブーストしたといっても、そもそも貨物運搬用の杖《つえ》ではない。荷重二〇〇キログラムほどに達すると飛行性能が極端に落ちてしまい、コントロールもしづらくなる。頑張っても四人の運搬が限界なので、できれば運搬する人数は減らしていきたいのだ。

険しい顔をしていたファルマだったが、ふと思い出してポンと手を打った。

「待てよ、ジャン提督が着いた場所なら……あれが使えるかもしれないぞ」

ファルマは、通信のあった場所を記録したメモを見る。

「あれって？」

「マーセイルの工場には、テオドールさんの失敗作の数々を商用化する『商品開発部』って部署が新設されたんだ。そこに完成目前のあれが大量にあるって言っていたよな」

「えぇ？　テオドールさんの失敗作なのに？　それを使ったらどうなるの？」

「理論的には、百人全員を一度に、そして片道だけなら一日以内に運べるな」

「ど、どんな神術を使おうっていうの？」

目を輝かせ始めたファルマに、エレンが不穏な顔をする。科学オタクにはついていけないといった様子だ。

「神術というより、物理装置だな」

「マーセイル工場にそんなシロモノなかったでしょ？」

「いや、あるんだよ、それが」

それを使えば何とかなるだろうということで、ファルマは結局三人を伴って新大陸へ飛び立つことにあいなった。

ファルマはマーセイル領のアダムと製薬工場のキアラ、そしてテオドールに計画について電報を打って作業依頼を送信し、自身も急いで旅支度にかかる。一刻も早くと気は焦るが、準備不足で行っても役には立たない。

人間相手なら負けないと断言した手前、今更訂正することははばかられるが、ファルマはこうも思うのだった。

対人戦闘はそれほど怖くはない。

物理攻撃は通用しないし、神術使いが相手でも神力量の差で圧倒できるだろう。

そもそも、極力戦闘には持ち込みたくないし、彼らの居住地を脅かしたくもない。帝国勢は安全に撤退し、現地住民の居住区には近づかないようにすべきだ。

ただ、人間が生き残りをかけて謀略や心理戦を仕掛けてくるとすれば、それは悪霊よりもおそるべきものだ。


ファルマは、新大陸へ旅立つにあたり必要そうなものをまとめていた。防寒具、携帯用の食料、普段から準備している薬品一式を手早く取り揃《そろ》え、携行できる医療機器なども準備している。

パッレも何やら必需品らしきものをカバンに詰めている。

エレンは自宅に寄らずに、ブランシュの家庭教師のためにあてがわれているド・メディシス家の自室の荷物の中からあり合わせのもので支度をしている。

多少なりとも荷造りをする彼らとは対照的に、杖一振りを手に身一つで出発しようと考えているらしい聖帝は、ゲストルームで早々にくつろいでいた。

「慌てなくてよいぞ、忘れ物をするなよ」

「は、恐れ入ります。お待ちの間に、お茶をお出しいたしますのでおくつろぎください」

ファルマは夜勤のシフトに入っていた新任の執事に、紅茶とお菓子を注文した。

「かしこまりました、ファルマ様。して、あちらのご令嬢は？」

まさか目の前の人物が聖帝エリザベスだとは気付いていない様子の執事は、戸惑いながらファルマに確認する。

「あまり詮索《せんさく》しないほうが賢明でしょうね」

エリザベスは身バレ防止を意図してか、はたまた偶然か、扇で口元を隠している。それでも、その眼光の鋭さや佇《たたず》まいから、ただ者でない雰囲気を醸し出していた。

「ところでファルマ様、お出かけでしたらお支度を手伝いましょうか」

「いえ、一人で大丈夫です。ありがとうございます」

というか、今回ばかりは他人に任せられない。持ち物の不備は、助けを待つ人々を窮地に陥れる。

「承知いたしました。お帰りは本日で？」

「まだ予定がたちません。念のため、薬局と大学に、本日と明日のすべての予定をキャンセルするよう伝えてください」

ファルマの本来の予定はぶっちぎればいいとしても、何しろ国家元首であり宗教最高指導者である聖帝が、脱走というか帝都から不在となるのである。バレてややこしいことになる前に帝都へ戻りたいし、何なら彼女をここへ置いてゆきたいが、エリザベスは聞く耳を持つまい。

だが、彼女を連れていくことの多少のメリットもある。それは、新大陸で問題がこじれたときに、現地住民とサン・フルーヴ帝国最高責任者が直接話し合いを持てる可能性があるということだ。有事の際は、意思決定は迅速なほうがよいこともあるだろう。

ファルマが抜き足差し足で自室に戻り、忘れ物がないかチェックしていると、思いがけず部屋の扉が開いた。

「兄上……？　こんな明け方にどこか行くの？」

トイレに起きてきたブランシュが、目をこすりながら入ってきた。間の悪い時に妹に見つかってしまったものである。

「ブランシュ、起きてきたのか。ちょっとそこまでね。いい子にして寝ておいで」

ちょっとそこまでという距離でも装備でもないのだが、ブランシュはファルマの顔を見て何かを察知したらしい。

「……やだ」

「なんだって？」

「私も行く！　支度してくるのー！」

「だめだよ、連れていけないよ。今日中には帰ってくるからさ」

「小さい兄上が一人でどこかに行くときは、何か起こるから心配なんだもん……。一緒にいたほうがいいと思うんだもん……」

ブランシュはネグリジェの裾を握りしめ、目を潤ませていた。悪霊による帝都の襲撃を思い出しているのだろう。ファルマは、わっと抱きついてきたブランシュをなだめるように頭を撫《な》でる。

「一人じゃないよ。兄上もエレンも一緒に行くから、心配いらないよ」

「じゃあやっぱり私も行くー！　一人だけ仲間外れはいやなのー！」

ブランシュは大急ぎで出ていってしまった。

とはいえ、一人で着替えや支度をしたことのない彼女は、着替え一つにも悪戦苦闘するだろう。彼女には悪いが、準備をしている間に出発してしまうしかない。


ファルマはブランシュを二階に残し、階段を下りて客室に戻る。エリザベスは紅茶で喉を潤していたが、砂糖控えめな自家製クッキーは舌の肥えた聖帝の口には合わなかったのか、一口かじって残されていた。

「ところでファルマよ、新大陸での最初の目的地はどこだ」

「こちらをご高覧ください」

ファルマは客室のドアが閉め切られていることを確認すると、新大陸の地図を聖帝に渡す。

これは、ファルマ謹製の新大陸の地図だ。上空から新大陸をスマホで撮影して帝都に持ち帰り、それを拡大しつつガラスを通して写真をなぞり地図化したものである。公的には、ジャン提督らが測量して得るはずだった代物だ。素人の製図なので、多少の歪《ゆが》みはあるだろうが、地理の参考ぐらいにはなるはずだ。

「ふむ、この地図が今ここにあるのは摩訶不思議《まかふしぎ》だな。そなたがこれを描けるならば、探検隊を出す意味はあったのだろうか」

探検隊が戻っていないのになぜ地図が既に完成しているのかとでも言いたいのか、聖帝はじっとりしたまなざしでファルマを一瞥《いちべつ》した。

「写し絵と測量図の意義は異なります、聖下」

ファルマは特に慌てることもなく、指先を地図に走らせる。

「ジャン提督らの上陸地点は、ここだと思われます」

ファルマは探検隊の最後の通信の結果から導き出したポイントを示すと、聖帝は頷《うなず》く。

「湾の間口は広いが、奥行きもそれなりにある。波除《よ》けにはちょうどいいが」

「水深が深いので、船舶は直接陸に乗り付けたと思われます。仮に通信の不具合があって一時避難をしているとすれば、洋上でしょう。まずは船を探して生存者を救出、船を沖合まで遠ざけ、安全を確保したいと思います」

「全員上陸してしまっていたら？」

「本来であれば、全員は上陸せず一部待機を前提としているはずですが、その場合は陸上の捜索が先となりますね」

ファルマは上陸ポイント、捜索ポイントなどを示す。今後の予定をたててから行かなければ、現地に到着してからあれこれと打ち合わせをしている時間があるか分からない。書き込みは膨大になり、ファルマはだいたいの見当をつけてゆく。

「なるほど、分かった。ほかの者の支度が出来次第、すぐに出発できるのか？　余はもう準備万端だが」

「おっと、そういえば運搬時に直《じか》に風を受けると危険ですので、風除けを準備します。取ってきますので、ここでお待ちください」

ファルマは駆け足で外に出ると、ド・メディシス家の倉庫の鍵を開け、足を踏み入れる。倉庫の中には、整然と壁に立てかけられた数十枚ものインゴットが左右に陳列されている。

「ファルマよ、これは銀か？」

待機と言われたのにファルマについてきた聖帝が、訝《いぶか》りながら尋ねる。

「光沢は似ていますが、すべてアルミニウム合金です」

ファルマが『アルミニウム』と名前をつけてしまっていいものかと思うが、この世界に命名権のある者が存在しないので、仕方がない。

「なんだ、その耳慣れんものは」

「未完成ゆえに、ご報告はまたの機会に。マーセイルでの工業的な製造をもくろんで、量産化の検討をしていたところです」

「そなたはまた性懲りもなく、せっせと内職をしておったのか」

聖帝のため息が深かったので、お咎《とが》めを受けるのは必至、そう考えたファルマは弁明する。

「ええと、生産者は私ではないですよ！　これらはメロディ尊爵に作っていただいていました。私は労働してないですよ、ええ」

細かいことを言えば、製法を伝えて資金を出して、メロディとその弟子らに作ってもらっていた。

ファルマはインゴットを見繕いながら、簡単にアルミニウムの性質と活用法を聖帝に説明する。

なぜアルミニウムが大量にあるのかといえば、その原料であるボーキサイトがマーセイル南西部から発見されたからだ。

アルミニウムが発見されていなかったこの異世界において、ボーキサイトを豊富に含む土地は農業的に不毛の地であった。そこに住む領民は主たる産業もなく、近隣の領地への出稼ぎや大領主の小作で生計をたてていた状況で、アダムに農地改善の陳情があった。

ボーキサイトに目をつけたファルマは、その地域に住む領民の新たな収入源として、ボーキサイト鉱石の現金化の方法を模索している。

地球上におけるアルミニウムの精製は、原料であるボーキサイトからアルカリ溶解によりアルミナを抽出するバイヤー法と、ヘキサフルオリドアルミン酸ナトリウムとフッ化ナトリウムを電解炉で融解したものにバイヤー法で得たアルミナを加えるホール・エルー法が一般的であった。しかし、これらの過程には大量の電力を消費するし、現代地球の科学力や工業力をもってしても火災事故がたびたび発生するので、この方法を採用すると異世界での安全管理には心もとない。

そこでファルマは、精製度にはこだわらず安全な精錬を第一目標とした方法を考案した。土属性神術使いの破砕・分解神術で最初にボーキサイトを細かくし、鉱石や宝石をふるい分ける神術で材料を分別、分取する。続いてメロディの炎で溶解、精製する分別晶析法を用いた精製方法を確立。そして最後にメロディの卓越した火炎神術と連携することで、異世界においてもアルミニウムを生産することに成功したのだ。

「あらかじめ作っていたアルミ・マンガン合金で簡易客室を作りましょう」

「その合金とやらは何のために作っていたのだ？」

「これは航空材料を開発するために用意していたものです」

精製した純アルミニウムと微量のマンガンを加えて加熱、溶体化し、それを冷却し固めるという地道な手順を踏んで作られたこの合金は、地球においては航空機などの本体に用いられ、精製度に問題があり不純物もそれなりにあるが、強度には問題はなく軽量だ。

「なんだ、その航空材料というのは？」

「空を飛ぶための機体を構造する材料……軽くて丈夫な材料のことですね」

「空を……飛ぶだと？」

明らかに説明が足りてないのだが、聖帝はファルマの返答を反芻《はんすう》していた。

「これができれば、もっと早く新大陸に着けるのです」

「神術なしでか？」

「ええ、神術なしでです」

ファルマは工具置き場の中から大型定規を引っ張り出してくると、左手で鉄の塊を創造する。物質創造直後は造ったものを短時間なら浮かせておけるので、滞空させながら左手に持ち替えた定規の上に右手を一直線に滑らせ、物質消去で鉄塊の側面を平面に加工してゆく。まるで鋭利な刃物でカットしたように成形できるこの方法は最近ファルマが思いついたもので、気に入って便利に使っている。

直方体の鉄塊の金型にアルミ・マンガンのインゴットを挟み込み、上からそれに近いサイズの鉄塊をいくつも落としてプレス加工をすると、素朴なキャリッジ《客室》ができあがった。

「一発でやりおった……」

聖帝はファルマの奇想天外かつ、文字通り物量と物理で解決する神術に唸《うな》りっぱなしだ。

「すさまじい神業だ、もはや理解が追いつかん。物質を思うがままに生み出し、狙った通りに消しているのか」

「いえいえ、これは合金ですので。作ってもらったものを加工しただけですよ」

ファルマは愛想笑いをした。聖帝には「合金ですので」の意味が分からなかったようだが、ファルマは化合物以外の共融混合物などは作れないので、誰かに作ってもらうほかにない。

それに、何でもかんでもファルマが物質創造でお膳立てするのはもう卒業したい。この世界に存在する材料で、この世界でできるものを、この世界の人たちの手で作る。それでなければ、技術として普及しないのだ。


そうしているうちに、エレンとパッレが支度を終えて表にやってきた。エレンはパンパンに膨らんだカバンを、パッレは簡素にまとまったカバンをそれぞれ持っている。泣かれるだろうが、ブランシュの姿はまだ見えないので置いてゆく。

「聖下、お待たせいたしました。準備完了いたしました」

「よし、行くぞ」

聖帝はもはや待ちきれないといった様子だ。

「何泊ぐらいを想定すればよかったのかしら」

大荷物を抱えたエレンが言いにくそうにファルマに尋ねると、エリザベスは「泊まらんぞ、即時解決が目標だ」と言うので、ファルマも「長引きそうならいったん戻るし、大丈夫だよ」とエレンに説明する。ファルマとしてはもう少し荷物を減らしてほしい気もするが、彼女はいつも大荷物を持って出勤し、旅行の時も万が一を想定した準備を欠かさない。

「あくまでも安全確認と傷病者の救出が第一だからね。心配なら、ここに残る？」

「残らないわよ、残ったってなんの役にも立てないじゃない」

「四の五の言うでない、エレオノール。明日の夕刻には戻っておる！」

エリザベスの強気な言葉に、エレンは恐れ入って肩をすくめる。

「御意にございます」

「そなた、余の同行があっても心細いと申すか」

エリザベスが軽口をたたく。

「滅相もございません！」

「ならばよかろう！」

飄々《ひょうひょう》としながらも強気の聖帝に、エレンはたじたじだ。パッレは聖帝の背後からエレンをからかうようなジェスチャーをして、それを見たエレンが拳を握りしめていた。あまり緊張感のない彼らに一抹の不安を覚えつつ、ファルマは一行をまとめる。

「では、早速参りましょうか。新大陸へお連れしましょう」

パッレは、目の前の客室を見て首をかしげる。

「これをどこから持ってきたのか分からんが、十人以上乗れそうだぞ。サイズ間違えてねーか？乗るのは三人だぞ？」

「行きは三人だけど、帰りはこれで乗員全員を運ぶつもりだよ」

「そもそも、これでどうやって新大陸まで行くつもりだ？　神術陣も何も見当たらないようだが、まさか空を飛んでいくわけでもないだろう？」

「そのまさかだよ」

「は？」

ファルマの言葉に目を丸くしたパッレは口を開きかけたが、ファルマを詮索しないことにすると自分で言ったことを思い出したのか、それきり口をつぐんだ。

三人は荷物とともにキャリッジに乗り込み、二重の毛布にくるまった。エレンが好待遇をありがたがる。

「寒風に吹き曝《さら》しで凍傷寸前を覚悟してたけど、馬車客室みたいに快適だわ。ありがとう、ファルマ君」

「それはどうも。寝ていて構わないので、体力を温存し神力を回復させておいてください。往路だけで五時間ほどかかります。凍傷が心配なので、ときどき起こします」

大規模演習でくたびれ果てた直後に新大陸へ直行という、弾丸スケジュールである。疲労困憊《こんぱい》で上陸しても、何の戦力にもならない。ファルマとしては少しでも睡眠をとっておいてほしかった。

「一時間そこらで着くと言っていなかったか？」

今日中に戻るという目標があった聖帝は気忙《きぜわ》しい。

「それは私が単身で行った場合です」

ファルマの最短距離というのは、宇宙空間での空気摩擦低減や惑星の自転まで利用するものなので、生身の人間には耐えられないのだ。

「速度が出んのか」

聖帝がふてくされるが、ファルマの最速で飛んだら全員死んでしまう。

「この装備で人を運ぶとなると、高速は出せないのです」

「移動だけで十時間か……」

聖帝は難色を示している。

(聖下、留守番しててくれないかな……)

ファルマは内心でため息をつく。

「申し訳ありませんが、そうなります。さらに恐縮なのですが、途中、マーセイルに寄り道します。マーセイルは新大陸までの最短ルート上にあるので、時間は無駄にしません」

「うむ。任せきりになってしまうが、すまぬの」

ファルマはてきぱきとキャリッジのふちに何本もの鎖を通し、空中で束ねて吊《つ》り下げ、杖の柄に括《くく》り付ける。フレームに水銀気圧計を取り付け、パッレが白血病を患っていた時期にマーセイル工場で量産化していた酸素ボンベを人数分入れる。

「さすがに三人は重い？　何か手伝えることはない？」

ダイエットをしておくべきだったかしらね、とエレンが冗談を言う。

「今度の杖は薬神杖以外の性能を付加したマルチコアだし、杖そのものも頑強にしたから何とかなるよ。では、よい空の旅を。次に起きたときには、新大陸に到着しているよ」

「道案内とかいらない？　方位磁石でも見ましょうか？」

「何度か行ったから、間違えないよ。気圧の差を生じないよう、あとで客室上部を強化ガラスで密閉するね」

メロディ謹製の割れないガラスでキャリッジ上部に蓋《ふた》をすれば、ファルマは中の様子を確認しながら飛ぶことができる。

「そんなことして窒息しない？」

「しないよ。換気のために時々低空に降りたり、気圧計を見ながら客室内の気圧を調整したりはするけど、あんまり器用なことはできないから、苦しくなったら酸素ボンベは早めに使って。とくに根拠もなく自信過剰になったり、楽しくてたまらない気分になったりしたときもすぐにね」

「前者は分かるが、後者はなんだ？」

まさに自信満々、傲岸不遜《ごうがんふそん》が擬人化したような男、パッレが首をかしげる。普段からそういう性格なので、ファルマも気付かないかもしれない。

「ひどい低酸素症の状態で、意識を失う寸前だといわれているから」

高高度で低酸素症になるとそういう症状が出るという、地球での実話がある。

（パッレだけじゃないぞ、仮にそうなっていたとしても分かりにくい、自信満々メンバーだよな）

苦笑しつつ、ファルマは本人たちの自己申告が信じられないので、時折診眼で確認しながら飛ぶことにした。

神力を杖に通じさせると、鎖がぴんと張り、キャリッジが地上から浮かび上がる。

その時、下から小さな声が聞こえた。

「小さい兄上のばかー！　せっかく支度したのにー！　おいてくなー！」

ファルマは強制的に留守番となったブランシュの姿をみとめたが、その姿がだんだん小さくなってゆく。

「ごめん、ブランシュ。帰ったら埋め合わせをするから」

そんな一言を胸に、ファルマは気を張り詰める。

空気抵抗を考えれば、寒さに構わず航空高度を飛びたいところだが、航空機のような設備はないので急上昇をすると気圧が低くなり、乗客が危険に晒《さら》される。

そこでファルマは、進行方向の大気を適度に消去し、高高度を巡航しているような状態を作り出した。安定姿勢に入り、客室の気圧を確認すると、徐々に加速し高速飛翔《ひしょう》に切り替える。

ファルマたちは夜明けの空、雲海の上を船出をするかのように滑り出した。

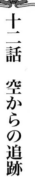

十二話　空からの追跡

ファルマは途中で休憩がてらマーセイルに寄り道をし、頼んでおいたバッグ状の大型資材を工場から受け取る。

「ファルマ君が持っていくこの荷物、すごく場所とるけど、何が入ってるの？」

大人一人分が入れそうなバッグいっぱいに詰められた布状の荷物をキャリッジに載せるファルマに、エレンが不思議そうに質問をした。

「船員らの防寒具や毛布じゃないのか？」

パッレはバッグに押しやられて、窮屈そうにしていた。

「これは球皮というものだよ。細かい説明は長くなるから、帰る時にね」

「海のものとも山のものともつかんな、本当に防寒具じゃないのか」

「空のものかな」

ファルマはパッレとエレンの質問を流して、進路を急ぐ。説明を放棄するつもりはないのだが、時間の無駄を省くために、できるだけ大人数に一回で詳細に説明してしまいたいのだ。

◆

マーセイルから新大陸までは、特にトラブルもなく六時間かかった。地球においても飛行機での大西洋最速横断記録が五時間程度であるため、これ以上は速度の限界だといえる。

高度を下げて地上五百メートルほどの位置で低速飛翔《ひしょう》に切り替え、一応敵襲を警戒し雲の間を飛ぶ。

「見えてきたよ」

ファルマが気圧の調整をしてからガラスのハッチを開けると、エレンとパッレが顔を出した。

「これが新大陸！」

「でっ……か！」

二人とも、興奮したように身を乗り出す。

エリザベスはまだ目覚めないようで、夢の中だ。

(寝てるよな？　死んでないよな？)

ファルマは彼女の状態が問題ないことを診眼で確認する。寝てると思ったらそのまま起きてこずに死んでいた、ということがあってはならない。

ファルマは雲に隠れて飛翔しつつ、海上に目を凝らす。

「妙だな」

ファルマの顔が険しくなる。

「どうした？」

「あそこ。板状の廃材が大量に漂流している。船が破壊されたのかもしれない。ただの木材なら洪水で流れた可能性もあるけど、船の廃材だったら問題だ」

よく見るとそれらには枝葉がついておらず、ただの木材の可能性は低そうだ。

「違うな、やっぱり船の廃材のようだ。廃材の海上への拡散具合から見積もるに、それほど時間は経《た》っていないと思う」

「よく見えるな、お前。船は五隻もあったんだぞ？　何隻分ぐらいありそうだ？」

「……いや、海上に一隻も船が見当たらない」

ジャン提督とクララも含め、出航前には全員の健康診断をしたので、乗組員の名前と顔も覚えていた。行方不明者の確認をするため、写真付きの乗組員全員の名簿も持ってきた。それなのに、あるはずの海上に一隻も船がない。ファルマの表情が凍りつく。

「そんな……もう終わっていただなんて」

終わっていたというのは、全滅していた可能性を否定できないという意味だ。

「俺たちは、何をしに来たんだ……」

満艦飾の軍艦をその目で見送ったパッレは、信じようとしない。

海鳥による最後の連絡は、三日前。間に合わなかったのだろうかとファルマも顔を曇らせる。

「でも、死体がひとつも浮いてないぞ。新鮮な死体なら浮くはずだ」

パッレがそう言うと、ファルマもはっとして頷《うなず》く。

「ああ、溺死してない限り、死体は浮く」

法医学の知識に照らし合わせて考えると、陸で殺された人間は水に浮く。死体は呼吸をしないため、肺にあった空気が浮きの役割をするからだ。溺死の場合は、肺の中に水を引き込んでしまうので浮き輪の役割をしていた空気がなくなるため水に沈むが、腐敗の過程で水面に浮いてくる。その浮力は凄《すさ》まじいもので、少々の重りをつけていようが浮いてくるのだ。

「いつだ……いつやられた？」

生きているにせよ死んでいるにせよ、何らかの手掛かりが欲しい。

陸地全体に診眼をかけようとしたその時、ファルマの視界の隅を何かがよぎったような気がした。はっとして洋上に視線を配ると、散在する小島の一つの中心のあたりから閃光《せんこう》が見える。

「なんだ、あれは……？　何か神術を使って、船をぶっ壊した奴らがこっちに居場所を教えてくれてんのか？」

「いや、鏡を使っている。彼らは敵じゃないな」

ファルマは興奮を抑えながら、パッレに即答した。

「どうして分かるの？　鏡の反射だとしても、味方からの救難信号ではなくて、敵かもしれないわよ？　おびき寄せられてるんじゃない？」

エレンは慎重だ。

「光の当て方で分かるんだ」

移動し座標を変えても長時間続く信号に、ファルマは確信を強めた。

「これは偶然ではなく、明確な意図をもって当ててきてるよ。俺が渡したシグナルミラーからの信号だ」

これは地球で使用されているサバイバルグッズとしておなじみの、遭難信号用のシグナルミラーというものだ。シグナルミラーは手鏡サイズのミラーの中央に穴があいており、照準合わせを行った上で太陽光の反射を利用して上空からの捜索者にピンポイントで位置を知らせたり、遭難信号を送ったりできる。

それを見ていたパッレが叫ぶ。

「うわ、まっぶし！　これ、敵にも位置を知らせてるようなもんだろ。あんなチカチカさせやがって、アホか！」

「狙った目標以外には、シグナルを送っている場面は見えていないんだよ」

シグナルミラーとは、そういう使い方をするものだ。そのうち、光はチカチカと激しい反射を繰り返すようになった。

「あ、俺たちが気付いたと踏んでモールス符号を送ってきてる。エレン、俺の荷物の中から赤い手帳を出して。挟まっているメモを見ながら解読してくれ」

「ええ、分かったわ！」

彼女がファルマの手帳を開くと、彼がモールス通信の際に使っていた符号表が出てきた。

ファルマは光の明滅を信号に変換し口頭で伝えながら、エレンに解読してもらう。

「〝総員とらわれ、敵に囲まれている〟……ですって！」

ファルマが診眼で上空から確認してみると、島の真ん中に少し開けた場所があり、全身から青白い光を放つ人々が大量に折り重なって倒れている。赤い光を放つ者はまだない。

（青い光ということは、どこか不調がある。だけど、全身が青いなんて、彼らに何が起こってるんだ？　発熱しているのか？）

そんな中で敵に気付かれないよう必死にシグナルミラーを当ててきているのは、おそらく通信士だろう。

診眼で中毒症を疑ってみるが光は白くならず、次に感染症を疑うも前提が多すぎて特定できない。

「彼らの安全確保が先決だな、降りるぞ」

パッレが語気を荒らげると、エリザベスがその声に気付いて起きてきた。

「おお、もう到着か。なんという新天地、壮大な眺めではないか……！」

エリザベスの感動をよそに、エレンが何かに気付いたらしく、蒼白《そうはく》になって杖《つえ》を振る。

「〝氷の壁！〟」

エレンは神術で頑強な氷の防壁を造り出すが、飛翔してきた何かがその氷壁を貫通する。

（タングステンを創造！）

氷壁がガラスのように粉砕されたのを見て、ファルマは急いでタングステンの防壁を展開する。

防壁に阻まれた飛翔物体は、弾《はじ》き返されて海面へと落下してゆく。

そして遅れて聞こえたのは、発砲音だ。ということは、飛んできたのは銃弾だろう。客室部分が狙撃されているので、ファルマ個人を狙ったのではなさそうだった。

「なんで銃撃が!?」

パッレが叫ぶが、エリザベスは不敵に笑う。

「銃だろうと大砲だろうと持ってくるがよい。どれ、余の出番がきたようだ」

戦闘モードに入ったらしいエリザベスが鋭く杖を振り上げたところで、ファルマがたしなめる。

「あそこには探検隊の皆さんがいます。状況が分からず、彼我の戦力差も不明なままいきなり相手を殺害すれば、間違いなく話がこじれます」

「何を悠長な。わが臣民がやられておるのだろうが。敵のみを燃やすよう、火炎の制御ぐらいできるわ」

「彼らが発砲したのではないかもしれませんよ」

「そなたはお人よしが過ぎる！　というか甘すぎる！」

エリザベスは呆《あき》れ果て、憤慨していた。

「根拠はあります。別個の場所から、六連発ずつ銃声が聞こえました。六連のものはジャンさんたちが持っていた銃ですからね」

六連の銃は、サン・フルーヴ帝国で特徴的なものだ。他国では単発もしくは二発が主流だとファルマは聞いていた。

「奪われたに決まっておろうが」

「それだと、使い方までは分からないのではと思われます。帝国側の誰かが彼らに教えたのであれば、敵対的な関係ではないかもしれません」

「ならば、なぜ我々が狙撃されているのか説明できるのか？」

「空に金属の塊が浮いていたら、まあ怪しいですからね。ひとまず、我々が降りるための足場を作りましょう」

ファルマは左手を返して物質創造を発動させると、海中に十階建てのビルほどの高さの鉄塊を突き刺し、頂上にキャリッジを置く。地上からここまで弾は届かないはずだが、念のため頂上にも砦《とりで》のようにポリカーボネートの防壁を展開しつつ、視野を確保しておく。

「ちょっとここにいてください、まず彼らの安全を確保して、可能なら彼らをここに連れてきます」

「お前だけずるいぞ！　ふざけんな！」

パッレの叫びを背後に聞きながら、今度はファルマが単身で空から島へ近づく。

銃撃は執拗《しつよう》に、激しく繰り返されるが、高度をとっているので狙撃しにくいうえに、仮に銃弾が届いたとしても、物理攻撃が無効のファルマはものともしない。

(使いこなしている……弾切れは狙えそうにないな)

六発の鉛玉を無駄に消費させ、相手が弾の装填《そうてん》を始めた頃合いで、ファルマは上空から探検隊を囲うように円筒状の氷壁を作り、物理的に攻撃を遮蔽《しゃへい》しつつ急降下した。

ついでに付近一帯の鉛を消去したので、鉛玉でキャリッジへの狙撃はできなくなったはずだ。正確に言えば何でも詰めれば狙撃はできるのだが、ぴったりと合う小石を拾う時間などが稼げるので、敢《あ》えて銃身の素材は消さずに残しておいた。

氷壁の底部にたどり着いたファルマが見たのは、帝国艦隊の乗組員らの衰弱しきった姿だった。

全員に息はあり死亡している者はいなかったが、熱と苦痛にあえぎ、手足を縛られて地面に転がされていた。シグナルを送ってきていた通信士は、手が縛られているので口で咥《くわ》えていたようだ。

ファルマは炭素を一部消去して縄を素手で切りながらも、その異常な光景におののく。

「なんてことだ……一体、何があったんです」

「ファルマ師!? なぜここにいらっしゃるのですか!?」

随行薬師のマジョレーヌが驚いて、目を瞬《しばたた》かせていた。捕らえられてから救援が来るまでが、あまりにも早すぎると思っているのだろう。

「ちょっと特殊な神術を使ったからね」

「な、なるほど……神術ですか！　神術なら納得です」

マジョレーヌの想像の範疇《はんちゅう》を超えるからだろうか、彼女は理解できないといった顔をしているが、それでも救助が来たことには感謝をしているようだった。

「こういった事態に陥らないよう、十分に警戒をしていたつもりなのですが、本当に不甲斐《ふがい》ないです。私がついていながらこんなことになり、申し訳ありません……」

マジョレーヌがすすり泣く。彼女の纏《まと》っていた薬師のロングコートは引き裂かれて、素足がむき出しというあられもない姿になって這《は》いつくばっている。見かねたファルマは目をそらしながら自分のコートを脱ぎ、彼女の腰にかけた。

手足の自由を取り戻した船員たちだが、熱にうかされて依然として苦しそうにしていた。

「装備がありませんが、杖は奪われたのですか？」

ファルマは訊《き》いていいものかと躊躇《ちゅうちょ》しながらマジョレーヌに尋ねると、気絶している間に現地住民に奪われてしまったという。貴族にとって命の次に大切な杖を取り上げられた彼らの自尊心と戦意は地に落ち、敗北の屈辱を喫しているようだった。

「とにかく安全を確保しましょう。少し地面が動きますので、伏せていてください」

ファルマは地面に左手をつく。

「地面ごと上昇します、衝撃に備えてください」

ファルマは円筒氷壁の底の地面を鉄板で覆うと、そのまま土属性を装いつつ物質創造をかけ続ける。すると鉄の円柱が上昇し、タワーのように伸長した。船員たちは声を押し殺して、必死に激震に耐えていた。

「ここで伏せている限りは、撃たれませんよ」

銃弾の射程は数百メートルはあるのでまだ射程圏内ではあるが、地上からビルの屋上ほどの高さで伏せている人間を狙撃できる狙撃手はいないだろう。そして、垂直に切り立った断崖を登ってくることもできないはずだ。

ここでいったん状況分析と傷病者の処置をしようとすると、ファルマが構築したばかりの鉄のタワーにパッレかエレンかの手によって氷の橋が架けられ、向こうのタワーに置いてきた三人がこちらへ猛進してくるのが見えた。

案の定というか、走っている傍《そば》から彼らは現地住民に狙撃されている。鉛玉は物質消去で消してしまっているので、石ころなど代替の何かを詰めたのだろう。

「ファルマ様！　予備の杖をお持ちではありませんか。銃弾でしたら土属性神術で防げます！」

そう叫ぶのは、船団に同行してきた神官と神術使いの乗員だ。パッレが実証したように、杖がなくとも神術・神技は自身の腕を杖化《じょうか》すれば使えるのだが、一般の神術使いらはそういうトレーニングをしていないために、全ての神術使いは杖を取られれば無力化すると信じ込んでいる。彼らの尊厳を取り戻すには、杖がいるだろう。なにしろ、貴族としての威厳は帯杖に依拠しているのだ。

ファルマは左手と右手で拳を作って目の前で合わせると、左手で物質創造をかけながら右手で即座に物質消去をし、３Ｄプリンタのようにタクト状の太めの杖を成形してゆく。そして真ん中に溝をつけると、仕上げに聖別詠唱を無言で念じて神杖化《しんじょう》した。

ファルマはその一本の太い杖を割りばしのように真ん中でぽっきりと割り、二人に手渡す。晶石こそついていないが、十分機能するはずだ。

「はい、どうぞ」

今できたばかりの杖を手渡された神官と神術使いは、ぽかんと口を開けて目を丸くした。強力な神術使いの持つ杖は長くなる傾向にあるものだが、先ほどまで持っていなかったものを取り出す動作は不自然なので、ファルマは短めに作っておいた。

「え、え？　杖は袖の中から出したのですよね？」

狐《きつね》につままれたような顔をしているのは、杖を受け取った二人だ。

「あ、はい。もったいぶった出し方をしてすみません」

ファルマは面倒を避けるために、虚偽報告をしておいた。

「ともあれ、ありがたい！」

彼らは神術使いに戻ったといわんばかりに杖を振り、土壁を形成してこちらに駆けてくる三人を援護した。

「まだたくさん持っていますよ、予備の杖。皆さんも使います？」

ファルマはカバンを漁《あさ》るふりをしながら、物質創造と聖別詠唱で神杖を造り出し、神術使いらに配って回った。

ややあって、三人組が氷上での中距離走を終えて到着した。数百メートルの直線距離、かつ心臓破りの上り坂を走ってきたので、さすがに息があがっている。

「ファルマ！　お前、置いていきやがって！」

「はあ……はあ……なんで勝手に行くのよ」

パッレは罵《ののし》り、エレンは声が出ていない。エリザベスはそれほどでもないようだ。

「あ、後から呼ぼうと思っていたんだよ」

船員一同が、エリザベスの登場に驚く。やっと意識を取り戻したジャン提督は、エリザベスを見るなり平伏した。

「聖下……！　なぜこのような場所に!?」

臣民の救助のためはるばる海を渡ってきた君主の姿に胸を打たれたのか感涙にむせぶ者もいたが、ジャン提督は恥じ入ってか静かに涙を流していた。

しかし、感動の対面のなかでマジョレーヌが絶叫を上げた。

「聖下、我々に近づかないでください。我々は何かに感染しています！　聖下の御身が穢《けが》れますので、お戻りください！」

彼女からは、主君を未知の病に感染させるわけにはいかないという悲壮感がにじみ出ていた。

「ファルマ君、彼らに応急処置をしましょう。敵も次の手を打ってくるかもしれないわ」

「そうだな」

エレンが薬箱を開け始め、ファルマがマジョレーヌから症状の聞き取りをする。ファルマは代表的な感染症ではないことを先に診眼で確認してから、感染経路と感染源の特定を始めた。

「私たちに共通しているのは発熱、筋肉痛、腹痛、血尿、嘔吐《おうと》、なかには吐血をする者も……」

マジョレーヌの説明は詳細で助かる。

「分かりました。水はどうやって飲んでいた？」

ファルマはノートにメモを書きつけながら、慎重に聞き取る。

「神術で生成した水と、湖の水を飲用にしていました。その湖水の水質には問題はなく、煮沸してから飲んでいました」

「食べたものは？」

「湖でとれた魚介類と、大型動物のクロコディル、持ってきた食料のみです。現地の果実や植物などは食べていません。もちろん、重金属検査や微生物、寄生虫検査もしました。また、完全に火を通して食べていました」

「そうか……」

ファルマはひっかかるものを感じて、ペンを走らせる手を止めた。

「悔しいです……！　私は何を見落としたのでしょうか」

マジョレーヌが懐から取り出してお守りのように抱えていたものは、ファルマの書いた薬学の教科書の簡易版だった。その内容が、この場所では何ら役に立たなかったのだろう。

「では一緒に検証しよう。虫に刺されたりは？」

ファルマはさらに聴取を続ける。

「しましたが、刺し口は特に腫れていません。あとは、蚊に刺された程度で。それも、特に問題があったとは……」

「湖と言ったけど、そこで水浴びをした？」

ファルマは穏やかな口調ながら、冷静に原因を探る。

「しました。水質が良かったもので、泳いでいた者もいました。水質を調べましたが、寄生虫らしきものもいませんでした」

（淡水で泳いでいた、か……。まさかこれじゃないだろうな）

ファルマは診眼に問い、脳裏で答え合わせを行った。

（〝住血吸虫症《じゅうけつきゅうちゅうしょう》〟）

なかば直感でしかなかったが、ヒントが頻出しすぎたためにすぐに確定してしまった。

「俺の神術によれば、住血吸虫症のようだよ」

ファルマの回答を聞いたマジョレーヌは、ぶんぶんと首を左右に振った。

「えっ……そんなはずはっ！　住血吸虫も疑いました！　しかし、特有の症状である急性のセルカリア皮膚炎などがなかったですし、それだとしたら進行が早すぎます。虫卵も検出されなかったので除外したのです！」

彼女にはなまじ知識があったがために〝教科書通りの症状ではない〟ことで、真っ先に住血吸虫症を除外してしまったのだ。しかし、彼女の判断ももっともだったといえる。

「君の判断は間違ってはいなかった。でも、住血吸虫症にはセルカリア皮膚炎が出にくいタイプのものもあるし、初期の感染では虫卵は出ないのかもしれないよ。種が変われば症状が異なるということも、考慮すべきだったんだね」

ファルマは、薬学の教科書の中で住血吸虫の項についてはそれほどページを割かなかったし、簡易版の教科書にもほんの数行しか書いていない。帝都や近隣諸国は高緯度であるためか、住血吸虫の症例がまったくなかったからでもある。

地球上においては、住血吸虫症にはいくつものタイプがあり、症状も様々で、かつ流行地域もそれぞれ異なっている。ファルマは典型的な症状を記載しただけで、もちろんそれがすべてのタイプを網羅しているわけではない。ましてや、ここは異世界。吸虫の引き起こす症状がファルマの認識と異なっていても、何ら不思議ではないのだ。

マジョレーヌは拳で膝をたたき、悔しさを爆発させた。

「なら、プラジカンテルが効いたということですか！　……持っていたのに！　私が管理していたのに。私が未熟だったばかりに……あのとき、すぐに飲ませていれば！　人数分はなかったけど、飲む時間はあったんです。重症者は確実に救えたのに、襲撃で海の底に沈んでしまいました！」

彼女の頬《ほお》を涙が伝う。治療薬を持っていたのに対処ができなかったことが、悔やまれてならないのだろう。

同行していた薬師、臨床技師の担当する検査一式では虫卵を検出できなかったし、誰も死亡していないので病理解剖もできなかった。血尿をみとめたようだが、組織生検などをしなかったため特定できなかった。船医もいたが、彼は外科が専門であり見抜けなかった。

ファルマはそれを慮《おもんぱか》り、こう評する。

「君はよくやったよ、あとは任せて」

ファルマが診眼を持っていなければ、原因すら確定できたかどうか分からない。彼女は最善を尽くしたとファルマは心からそう思うが、慰めが何になるだろう。

（〝プラジカンテル〟）

ファルマは診眼で、定番といえる住血吸虫の治療薬を決定した。

「よし、なんとかなるかもしれない」

プラジカンテルは人数分の持ち合わせがないが、ファルマがここで造って飲ませれば問題ない。あとは帝国に全員を連れ帰り、そこで処置をすればいい。

（住血吸虫症は治せると思うけれど、汚染された湖に生息する住血吸虫の駆除は骨が折れそうだぞ……。湖全体を立ち入り禁止にし、湖を完全に埋め立てるぐらいしないと）

日本近代史においては、流行地の湿地帯を埋め立てたり、住血吸虫の中間宿主であるミヤイリガイを絶滅させてようやく終息をみたが、世界的にはまだいくつもの感染地域を残していた。

ファルマが地球での例を思い出しつつ今後の計画を立てていると、エレンが薬袋をひらひらと掲げていた。

「プラジカンテルをお探しの人ー？」

ファルマが向き直ると、エレンと視線が合って、彼女はにっこりと笑う。

「これっ、なーんだ」

「まさか？」

「人数分あるわよ、プラジカンテル」

エレンの準備のよさに、ファルマは思わず目を丸くする。

「なんでそこまで想定していたの？」

「私、荷物はいつも多めに持ってくるの。だって、患者さんを前に薬の手持ちがなくて諦めなければいけないだなんて、私のプライドが許さないもの。ファルマ君には準備万端すぎとかよく笑われるけど、ファルマ君が外しそうな緊急性の低い薬を中心に持ってきたわ」

「さすがエレンだ。俺の行動の裏読みも完璧だな」

出発の際にはなぜこんな大荷物を、と迷惑がってしまったが、今はエレンに感謝だ。

エレンの言葉を聞いてほっとした様子のマジョレーヌが続ける。

「思えば、クララさんが警告していたんです。湖に入るとよくないことが起こるって……。でも、彼女はその理由を説明できなかった。きっと彼女は何かを予知していたのだと思います」

「……ん？　そのクララさんの姿が見えないけど」

ファルマは注意深く全員の顔を見やる。

「私たちが気付いた時には、全員ここに連れてこられていて……。でも、どうしてかクララさん一人だけいないんです」

ファルマは嫌な予感を覚える。

(旅に特化した予知能力を持つ彼女はこの航海に欠かせない存在で、水先案内人だった。その彼女が消えているということは……)

相手はクララの能力に気付き、そして彼女を利用しようとしているのかもしれないとファルマは思い至る。

「こいつは少し手ごわい相手なんじゃないか?」

パッレも、クララを奪われた意味を理解しつつあるようだった。

「クララさんの予言を使って、俺たちを待ち伏せていた可能性もある。そして、ここの住民は住血吸虫症にはかかっていないようだ。むしろ、住血吸虫症を熟知していて、探検隊の感染が成立した頃合いを狙った線もある」

しかし、パッレも怯《おび》えてはいない。

「相手が誰だろうと、一人残らず無事に連れて帰るよ」

ファルマはゆらめくように立ち上がり、眼下に潜む見えない脅威を睨《にら》みつけた。

十三話　反転攻勢

「ところで、いないのはクララだけか？」

船員たちの顔をしげしげと見ていた聖帝が、ふと疑問を口にした。

「確かにクララ・クルーエ嬢のみとお見受けします」

ジャン提督が周囲を見回しながら答える。

「む？　はぐれた者もおらんか？」

「どういうことですか？」

その訊《き》き方にひっかかるものを感じたファルマが、横から尋ねる。

「ノアを随行させておったのだがな。姿が見えんのだが、クララとともに攫《さら》われたのではあるまいな」

ジャン提督があたりを見回して報告する。

「いえ、攫われたはずはないと……あれ？　おらんぞ。いつ消えた……？」

ジャン提督の焦りがファルマにも伝わる。不穏な空気が漂い始めたとき、ファルマたちのいる台地が突如振動に襲われた。突き上げるような大きな地響きにその場の誰もが身構えたとき、森の中から周囲を取り囲むように蛇状の生物らしきものが現れた。

その威容は圧倒されるほどで、大蛇は鎌首をもたげ今にも襲いかかろうとする。怪異の襲撃に船員たちは竦《すく》み上がり、ファルマも動揺する。

（なんだ、これは!?）

ファルマはこのタイプの異形の存在を目撃したことがない。それは抽象画をそのまま実体化させたかのような、いびつで不自然な形状をしている。

「まるで落書きのようだ。悪霊なのか？」

造形物とも見紛《みまが》う形状に、ファルマは理解が追いつかない。

「見たことがないタイプだわ。どの系譜にもなさそう」

「なんだこりゃあ、知らねーぞ」

それなりに悪霊には詳しいと自負しているエレンもパッレも知らないようだ。聖帝でさえも帝《てい》杖《じょう》を握ったまま、気味が悪そうに顔をしかめている。

ファルマには悪霊の生態学の心得などはないが、それを見た探検隊らの反応は違った。

「お気を付けて！　それこそが悪霊です！　油断はなりません」

「我々はこの類《たぐい》のものに船を破壊されたのです！」

それを聞いた聖帝は、拍子抜けといったように苦笑する。

「余の目には落書きにしか見えんのだが？」

「聖下、奴らは地上に描いた絵を実体化することができるようです！」

「実体化だと？」

神術使いらは、恐怖に飲み込まれ、悲鳴とも絶叫ともつかない声で聖帝に訴える。中には果敢に神技を放つ者もあったが、攻撃は大蛇を透過し虚空に飲み込まれていった。

必死の応戦をものともせず、大蛇はファルマたちが一時避難しているせり上がった鉄の台地にまで迫ってきた。

「面白い、この蛇めを我が杖《つえ》の餌食にしてくれよう」

「聖下、白昼堂々と実体化している霊です、もう少し探りを入れたほうがよいのでは……」

「ふん、では少しつついてみよう」

聖帝はファルマの制止を聞くと、煩わしそうに杖に手を添えて神力を通じさせ、声を整え詠唱を行う。

「火焔《かえん》神術陣、〝火神の障壁〟」

彼女が叫ぶと同時に、視界を覆いつくさんばかりに白炎が上がった。聖帝が放った白炎は火柱を形成したのち、空中に島全体を覆いつくすほどの巨大な神術陣を描き出し、その火柱で辺り一面を蹂躙《じゅうりん》する。そしてその神術陣は火炎旋風となって大蛇を焼き、円盤状の防御域を形成した。

変幻自在かつ大火力の火炎神術を目の当たりにし、パッレは前のめりになり、エレンは腰が引けたようだった。

圧倒的な熱量にあおられ、熱風が渦を巻く。彼女にすれば〝少しつついた〟程度なのかもしれないが、ファルマもさすがに口があいた。並の神術使いならば生涯神力量を費やすほどの神力を消費しながら、彼女は悠々としているのだ。

「悪霊を狙い撃ち、広範囲に撫《な》で斬る神術陣だ。実戦では使う機会がないが、こういう時に使わねばな」

得意満面なエリザベスが杖を下げると、神術陣は空間に固着化されたようで、結界のように機能している。

エレンは聖帝の神技に驚嘆する。

「お見事です、聖下！　私も援護いたします。〝雹《ひょう》の大涙〟」

エレンも畳みかけるように、森の全域にくまなく大型の雹の雨を降らせ、森の中からの飛び道具による奇襲を牽制《けんせい》する。

「待ってくれエレン、人間を狙うな！」

現地住民への攻撃を見咎《みとが》めたファルマが、その杖の先を押さえてとどめる。

「ええっ!?　明らかに攻撃されてるのに!?」

「それでも！」

「積極的な加害はしなくても、脅かす程度にはやり込めるつもりだっただけど……待って！　下！」

エレンの指摘でファルマとパッレが足元に目をやると、首を失った大蛇が異様な動きを始め、切断面が盛り上がり新たな首が再生し始めた。

「しつこそうだ……ん!?」

ファルマがそう呟《つぶや》いた直後に、思わぬ方向から全身に鈍い衝撃が走った。彼は真横から何かに全身を打ち付けられ、そのまま島外まで弾《はじ》き飛ばされた。

「っ……何だ!?」

久々に痛覚を味わったからか、ファルマは対処が遅れた。ファルマの体は半実体に近く、これまで基本的に物理攻撃は通用しなかったため、それに慣れすぎて防御を忘れてしまっていたのだ。

瞬時に襲撃者を探した彼が素早く視界に捉えたのは、同じく抽象画をそのまま実体化させたかのような、大猿とも巨人ともつかない巨躯を持つ霊だった。

（くっ、物理攻撃が無効じゃないとは……！）

殴られた衝撃で杖を手放して浮力を失ったため、そのまま海上に激突しそうになる。実際にファルマは海面に〝激突〟などはしないのだが、反射的に物質創造で生み出した柔らかな雪の塊をクッションにして、衝突を避けた。まだエレンに神術訓練の相手をしてもらっていた頃に水上で何度となく使った受け身の動作で、体が自然に動いた。

ファルマは海面を踏むと同時に氷板を形成し、海上に立ち上がって踏みとどまる。

（殴られたってことは、こっちからも殴れるかな）

発想を転換すれば、ファルマと同質の存在である霊も、本来ならファルマに干渉できるはずだ。ただ単純に、これまで出会ってきた悪霊とファルマの間には圧倒的な力の差があったので、悪霊の攻撃がファルマに届くことはなかったのだろう。霊同士で攻防を繰り広げることになるとは思ってもみなかったが、そうとなれば話も変わってくる。

「杖がないから飛べないか……。ほかの秘宝も全部杖の中だしな」

杖がなくては、飛翔《ひしょう》もできない。不便なことだが、秘宝あってこその飛翔能力なのだ。

ファルマは薬神杖《やくしんじょう》を手元に呼び寄せようとするが、戻ってこない。不思議に思っていると、猿型の霊に乗った筋肉質の青年がファルマの薬神杖を左手に握ってこちらを見下ろしていた。

「新しい薬神杖は誰にでも持てるんだったな。セキュリティ面でも迂闊《うかつ》だった」

自分以外に使えない杖は意味がないと考えた彼は、人体を透過するというかつての素材の性質を殺してコアだけを組み込み、誰にでも持てるようにしておいたのだが、それが完全に裏目に出てしまった。

それでも駆動には大神力を要するために、神力を感じない青年にとってはただの棒きれとなってしまっている。青年が薬神杖を持て余しているのを落ち着いて眺めながら、どうしたものかなとファルマは思案する。

エレンが台地から身を乗り出すようにして何か叫んでいるが、遠すぎて聞き取ることができない。

「心配ないよ！」

こちらを心配してくれているようなので、ファルマもエレンに聞こえないことは承知ながら大声でそう返事をする。

その時、ふと思いついてファルマはこの状況を逆手にとった。ファルマは彼を狙う青年に気付かないふりをして体ごとエレンのほうに向け、無防備な状態を演出した。

彼の演技に誘われたか、青年がファルマめがけて大猿をけしかけ、殴打を仕掛けてくる。

「きた！」

ファルマは振り向きざま、大振りに繰り出される猿の握り拳に着目した。

「おや、親指を握ってるな」

なんということもない動作だが、彼は大猿が自律的に動いているのではないと断定した。

（人間以外の霊長類は、親指を中に入れて固い拳を作ることができないからな）

つまりそれは、人間にしかできない発想。打撃のためにそんな動作になったということは、青年が意識を割いて操っているという間接的な証拠である。ファルマは、あの青年の意識と霊体がリンクされているという確信を得た。

「なら、ダメージを返してやる」

ファルマは身を返し海上で軽く腰を落として構えると、真正面から両手で拳を受けて、接触と同時に神力を両手に集中させて霊の右拳を粉砕した。すると、青年も右拳を押さえ、その場に縫い留められた。不意をつかれて薬神杖を取り落とし、苦悶《くもん》の表情を浮かべている。

ファルマは遠隔から診眼を使って、彼の拳のダメージが中手骨骨折《ちゅうしゅこつ》までには至らなかったことを確認すると、今こそと薬神杖を呼び寄せてすかさず飛翔し、エレンたちのもとに戻りながら地上を俯瞰《ふかん》した。

彼らは森に潜んで霊を使役し、あらゆる場所から変幻自在の攻撃を仕掛けてきていた。その実体化された霊は昼間でも人間に物理的なダメージを与えうるほどに強固で、並の悪霊を雲散霧消させてきたファルマの聖域をものともしない。

そうなると霊をいくら成敗してもきりがなく、攻撃すべきはエレンの言うように霊を操る人間だ。だが、対人戦闘において加害せず相手を制圧するというのは存外難しい。

「どうした、何を迷っておる。悪霊は蹴散らせても、人間はそうはいかんか？」

ファルマが躊躇《ちゅうちょ》している様子を見物していたエリザベスが、図星をつく。

「よかろう。一時退避だ。ここに守護神殿を建てるぞ」

聖帝の鋭く凛々《りり》しい宣誓が、場の緊張を煽《あお》る。

「大神殿・守護神殿間神術網へ接続！」

エリザベスが片手で、帝杖を鉄塊へと突き立てる。短期間に神殿の秘術をものにしつつあった彼女は、大神官としての権能をフルに使い、ガラス箱入りの秘宝を地面に置くと、流れるような動作で守護の核とした。続いて、それに神力を注ぎ込んで共鳴させ、神術陣を展開する。

「〝広域浄化、悪《あ》しきものは立ち入るべからず〟」

長詠唱ののち完成の発動詠唱を行うと、彼女を起点に立方体の青い光の神術壁が出来上がった。大地の守護神殿化は詠唱によって確立し、建物こそないが仮想の守護神殿が現れたということになったのだ。

「悪霊どもは神殿内にあるものを認識できず、霞《かすみ》がかかったように捉えるらしい。この中に引きこもっていても何の解決にもならんが、ひとまずの防衛拠点にはなるであろう」

一仕事を終えたエリザベスは腰に手を当てがいながら、守護神殿に悪霊の攻撃は当たらないと解説した。

ファルマも彼女の秘術に勇気づけられ、重ねがけの安全策を講じる。

(気は進まないが、そっちがそれならオカルト全開だ)

一人でこれだけの人数を守るには禁術系列を使うしかないと、ファルマは肚《はら》を決めた。

(創薬神術陣を展開！)

あらかじめ準備しておいた自身の髪の毛入りの小さな封筒を取り出すと、それを触媒に彼の体は白光の粒子と化す。

(神薬合成・地類〝爾今《じこん》の神薬!〟)

数秒と経《た》たず、虹色に輝く神薬が空中に顕現した。ファルマはそれを霧雨にして船員らに注ぎかける。エレンやパッレ、聖帝にも降りかかってしまったが、致し方ない。

この神薬を飲む、またはそれを浴びた人間は、何があっても一日だけ不死化する。いわば霊体に近い状態となるため、いかなる重症となっていても病状が進行することはない。

彼らは簡易守護神殿の中にいる限り霊からは認識されず、脅威となりうる〝人間からの〟物理攻撃も無効となり、すなわち無敵となる。

実体解除の隙《すき》をつかれないうちに、ファルマは手早く再実体化する。これで自陣営に命の危険はなくなった。そのうえで、ファルマはてきぱきと平和的な制圧手順を実行する。

「さて……強引かもしれないけど、俺にはこれしか思い浮かばない。襲撃者に出てきてもらわないとな。〝セルロース、ヘミセルロース、ペクチン、リグニンを消去〟」

ファルマは空中から右手で島全域をとらえ、真横に撫でるようにして、守護神殿の中にいる人々に影響が及ばないよう島内全ての植物を対象とし物質消去をかけた。すると、島全体に有機物が沸騰するかのような霧が立ち込め、ありとあらゆる植物体が雲散霧消し、森に潜んでいた現地住民らの姿があらわとなった。

ファルマの奇襲によほど驚いたのか、悲鳴や咆哮《ほうこう》を上げる者、物陰に隠れようとする者、威嚇する者、反応は様々だ。

獣皮の衣を着ていた者はともかく、植物性の衣類を着ていた者は服を消されて全裸になってしまったようである。男女入り交じった武装戦士ばかりであったが、彼らはファルマの力に怯《ひる》んだかにも見えた。

ファルマは彼らを無力化するため、もう一つ手順を踏む。両手で格子を作り、指を組み合わせて物質創造と物質消去を同時にかけ、彼らを綾《あや》に織られた銅とニッケル化合物の格子の中に閉じ込めたのだ。これはファルマがこっそり訪れたエンランド王国で実用化されていた電磁シールドの応用で、霊の通過を妨げることができる。つまり、この格子は人も霊も同時に無力化できるのだ。

ファルマは捕獲した現地住民たちに睨《にら》みを利かせつつ島内を俯瞰し検索する。だが、島の生態系を破壊して丸裸にまでしてしまったにもかかわらず、クララの姿を見つけることはできなかった。

◆

「あれ……？」

「一体どうしたんだ……苦しくなくなったぞ？」

守護神殿の中で蹲《うずくま》っていた船員らは戸惑いながら、ふらふらと立ち上がる。聖帝がこの場を守護神殿化し、ファルマが彼らに神薬を注ぎかけたということに気付いた者は船員らの中では皆無だったが、誰もが自らの身に起こった異変に驚いていた。

マジョレーヌも、信じられないといったように目をぱちくりとして頬《ほお》をつねっている。そして、それは聖帝の守護神殿の効果なのだと考えたようだ。

「聖下の神術はやはり別格ですね」

などと神術使いらは口々に言い合っている。

「ふーむ。ファルマのやつ、この余を後方に回し、非殺傷の原則を守りつつ一人であやつらを制圧しおったな」

聖帝が素直な感想を絞り出す。噂《うわさ》をしていれば、ファルマが何事もなかったかのように舞い降りてきた。

「ただいま！」

「おかえり、って調子が狂うわね」

エレンは杖を取り落としそうになっていたが、何とか取り繕う。

「島じゅうの木々はおろか、彼奴《きやつ》らの服も根こそぎ剥《は》ぎ取りおったな。そなた、邪神だったか」

聖帝はファルマをいじり倒す。

「手っ取り早く視界を確保したくて……樹木だけを取り除くつもりでしたが、脱衣につながったのは本意ではないです。それよりあの中にクララさんはいなかったので、これから大陸まで捜しに行きます」

「ちょっと待ってよ、単独行動はダメって言ってるでしょ」

エレンが口を挟んだ。

「どのみち二手に分かれないといけないし、エレンたちはここにいてほしい」

「それで、あやつらはどうするつもりだ？」

聖帝が、檻《おり》の中で身動きの取れない現地住民らを指して尋ねる。服を剥《む》かれた若い女戦士らは身をかがめて、あらわになった肢体を恥ずかしそうに隠していた。

「あの檻の中では、彼らは〝人工の〟霊を呼ぶことができません。　しばらく脱出はできないでしょうし、飛び道具も届きません。　彼らと争うことが目的ではありませんので、今のうちにクララさんを奪還して帰還しましょう。その段階になれば、彼らを解放します」

「銅の檻からでは霊を出せぬ、とぬかしおるか」

「そうです。正確には銅でなくとも、電磁シールドとして利用できる金属であればいいのです。悪霊を物理的に防いでいたというエンランド王国の技術を拝借しました」

ファルマはエリザベスに解説する。正確には、生成するシールドに適切な密度と遮断できる周波数の条件はあるようだが。浄化神術も同じような原理を利用しているのではないかと、ファルマは推測している。

「なんと、たったそれだけのことでいいのか！」

「今のところ、私の実験結果からそのように導き出されています。あまり詳しくは特定できていませんが」

「その前に、だ。お前は以前言ってた神術の要領で金属も出してんのか？」

パッレがファルマを問いただすので、ファルマは一言で要約する。

「兄上だって、水を造れるならほかのものも造れるよ」

「答えになってねーぞ。俺は水と氷、百歩譲って湯、霧、雪、蒸気ぐらいしか出せねーぞ」

「水をもっと分解して、水素と酸素にしてみたら？」

「は？」

パッレは呆然《ぼうぜん》とするが、ファルマはふざけてなどいなかった。

「説明は今じゃなくてもいいじゃないか」

「いや、今だろ。物質の創造なんてできたら、即戦力になるだろうが」

「今はクララさんの捜索を急ぎたいから、手短に話すよ。水の創造も、その他の物質の創造も、無から有を生み出せる。それこそが〝神技〟なんだ。何を造ろうが原理的には同じで、水の創造ができるなら、その能力は何でもできるに等しい。神術で〝何を造りたいのか〟を考えてみるといいよ」

ファルマは一方的に話し終えると、再び薬神杖にまたがり浮上する。半分浮きかけたファルマのコートの裾を、エレンが引っ張る。

「ファルマ君、私がついていくって」

「気持ちはありがたいけど、エレンがついてきたら救助できる人間が減るんだよ」

「そっか……」

エレンの気持ちは嬉《うれ》しいが、クララとノアを連れて帰らなければならない。この状況では聖帝たちとここに残ってもらったほうが得策だ。ファルマはそう判断して、大陸へと飛翔していった。

◆

取り残されたエレンとパッレは、顔を見合わせる。

「あいつ、無茶苦茶だ」

「そうなのよ。ファルマ君って、常識では考えられない神術の使い方をしてるの。何を考えてるのか分からなかったんだけど、やっぱり説明してもらってもさっぱりだわ」

エレンの言葉を聞いた聖帝が、面白そうにニヤついていた。

「水属性は楽しそうだな。余は属性違いなのが口惜しいが」

「聖下は天下無敵の炎術使いではございませんか。……確かに、あいつの言う通り水属性と土属性だけが物質を創造してんだよな」

パッレが聖帝を持ち上げていると、船員たちの何名かが手を挙げて集まってきた。

「あのう、私も水属性ですけど、ファルマ様がおっしゃっていたのはどういうことですか？」

興味津々といった具合に、水属性神術使いが顔を近づけてくる。

「私は土属性ですが、何かお手伝いができますか」

「全員で脳みそ絞って考えるんだ。あいつ、水が造れたら何でも造れるって言いやがったんだぜ」

「あ、ありえません。ファルマ師のおっしゃることが理解できません」

「何か特殊な詠唱があるのでしょうか」

「属性を変える裏技とか？」

「守護神と交渉する方法とか？」

船員たちの場当たり的な推理を聞きながら、エレンは首をひねっていた。

「たぶん詠唱じゃないのよねえ……。神術属性を決めているのは遺伝子だってとこまでファルマ君が突き止めているから、私たちが属性に縛られているように見えるのは、後天的に遺伝子発現が変わっているからなのかしら」

「近いところまできた気がするぞ」

パッレの論理スイッチが入った。あっ、と思ったエレンが要点を整理する。

「私たち水の神術使いは、水しか造れない。本当はなんでも造れるけど、何か先入観に縛られているってこと？」

「物質創造の能力はもともとすべての神術使いに備わっていると仮定して、水って一体なんだ？」

「えぇ？」

パッレの哲学的な問いに、エレンは調子を崩した。

聖帝は属性が違うためか彼らの話には参加せず、守護神殿の結界の補強にとりかかっているようだった。

「そこから始めるの？　水素と酸素の化合物とかそういう話？　君、化学の教科書も書いたんじゃなかったっけ」

エレンが、パッレは何を言い始めたのかと妙な顔をする。

「そうとも。だからこそ言える。俺たちは確かに、水なら創造できるんだ！」

パッレは真剣そのものだった。エレンはもうパッレとの議論は諦めて、聖帝や守護神殿の防御を担うべく杖を握りしめて周囲を警戒している。

「水を酸素と水素に分解か……」

パッレはファルマの言葉をブツブツと反芻《はんすう》しながら、両手を開いて前に突き出す。

「さあて、論より証拠、まずは実験だ。防御していろよ、ここら一帯すこぶる危険だからな」

パッレは大きく深呼吸をすると、照準を海上に合わせて杖を振り抜いた。その杖の先端からは何も出てこないが、嫌な予感を抱いたエレンは、それを見届けるより早く、

「〝氷の防壁〟」

パッレの動作とほぼ同時に詠唱を発し、守護神殿の周りを幾重もの氷の壁で囲い込んだ。肩で息をするエレンを尻目に、パッレは自身の持っていた先端部分を聖帝に向けて差し出した。

「聖下、この杖の先端を加熱していただきたく」

「何か企《たくら》んでおるな？」

「答えをご覧にいれましょう」

「よかろう」

聖帝が片手間にパッレの杖の先端を握ると、ものの数秒とかからず先端が赤熱する。パッレは杖を軽く握り、エレンの生成した氷の防壁の上に飛び乗り、海上に向けて振りかぶる。

「パッレ・ド・メディシス様、いったい何をなさるのでしょうか？」

マジョレーヌが恐る恐る尋ねる。

「仮定通り、水を分解できたか確認しようと思ってな。全員、二十秒間耳をふさげ。聖下もお手を煩わせますがご協力を賜りたく」

パッレはその場で不審そうに首をかしげている船員らに呼びかけ、彼らが耳をふさいだことを確認した。

「エレオノール、お前もふさがないと耳がやられるぞ」

「その確認、今やらないといけないこと？」

「まあ見てなって、ちゃんと実益も兼ねてるぞ」

パッレは海上に杖を投げつけ、一拍ほどして指を弾く動作を行う。空中で水の神技を作動させたのだ。

その時、海上で雷が落ちたような大爆音と爆発が起こった。

彼は最初の空振りのような一撃で、海水から水素を分離。海上に爆鳴気《ばくめいき》が生成されたのを確認するために、聖帝による神杖《しんじょう》の加熱と、杖の投擲《とうてき》後に放った水の神技によって瞬間的に熱電効果を起こし、発生させた電気で爆鳴気に引火させたのだ。

「すげーすげー！　火炎神術使いになったみたいだ！」

「ほお、面白いことをするな」

「パッレ君、どういうこと？」

聖帝が食らいつき、エレンは恐ろしいものを相手にしているかのように尋ねる。すると、パッレはふんぞり返って説明を始めた。

「水は、水素と酸素の化合物だ。俺たちは化合物をいきなり造る能力があったわけじゃない。元素単体を造る能力が備わっていて、無意識に化合物にしていたんだ！」

「詠唱と同時に水をイメージすればいいだけなのに？」

「その詠唱がくせ者だったってことに気付かないとな。詠唱は便利だが、物質創造の自由度を奪う。たったそれだけのことさ。だったら原理を転用して、オゾンや過酸化水素にはじまり、下手すりゃ酸素化合物や水素化合物もできるってことだ！　ファルマがやっていたのは、そういうことなんだろう」

「分かったような気もするけど、実証実験は帰ってからにしてよね」

「まあ、確かにそうだな」

彼はエレンの制止を聞き入れたが、おもちゃを与えられた子供のように無邪気に笑った。彼はこの土壇場で、水属性神術使いから無属性神術使いへの一歩を踏み込み始めていた。

彼の様子を頼もしげに見ていた聖帝が、ぽんと手を打った。

「今の轟音《ごうおん》を聞いたなら、奴らも戦意を喪失したであろうな」

彼女はそう言うと、ファルマの拵《こしら》えた檻の中で地面に伏せてしまった現地住民らに視線をくれた。

「捕虜の尋問にうってつけの状況だぞ。洗いざらい吐かせてくれよう」

「大神官聖下が、拷問などはまずいのでは……」

パッレの内心が外に漏れた。

「なあに、虐待的尋問は効果がない」

「は。では、どのように」

パッレが前のめりに尋ねると、聖帝はウィンクをしてみせた。

「たっぷりと甘やかしてやるのだ」

サン・フルーヴ帝国を世界最大の覇権国家にまで拡大せしめた皇帝が、静かに動き始めた。

十四話　地下洞窟への潜入

「クララさーん！」

ファルマは島から大陸へと向かい、上空から診眼を使ってクララを捜索するが、何度確認しても陸地には人がいないように見える。

「洞窟や地下に結界か何かを張って、診眼すら欺いているのかもしれないな」

もしそうなら目視で確認しなければ分からないかと思い、彼は上陸して地上の探索を始めた。

彼が深い森の中で真っ先に探したのは、獣道《けものみち》だ。どんなに隠れていても、生活の痕跡を隠すことはできない。人も動物も、森を歩けば必ず道を作る。植物の繁茂した場所を生活のために怪我《けが》をすることなく往来するには、必ず一定のルートをとる必要があるからだ。

獣道と人が踏み固めた道を区別するためには、フィールドサインを見つけるのが手っ取り早い。

フィールドサインというのは足跡、糞《ふん》、果物や木の実の食痕などを指す。

「小動物の足跡はあるけど、大型動物の足跡はない。そして……」

ファルマは目を凝らし、少し離れた場所にそれなりに存在感のある動物の糞を見つけた。

「この大きさ、色形からみても人糞《じんぷん》だなあ……。つまり、これは人道だな。それにしても、こんな目立つところにするかな。近づいてきたところを待ち構えて……なんて」

罠《わな》を警戒して、薬神杖《やくしんじょう》で地表から数メートルほど浮いたまま、人道を海側から山際へとたどる。人が森林で生活するためには、周囲が安全であることと、水場からそう離れていないことが条件だ。生活用水を汲《く》みに行く場合もあるだろうが、何時間もかかるほど遠くには行かない。

先ほどの島で出会った彼らの装備からして、それなりの文明と集落を築いていそうな雰囲気はあった。ただ、あの島は彼らの本拠地ではないとファルマは推定している。あれほど小さな島では、生活に必要な淡水を得ることが困難で雨水を飲むしかないと思われるが、島を丸裸にしてもそれらしき雨水貯留設備は見当たらなかった。

(とはいえ、船で移動した形跡もなかったよな……霊を使って移動したのかな)

そんなことを考えながら人道をたどると、驚くほど簡単に洞窟の入り口が見つかった。洞窟の内部には、床一面に施された呪術的な刻印がある。

(なんかありそうだ)

よく見ると、奥には小動物の骨らしきものも見える。手近にあった小枝を折って洞穴の中へ投げ入れてみると、刻印から湧き出た黒い霧が洞窟内部に渦巻き、投げ入れた小枝が一瞬にして灰へと変わる。

「やっぱり……」

植物も動物も本質的な構造は変わらないため、迂闊《うかつ》に踏み込んでいれば灰になっていたのはファルマだったかもしれない。

「害獣除《よ》けか、侵入者の抹殺のための罠か。今の、帝都を襲った黒霧に似てたよな……」

トラップを看破したファルマは、刻印を覆い隠すように物質創造で銅板の橋を造る。その上へめがけて小枝を投げ入れると、今度はトラップが作動しない。どうやらセンサーを遮ることができたようだ。

安全確認もほどほどに、ファルマは洞窟に踏み入っていった。


「彼らは神力がない代わりに、霊を呼び出したり、呪術で身を守っているのかな」

洞窟は横穴になっており、奥は広く、鍾乳洞のような構造をとっていた。誰か人がいないかと診眼で岩盤ごと透徹すると、この先に数十名が息を潜めているのを検知した。ファルマは彼らの持つ種々の疾患が放つ蛍光に目を凝らすが、目標は彼らではない。

「いた……！」

ファルマは、ついにクララの居場所を突き止めた。

潜伏中の現地住民とクララを区別するためには、神脈を持たない大勢の光の中から神脈を持つ人間を探せばいい。クララの姿そのものは洞壁に遮られて見えないが、ファルマは確かにクララの神脈を探知した。クララに怪我などはなさそうだが、神力は枯渇しているようだった。

(マジョレーヌさんの言っていた通り、他の皆が感染していた住血吸虫《じゅうけつきゅうちゅう》にも感染していないみたいだ。占いで回避したのかな？　ノアはここにはいないみたいだな)

ファルマは暗闇に紛れながら、まずはクララを救出しようと決めた。

洞壁越しに現地住民らが分散、移動している方向を見極め、彼らに到達するまでの通路を把握し救出、脱出ルートを定める。ファルマのいるポイントからクララのいる場所に到達するまでには蛇行した洞穴が迷宮のように広がっており、クララのいる場所から出口に接続している洞穴は一本しかない。

ファルマは脱出路を頭に叩《たた》き込むと、侵入を気取られないうちに実行に移す。彼は洞窟内を一定間隔で照らしているトーチの炎と手燭《てしょく》の灯を、遠隔からの窒素生成で次々に消した。視界を失った現地住民らから驚きの声と悲鳴が上がる。

ファルマが洞窟の奥へ向け風のように加速を始めたとき、診眼が小さな蛍光の動きをとらえた。

(ん？)

それは暗闇をものともせず、ファルマめがけて全力疾走で向かってきた。

ファルマが違和感に気付いたのは、その直後のことだった。

診眼を通して世界を診《み》たとき、視野は拡張現実のような世界に入る。こちらに向かってくる何者かは、一点の光として捕捉されているが、それは岩盤を貫通しながら〝直進〟してきていたのだ。

診眼の光は、その体のどこに宿っているか分からない。

（人か、それ以外か……？）

相手の特性を判別するため、ファルマはトラップを展開し待ち構えた。

何者かが洞壁から飛び出した一瞬を狙い、その進路をふさぐように鉄壁を生成する。

（これを貫通してくるようなら、結構厄介だな）

何者かは物音を聞き分けたのか岩盤内で急停止すると、ファルマの背後を取るようにして鉄壁をも貫通し、壁の中から姿を現した。

ファルマは振り返らず前に跳んで間合いをとり、そこでやっと振り向いてその正体を見極める。

相手は特徴的な入れ墨を褐色の肌に施した、鋭い眼光を持つ黒髪の少女だった。

その異様な雰囲気に、ファルマは息をのむ。

（女の子？　人間か？　多分、俺と似た性質を持ってる……）

ファルマにそれ以上考える隙《すき》を与えまいとするかのように、彼女は手に持った杖《つえ》を握りしめて何かを叫ぶ。

「――、――！」

彼女の呼びかけに呼応するかのように、ファルマの背後に描かれた壁画から物音がする。防壁とは反対側に描かれていた抽象画が次々に実体化され、彼に一斉に襲いかかった。

（なるほど、実体で攻撃してくるか）

壁画から生成される霊は、ひとたび実体化すると肉塊となって増殖を続けて空間を埋め尽くし、瞬く間に洞穴をふさぐまでの塊を形成した。

(悪性腫瘍みたいな殖え方をするな、分化度の低い増殖は腫瘍も霊も厄介そうだ)

ファルマを観察しつつも少女の指は動き続けており、一気呵成《いっきかせい》に実体化した霊をけしかける。だが、有象無象の霊が仕掛けてくる攻撃はファルマには殆《ほとん》どダメージを与えないし、霊が実体化して物理攻撃を仕掛けてきたとしても、それは人間や動物に襲われているのとさほど変わりない。ファルマは物理攻撃を受け付けないため、それらの攻撃も無効化される。物体には物体を、霊体には霊体をぶつけてこそ意味がある。

ファルマは彼女のペースに飲まれそうになっていたが、次第に落ち着きを取り戻し、自らに教え込むように反芻《はんすう》する。

(実体化したとなれば……物理法則で対応できる。珪素《けいそ》を消去!)

頭を切り替えてファルマが右手を真横に一振りすると、壁から実体化した霊は構造の核となる珪素を抜かれて形状を保てず、少女の制御を逃れ瓦解《がかい》した。

彼女は、淡い光を纏《まと》いながら素手で神術を繰り出すファルマの両手をじっと観察していた。

(この子……俺の能力を分析しようとしているのか)

そのうち、彼女の視線はファルマの肩に釘《くぎ》づけになった。

(薬神紋に気付いたのか？　嫌な予感がするぞ)

診眼と似た能力を持っているのかもしれない。そんな直感を得たファルマは、あまり彼女に思考時間を与えるべきでないと感じた。

彼が次の一手を決めかねていたその時、彼女の姿が地面に溶けるようにかき消えた。次の瞬間、ファルマのすぐ背後の地面から現れた少女の杖がファルマの心臓のあたりをきれいに貫通していた。

(この子、本気で殺しにきているな)

彼女の明確な殺意を感じたファルマは、彼女に対し警戒心を一段引き上げる。貫通した杖を掴《つか》むと、体から引き抜くようにして簒奪《さんだつ》する。ファルマでなければ致命傷になり勝負は決まっていたはずだが、そうはならなかった。

少女の瞳に恐れの色が浮かんだかに見えた。

(こっちは物理攻撃が効かず、霊も蹴散らせる。そんな相手には遭遇したことがないに違いないな、分析される前に離脱する)

暗闇の中で薬神杖に神力を通じたファルマの体は、淡い光をまとう。

「この杖はもらうからな」

神術使いにとっての杖は、神術そのものにほかならない。少女が戦闘中にあっても握りしめていた杖は、神術使いのそれと同じく彼女の異質な力の増幅や発動を助けるものとみるべきだろう。杖を取り上げられた彼女はファルマへの攻撃をやめ、ふらりと体勢を崩し膝から頽《くずお》れた。それと同時に、彼女の下にそれまでなかった彼女の濃い影が落ちた。

(俺と同じだ。杖を手にした時だけ半実体化していたのか……?)

彼女は、ふらついたように見せかけ地面についた右手を即座に地面に張り付ける。なおも霊を召喚しようとしているようだ。

(まだやるか)

ファルマはそれを見逃さず、一連の動作で物質創造と消去を同時にかけながら地上に鉄板を敷き、それ以上の召喚を妨げる。

ファルマは放心し宙を漂う彼女の左手の中指を取ると、彼女の肘のほうへゆっくりと曲げていった。たったそれだけではあるが、彼女はいとも簡単に無力化された。些細《ささい》な動作であったため、彼女が一番驚いているようでもあった。

「こんなに小さな動きで、力をかけなくても人を無力化することができるんだよ」

ファルマは落ち着いた声のトーンで彼女に話しかけた。十分に痛みを伴っているはずなので、そこそこにしか力を加えていない。憎悪を向けさせることが目的ではないにしろ、和解できるとも思っていない。

「ちょっと落ち着かないかもしれないけど、話を聞いてほしい」

しかし彼女は反抗心を失っておらず、なにやら罵倒らしき言葉をファルマに浴びせ続けた。

「手短に聞くよ。この子を知ってる？」

ファルマは胸ポケットに挿した手帳を取り出し、中に挟んでいた写真を引っ張り出して鉄板の上に置く。出港の際に船員たちを撮った集合写真で、そこにはクララが写っている。

「見える？　俺はこの子を捜していて、ここにいることを知っている」

彼女はクララの写真に注意を向け、吟味するように少し顔を近づけた。

「面識があるって顔をしているね」

ファルマは彼女の顔を覗《のぞ》き込み、断定する。彼女はファルマの視線をいとうように顔をそらす。

「この子を連れ戻すよ。彼女は非戦闘員で、攫《さら》われる理由も見当たらない。いいね？」

ファルマが問いかけた直後、再び点火したトーチを携えた大勢の人間が、洞穴の通路を駆けてこちらに一気呵成に押し寄せてくる。

彼らの目に飛び込んできたのは、彼女と同じくらいの背格好の少年が少女を制圧する姿であったはずだが、その方法が地味で控えめだったために、彼らはファルマが何をしているのか判断がつかないようだった。彼らは武器を構えながら、じっと様子をうかがっている。

「来るなよ。正直、誰とも戦いたくない。そこにいてくれ！」

ファルマは物質創造で洞穴内部に氷壁を展開し、彼らとの間に隔壁を造った。

診眼越しにクララの居場所を見定めながら少女の拘束を解くと、少女はファルマを羽交い絞めにしようと掴みかかった。

冷静な動作で、ファルマは彼女の腕をすりぬける。それと同時に彼女はバランスを崩してその場に倒れ伏すと、びくりとも動かなくなった。

ファルマはその場に全員を残し、濃霧に溶け込むように岩の中へとかき消えた。

◆

ファルマはクララの居場所を特定し、先ほどの少女がしたのと同様に洞穴の壁面を貫通しながら疾走する。

（いいね。最初からこうすればよかった、妙案だ）

最短距離でクララのもとにたどり着くと、彼女が押し込められていたのは洞穴をくり抜き、鉄格子をはめ込んだ牢獄《ろうごく》のような場所だった。ご丁寧に、入り口には家具類などでバリケードが築かれている。ファルマはクララのいる牢の奥から現れたが、牢の外の様子はここからではよく見えない。

（おあつらえむきだな。バリケードがあれば、見張りからの目隠しになる。あとは、物音さえさせなければ……）

唐突に登場してクララに悲鳴を上げられると困ると考えたファルマは、壁の中からその姿を現すと同時に、背後から真っ先にクララの口をふさぐ。

クララは悲鳴と息を飲み込むと、軽くパニックになったのか、凄《すさ》まじい勢いで指を噛《か》んでくる。だが、いくら噛もうが、ファルマには効果がない。その反撃の思い切りのよさに、ファルマは多少感心した。

（これは完全に指を噛みちぎるぐらいの勢いだな、頼もしいよ）

クララはなおも暴れるが、ファルマは押さえ込んで小声で告げる。

「クララさん、声を出さないで。こんなところから驚かせてごめんなさい、ファルマです」

背後から現れた怪異がファルマだと気付いたらしいクララは、多少の混乱を見せる。

「えっ、本物の薬師様ですか？　絵で作った偽物とかじゃ……」

「本物だよ。ええと、どうやったら信じてもらえるかな。あ、そうだ。船酔いの薬は効いた？」

ファルマしか知りえない情報を聞いて、クララは半信半疑ながらも信じてくれたようだ。

「あの薬、よく効きましたよう……」

じわりと涙をにじませつつ答えはしたものの、彼女的にはまだ違和感があるらしく首をかしげる。

「そう言われると、薬師様かも……？　で、でもなあ……怪しいなあ……」

クララは言葉に詰まる。

「そ、それに今、どこから来たのでしょうか。背後は岩で、前は格子とバリケードでふさがってるんですよ？」

彼女は不審そうにもう一段階、斜めに首をかしげた。

「ええと、そこの牢の隙間から入ったんだ」

「隙間、どこにあります？　私、通れませんでしたよ？　向かって正面から来たってことですか？」

「いや、ほら、細めの体形だから通れたんだよ」

ファルマはいらぬことを言ってしまった。

「は？　私が太いみたいじゃないですか、私のほうが細いですー」

どう弁解してよいか困ったファルマは、愛想笑いをしておいた。クララははっと我に返る。

「本当に薬師様だとしたら、私の占いが当たってしまいましたね。この大陸で、あなたにもう一度お会いできるような気がしていました」

「まあ、的中だったね。君の予言の精度は凄まじいものがあるよ」

ファルマはそう言いながら、複雑な表情を向ける。

「こんな遠くにまで来てくださって……胸がいっぱいです。皆さんは無事でしたか？　私だけここに連れてこられてて、ほかの人はどうなったか……」

クララは彼らの安否に思い至って緊張したのか、ぎゅっと目を閉じた。

「さっき救助したところだよ、みんな無事のはずだ」

正確にはノアが見つかっていないが、とりあえずクララには心配をかけるのでまだ伝えない。

クララは、ほっとしたように大きな息をついた。

「分かっていたはずなのにこうなってしまって、申し訳なさと感謝の気持ちでいっぱいです……。最初から、もっと強く、取り返しがつかないことになる前に出航を止めるべきでした。色々と対策をしていただいたはずなのに、危機感が足りなくて……」

クララがしみじみと、感謝とともに複雑な心境を吐露する。

「危機感と先の見通しが足りなかったのは俺も同じだよ」

ファルマは彼女の思いを受け止める。

「俺は、運命が定まっているとは思わない。どんな未来も、無数の選択肢の中から選びとっていくものだ。森羅万象の相互作用があって、今回はこの状況になった。ましてや君が謝ることなんて何もない」

クララが俯《うつむ》いてしまったので、ファルマはその隙にあたりを見回す。

(ええと、このあたりは石灰洞でできているのかな。じゃあ、炭酸カルシウムを消去)

ファルマは天井に向かって右手をかざすと、クララが俯いている間に石灰洞の主な成分をいくつか消して大きな風穴をあけようとした。しかし、集中しようとしたところで、クララがファルマを引き留める。

「あの、薬師様。ここに来る前にメレネーという少女に会いましたか？　黒い長髪の、肩に入れ墨を入れた女の子なんですけど」

「会ったかもしれないけど、暗くて容姿まではよく分からなかったな。名前も分からないし」

洞穴に踏み込んでくる前にならば大勢の男女とまみえたが、一人一人の容姿にそこまで注意をしていなかった。

「じゃあ、その中でもめちゃくちゃ強い女の子です。ぶっちぎりです」

「さっき、気の強そうな女の子には会ったな。とりあえず、その話はあとにして先に逃げよう。足止めはしておいたけど、ここに戻ってこられたら大変だ」

ファルマは少しの時間も惜しい。

「……それが、私は逃げられなくて」

「どうして？」

救助を断られて、ファルマは肩透かしをくらった気になる。

「ええと、その子はとりわけ巧みに霊を操ることができて、霊の力を借りて絵を実物にして攻撃してきます。すみません、うまく説明できなくて……」

クララは説明の語彙《ごい》が追いつかないようで、あたふたしている。

「ああ！　分かった。たった今、その子を撒いてきたところだよ」

「その子は無事ですか!?」

クララが必死の形相で迫ってくるので、ファルマは何かやらかしたかと冷や汗をかく。

「無事だと思うけど、どういう意味？」

なぜクララが彼女を心配するのか、ファルマは意図が呑《の》み込めない。

「私、その子に強烈な呪いをかけられて。その子……ええと、メレネーって名前なんですけど、その子の身に何かあれば、たぶん私も連帯責任的なやつで死んじゃうんだと思います。なので、仮に自由の身となっても捕虜のままというか……逃げられないというか」

クララはもじもじと両手の指先をくっつけたり離したりしている。ドジを踏んだと恥じているのだろう。ファルマはクララの体に視線を走らせると、襟足のあたりに呪印のようなものを見つけた。

（これ、ジュリアナさんがつけられていたやつに似てるな）

ファルマは、かつて枢機神官であったジュリアナが大神殿からつけられていた聖呪紋を思い起こす。大神殿での文献閲覧の甲斐《かい》もあり、ファルマも神秘現象や呪いなどの知識の蓄積ができてきた。

「呪われたって、その首のやつ？　そういうことなら、物騒だからすぐ対策をとっておこう。手を出して」

ファルマは薬神杖を小脇に挟むと、空いた片手でクララの手に小瓶から水薬をたらした。先ほど創造したばかりの神薬〝爾今《じこん》の神薬〟の残りだ。この神薬に触れれば何があっても一日間だけ不死化するので、クララに危害を及ぼすことができる人間はいなくなった。

「これで、その呪いはとりあえず保留にできたはずだ」

「今のは、解呪薬みたいなものですか？」

クララは水薬をハンドジェルのようによく手に揉《も》み込みながら尋ねる。

「そんな感じかな」

「よかったです。奴隷になれとか、叛《そむ》けば死をとか言われてましたから……」

「ええ……そんなこと言ってたんだ……」

言葉が分からないので、そんなキャラだとは気付かなかった。そこで、ファルマはひっかかりを覚えた。

「クララさんとメレネーって子は、言葉が通じるの？　実はあの子、帝国語がしゃべれるとか？」

かくかくしかじかで、とクララは手短に誘拐された後の経緯をファルマに伝えた。

「なるほど。メレネーはクララさんの予知能力に勘づいて、クララさんだけ捕まってしまったんだね。それで、メレネーという子とは霊を介して会話ができていたのか」

「そうなんです」

思い出せば、彼女は地中から、あるいは洞壁から執拗《しつよう》に霊を呼び出そうとしていた。

(あれは攻撃のためではなくて、霊を通じての会話を試みようとしていたんだろうか？)

その挙動を反撃のしるしと見たファルマは、ことごとく徹底的に潰《つぶ》してしまっていた。

(あー、悪いことをしたな……初手で異文化コミュニケーション失敗だ)

ファルマは胸が痛む。

「薬師様。その解呪薬、私を除く探検隊の全員のぶんもありますか？　皆さん、メレネーのいうピチカカ湖っていう湖に入ってしまったんですけど、それで死の呪いがかかったっていうんですよー！」

「その話なら、さっき探検隊の人たちから聞いているよ」

「どうしましょう！　皆さんに生命の危険が迫っていますっ！」

クララは思い出したかのように慌て始めた。

「それなら、もう治療薬の投薬を開始しているから問題ないよ」

「薬師様は予言者ですか！　そんな、呪われし湖の呪いに効く薬をピンポイントで持ってきてるものなんですか！　ちょっと神がかりすぎじゃないですか！」

「いや、俺の仕事じゃなくて、異様に旅の準備がいい子のお手柄というか……」

ファルマはエレンの得意顔を思い出しながら告げる。

「よかった……一安心です」

「メレネーって子は、何の恨みがあって探検隊やクララさんたちをそんな目に遭わせるのかな。見知らぬ人々が上陸してきたのが気にくわないのかな？　何か言ってなかった？」

彼らからすれば、探検隊は海から押しかけてきた、言語の通じない、目的も知れない侵略者に見えないこともないか、とファルマも彼らの襲撃には一定の理解を示してはいる。

「最初に上陸したとき、安全確保のために神官様や神術使いたちが、陸地のいたるところに浄化神術をかけてしまったんです」

「え？　でも悪霊が消えたとして、何か問題ある？　彼らも安全に暮らせるじゃないか。そこをちゃんと説明できれば、和解もありえるんじゃないか？」

むしろ善行ではないか、とファルマは疑問だ。

「それが……私たちの大陸とは違って、ここには霊を大切にする文化があって、浄化神術でいなくなったのは彼らが大切に祀《まつ》っている先祖たちの霊だったみたいなんです、その大切なご先祖様たちの霊が姿を見せなくなってしまって、それでメレネーをはじめこの大陸の皆さんは怒りが収まらないみたいなんです」

「え——!?」

ファルマは頭を抱えそうになる。彼にも悪霊とその他の区別はつかないが、メレネーたちからすれば、探検隊の存在は百害あって一利なしといったところなのだろう。

(それに、俺のせいでもあるのか……?)

ファルマの周囲には聖域が発生しているため、大陸に下見に訪れたり、救助に駆け付けたりしたことでも、意図せず除霊に一役買ってしまっていただろう。

「ひとまず、ここを脱出しよう。これでは二人で投獄されてるのと変わらない。それから今後の方針を考えよう」

ファルマは再び一帯の岩盤ごと炭酸カルシウムを消去して風穴をあけようと、右手をかざした。

だが、いつもの別世界から薬神紋を通じて神力が流れ込んでくる感覚がない。

ファルマははっとして右肩に触れた。

青白く輝き、脈動しながらファルマに薬神の恩恵を授けていた、薬神紋がないのだ。ファルマはない。

全身が硬直しそうになる。反射的に左腕の薬神紋を探るが、こちらに異常はない。

ファルマは背筋が凍るような思いで念じる。

(塩化ナトリウムを創造)

ファルマの左手には、予期した通り白い粉末が現れる。それが塩化ナトリウムであってもなくとも、物質創造はまだ使えるという証拠だ。

普段ならば物質消去を使って合成した物質の同定を可能にしていたのだが、これでは創造したものに間違いがないのか確認する術《すべ》が途絶えてしまった。仕方なく、舐《な》めてみることで先ほど創造したものの物性を部分的に確認すると、確かに塩分を感知する。

(合成したものを同定する方法は、古来より確立されてきた化学的分析手法を使えば、殆どは可能だ)

だが、この場で即座にという場面では限度があり、実戦には使えない。

(診眼はどうだ？)

次に診眼を発動すると、視覚が研ぎ澄まされてクララの体が透けて見える。診眼の発動の感覚や視野に特に変わった点はない。右手の拡大視もまだ生きている。

(物質創造と診眼、拡大鏡には問題ない。つまり物質消去だけを奪われた！)

奪われたのなら奪い返すまでだが、薬神紋を取り戻したとしても物質消去の能力は回復しないかもしれない。それに、右上腕の薬神紋を盗《と》られたのではなく消されたのであれば、薬神紋は永久に失われることになる。

ファルマが気付いたのは、それだけではない。

（神力が激減してる……！）

体に充填《じゅうてん》されていた神力が目減りしている感覚を自覚したファルマは、この世界に来て初めて、自身の神力を満たす器の存在に気付かされた。その貯蔵量を神力計で数値化することはできないだろうが、確かに底はあり、ファルマは自身の神力が有限だったことを認識する。

（無限だと思っていた俺の神力は、薬神紋を二つ宿したことで初めて担保されていたんだな……）

薬神紋は残り一つだが、神殿から収集していた情報によれば、歴代の守護神は聖紋を一つだけ持つのが〝正常〟な状態とされている。そう考えれば、薬神はもともと物質創造もしくは物質消去の能力のみを擁する守護神だったと考えられる。本来の状態に戻っただけだとしても、やはり物質消去の喪失は痛い。

「薬師様、顔色がすぐれませんが……」

クララが不安そうな顔を向ける。

「少し、まずいことになったかも」

警戒すべきことは、他にもある。メレネーはファルマに残されたもう一つの薬神紋も奪う、もしくは消すことができる可能性があるということだ。

いつ、どのタイミングでメレネーに右の薬神紋を奪われたのか回想してみるが、これというタイミングを思い出せない。むやみに接触してしまったのは迂闊だった。

（もしかして、クララさんの言う〝絵を具現化する能力〟で薬神紋を剥《は》がしたのか？）

どんな原理で、という疑問がついて回るが、いったんそれは横に置く。

(あるいは、俺が聖下の呪いを剥がしたのと類似の原理で、自らに薬神紋を憑依《ひょうい》させたとか？　いや、彼女は神力を持っていなかったし、それはありえない……でも、神脈はなかったけど、別の似たようなものがあったなら……？)

ファルマの思考はもつれ始めた。

(ひとまず薬神紋の奪還は諦めて、メレネーから距離を取るべきだ。物質創造まで封じられたら、完全に詰む！)

最悪、次々に能力を引き剥がされ、大陸から出られず嬲《なぶ》り殺されるかもしれない。

ファルマがフリーズしていたからか、クララが恐る恐る尋ねてくる。

「まずいこと、というのは？」

「メレネーに神術の一部を封じられたみたいだ」

「え、神脈の剥奪《はくだつ》とかでですか？」

(ああ、そういう手もあるか)

ファルマは自分の神脈を診たことがなく、エレンの診眼でもファルマの神脈は診られなかった。しかし、メレネーにはファルマの神脈が見えていて、それを閉鎖して自身にスイッチさせた、そんな仮説も思いつく。

(まさか、杖で胸を刺されたあの一瞬に？)

ファルマは彼女の実力に慄《おのの》く。クララはそんなファルマを心配そうに見守りながら、重い口を開く。

「……少なくとも、それはこの旅では戻ってこないような気がします」

旅神の加護を持つクララは、旅の期間中の予言を外さない。

ファルマはクララの予言を受け入れた。薬神紋の奪還は必ず失敗に終わると天啓が出たのであれば、いったん完全に諦めるべきだろう。

「分かった。クララさんの呪いは薬でしばらくは抑えられるから、メレネーを探すのはやめよう。即時に撤退だ」

撤退を決断したはいいが、物質消去なしでクララを連れて洞穴から脱出するのは至難の業だ。二人とも牢に閉じ込められた状況になっている。

物質創造に引き換え、物質消去は破壊的かつ絶対的な能力だ。特に人体に対して行使すれば、ほぼ無敵といってもよい。

(落ち着け、物質消去を取られても彼女には使えないはずだ)

ファルマは冷静さを取り戻す。彼女が物質消去の力を手にするには、二つの制限がある。

一つは神力がないこと。彼女は神脈を持ちえず神術を使うことができないはずだ。

もう一つは、物質消去に必要な物質名の特定ができないこと。物質消去の能力は、物質創造と比較すると制御が曖昧で、物質創造では必須である分子構造の想起は必要ない。それでも、明瞭に物体の性質を理解していなければ発動しない能力なのだ。

(彼女が消せるとすれば水ぐらいか?)

そう考えていると、低くくぐもった思念がファルマの脳髄を揺さぶる。

『囚人が二人になったじゃないか』

目の前のバリケードが一つずつ取り払われ、土埃《つちぼこり》が舞う。

その向こう――松明《たいまつ》の光が照らす先に現れたのは、まさに今ファルマが全力で接触を避けるべきと考えていた少女、メレネーだった。

現地住民らを引き連れ、傍らに霊を従えてたメレネーは、クララに恨みのこもった鋭いまなざしを向ける。

『叛けば死あるのみ。しかと伝えたはずだ』

メレネーの言葉を、彼女の従属させている霊がファルマにも思念で伝える。

「ひいっ……無理ですうう」

クララはファルマの薬で呪いを抑え込まれているとはいえ、メレネーの威圧感に萎縮したのか、動けなくなっている。

ファルマはその間に入り、クララを庇《かば》う。

『まだしつけが足りないようだ。屈服するまで体で分からせてやらねばな』

メレネーは憎悪のこもった口調でファルマとクララに宣《のたま》った。

「彼女からこれまでの経緯を聞いた。先ほどの非礼はお詫《わ》びする。もし言葉が通じるなら、話し合いができないか。あなたがたの大切な祖先の霊を私たちが追い払ってしまったと聞いた。それを償いたい」

ファルマは交渉を試みる。

霊を呼び込む性質を持つ呪器である疫神樹《えきしんじゅ》をうまく使えば、また祖先の霊を呼び寄せることができるかもしれないと考えたのだ。

『話し合いなど無用だ、時間稼ぎに興味はない』

メレネーは霊を通してファルマの提案を一蹴する。

『なにやら焦りが見えるが、探しているものはこれか？』

彼女は右手をかざし、握り込んでいた掌《てのひら》を開いた。

そこから零《こぼ》れたのは、眩《まばゆ》い閃光《せんこう》を放つ、小さな赤い雷のように見えた。彼女の掌から少し離れた距離で、彼女の掌に吸い寄せられ激しく放電している。

その禍々《まがまが》しい赤光に照らされながら、メレネーはファルマらを睨《ね》めつける。

(あれは、奪われて変化した薬神紋なのか……？)

ファルマは地球において、一度だけそれに似たものをニュースで見たことがある。それはレッドスプライトと呼ばれるもので、雷雲の放電現象に付随してさらに上層で起こる発光現象だ。

圧倒されつつも、ファルマが赤い雷に見入っている様子を察知したのか、クララが怖気《おじけ》づいたような顔をする。ファルマはクララの恐怖に気付いて、後ろに下がらせることにした。人間の恐怖の感情は、悪霊を強靭《きょうじん》にしてしまう。メレネーが霊を使役するならば、敵に塩を送るようなものだ。

「クララさん、少し下がって。何も心配せず、そこで動かないで」

「い、いえ、私も戦います」

クララが息をのむ。

意識をほかにとられたくない。頼むからそこから動かないでくれと願いつつ、ファルマは改めてメレネーに呼びかけた。

「それを返してもらおう。君が持っていても使えないどころか、害のほうが大きい」

『それ、とは〝無の根《ルタレカ》〟のことか？』

メレネーはこれ見よがしに赤い雷をファルマに見せる。

（……なるほど。メレネーはこれを知っているんだな。名前がついているということは、この大陸には聖紋にまつわる別の伝承が存在するということか）

ファルマは想像を巡らせつつ、彼女の言葉に応じる。

「名前は知らないけど、それだ」

『至高の呪術師に宿りし無の根《ルタレカ》は、祖霊に叛くあらゆるものを消し去る。これは、われらの生存に必須のものだ』

「その無の根《ルタレカ》というものを、どういう用途に使うんだ？」

物質消去の能力が生存に必須というのは、ファルマの理解を超えている。

物質創造であれば、貴金属などに狙いを絞れば莫大《ばくだい》な富をもたらす能力であるので、まだ理解できる。しかし、物質名を特定できない人間が物質消去をどう使うのか分からない。

『話してなどやるものか。無の根《ルタレカ》が失われてより、我々一族は二百年もの間、洞穴を褥《しとね》とし、抑圧を強いられてきた。もう、侵略者の手には戻さんよ』

それを聞いたクララが、ファルマに小声で忠告する。

「薬師様。私が捕らえられている間にここの住民から聞き出したんですけど、どうやらここの現地住民の一部は、呪力という神力とは異なる超常の力を持っていて、呪術を使えるらしいのです。呪力のある者は入れ墨をしています」

「ありがとう、その情報は助かるよ」

クララの土壇場での異文化コミュニケーション能力に驚きながらも、ファルマは素直に情報を受け取る。

よく見れば、メレネーを含め後ろに控えている者たちは殆ど入れ墨が入っている。彼女が従えてきた三人も、呪術師のようだ。

（彼らはどうやって呪術の力を得ているんだ？　やっぱり、こちらの神脈と同じような何かがあるのか）

ファルマは薬神杖を構えながら、彼らに対して診眼を使う。

メレネーの心臓のあたりに、青く見える病変がある。心臓病か何かをわずらっているのだろう。だが、神脈に相当しそうなものは何も見えない。

左腕の薬神紋と、そこに宿る物質創造の能力をも取られることを懸念して、薬神杖の晶石に少し神力を逃しておく。備蓄された神力は、バッテリーのような役割を果たし、神力が枯渇しても神術を使える。急に体内の神力がなくなったとしても、最低限、神術陣などで応戦することはできる。

ファルマは手持ちの能力を精査し、メレネーたちに対峙《たいじ》する。

◆

聖帝エリザベスよりひそかに与えられた命《めい》に従い、ギャバン大陸の洞穴の闇に紛れて暗躍を開始した少年がいる。

彼はサン・フルーヴ帝国従騎士にしてル・ノートル侯爵家の次男坊、ノア・ル・ノートル。

彼が聖帝より承《うけたまわ》った密命とは、命に代えてもクララ・クルーエを庇護《ひご》し、帝国に連れて戻ることであった。

クララがメレネーらに攫われた直後から、ノアはサン・フルーヴ帝国船団と離れ、クララを追跡していた。彼は現地住民に紛れて、彼らが軟禁された島から彼らの舟に乗り、その場を離れていたのだ。

視力、聴力、五感六感に長《た》けた、警戒心の強い現地住民たち。彼らの中に潜んでいても、誰一人としてノアを敵と認識できる者はなかった。メレネーも、メレネーの使役する霊ですらも、その存在を見逃した。

ファルマとメレネーとの戦闘が始まった頃合いに、ノアは混乱に乗じて洞穴の反対側から敵陣地へと潜入、もぬけの殻となった敵地へ易々《やすやす》と侵入した。

(こんな時、俺って便利な体質だよなあ……)

ノアが聖帝の小姓として抜擢《ばってき》されていたのには理由がある。

それは、ノアが有力貴族の次男であり、神力量が平均より多いという理由だけではない。彼が、随意に気配を消すことのできる特異体質を持っていたからだ。存在をマスクすること、それこそが生まれながらのギフトであったのかもしれない。

ノアは誰かと話していなければ周囲の人間に存在を察知されず、彼の存在は常に認識の埒外《らちがい》におかれる。足音などは聞こえているはずなのだが、声を出さない限り、なぜか誰もその存在を認識できないのだ。

ノアのこの性質を知るのは、サン・フルーヴ宮廷内ではエリザベスただ一人である。

彼は幼少期より、大多数の人間から無視される人生だった。親族にすら「急に現れる」「急に消える」「声だけ聞こえる」と気味悪がられ、兄弟からは疎まれ続けた。母親にはネグレクトを受け、父親はノアの姿がなくとも気にも留めなかった。

空腹に耐えかね、誰かに認識してもらいたい一心で大声でしゃべり続けるか、大きな足音を立てて目標に近づくと、やっと気付いてもらえる。

誰も彼の存在に目を留めない、気にもかけない。

そんな状態で幼少期を過ごしたノアは、自分の価値はおろか、生きる意味などないものと思っていた。

(なにせ、生まれながらの透明人間だからな)

誰かに構ってもらいたいがために少しおしゃべりになってしまったのも、その反動である。

半ば侯爵家を放逐されるように宮仕えに出されたが、聖帝だけがノアの能力と利用価値にいち早く気付いた。彼の特性は諜報《ちょうほう》や暗殺などにうってつけで、廷内の不穏分子の早期の発見などが可能であった。そして実際、裏切り者に正義の鉄槌《てっつい》を下し、悪を暴き出してきた。

軽薄そうに見えながら、口は堅く、思考はしなやかで、時に攪乱《かくらん》や陽動も行う。彼にとって、任務は愉悦に満ちていた。

ノアは聖帝の耳目となり、皇子の世話を焼き、彼女の多くの秘密を共有し、彼女の弱みすらも握った。

彼女のために尽くすこと、彼女に取り立てられること。

それはノアにとって唯一他者に認められる方法であり、そして他者に自分を認めさせる方法であり、自分を蔑《ないがし》ろにしてきた家族へのあてこすりでもあった。

早々に出世し領地を得て、面白おかしく気ままな人生を送りたい。そんな人生の目標を掲げてその日暮らしをしているが、それもきっと孤独を深めるだけになるだろう。

(俺には何もない……からっぽだ)

だから、宮廷に出仕している限り、聖帝の命令には絶対的に服従しようと考えていた。彼女がクララを連れて帰れと言ったら、船員全員を殺して彼女一人を引きずってでも戻る。彼はそんな覚悟のもとにあった。

ノアはこの大陸に来てから、船員らに内緒で備えていたことがある。それは、予備の神杖《しんじょう》や銃火器、神術陣を茂みの中や岩場の陰に仕込むことだった。

というのも、船外活動の時間が多いぶん装備の補給が問題になるが、大荷物を常に背負って移動するわけにはいかず、かといって武器や食料などを備蓄している主な拠点は目立ちすぎてしまう。彼はそれを懸念していたのだ。

さらに、ジャン提督が船上を主な拠点としているのも不安の種だった。洋上にある船が陸地から襲撃されることはないという思い込みに加え、神術使いらの腕を過信しているのだろうが、船外活動を行っている際に船に奇襲をかけられては洋上の利はなく、土地勘のある敵に優勢をとられて終わりだ。

（まさか全員が武器を奪われるなんて、ざまあねえ……。特に杖のない神術使いは、体術でも平民に劣るんだから）

彼は現地住民に没収されたはずの神杖を携えて、アリの巣のように張り巡らされた洞穴内をまるで現地住民が散歩をするかのように探索する。このノアの特異体質は、敵地潜入の場面でこそ真価を発揮する。

（お、ここか）

ノアは神術使いらの杖を保管している倉庫を探しあてると、扉を神術で破壊して杖を奪還した。

（全員分は持てねえな。誰の杖を持っていくかな……）

少し悩んだノアは、クララの杖、そして高価な順に二振り持っていくことにした。神官が聖別詠唱をかければ、木切れだって杖になる。神術使いの杖を全部が全部持っていく必要はない。必要最低限でいいのだと、彼は自分に言い聞かせる。

しかし、すべて順調とはいかなかった。

ノアは人的な敵襲に備えていたとはいえ、防げなかったこともある。それは、住血吸虫の感染だった。不用意にもピチカカ湖に足を踏み入れてしまったことで、発熱と倦怠感《けんたい》の蓄積が体力を削《そ》いでゆく。

それでも、彼は怯《ひる》むことなく消耗した体に鞭《むち》を打ち、人の声のするほうへと歩みを進めた。現地住民が通路をすれ違ってゆくが、やはりノアに気付くものはいない。

いくつもの分岐点を進み、ノアは洞穴の中の彼らの居住区を発見した。居住区には、非戦闘員と思《おぼ》しき若い女や子供たちが屯《たむろ》していた。

彼は居住区に漂う独特のにおいに気付く。何かを燃やしているようだ。

ノアは杖を構えると、炎に風を孕《はら》ませてその場の何もかもに破壊の限りを尽くそうと思い定めた。

(こいつら全員、帝国の敵となる。生かしてはおけない、奇襲をかけるなら今だ)

ノアの杖の先端に、神術の光が宿る。

だが、何かを察知したのだろうか、赤子の泣き声が聞こえてきた。数秒の空白ののち、ノアはゆっくりと杖を下ろす。

(ちっ、気に入らねえ)

ノアに気の迷いが生じたとき、彼は洞穴の奥のほうで大きな物音を聞いた。

激しい神術戦闘が繰り広げられている、そんな気配がする。

(誰かが水属性の神術を使ったのか……?)

つまり、神術を使える仲間がいるということだ。

ノアは音の聞こえた方向へ走り出した。

◆

物質創造と物質消去。

今、一対の能力であったそれが分かたれ、激突しようとしている。

メレネーはファルマに、まっすぐ無の根《ルタレカ》を向けている。

ファルマは、確固たる攻撃の意図を読み取った。

「レイタカ・マ・パエカ」

メレネーが肉声で呟《つぶや》く。右手を構え、詠唱は添え物であるとでも言うかのような囁《ささや》き声とともに、メレネーは慄《おのの》くほどの衝撃波を繰り出した。

(物質消去を使って攻撃してくるとすれば!)

ファルマはこれまでの神術戦闘経験や対悪霊戦闘時の手札を全て捨て、メレネーの衝撃波に対して即応的に物質創造で氷壁を作る。その意図は緩衝、防御、そして相殺を兼ねている。彼がとれる選択肢は、まだ様子見のみだ。

衝撃波を受けると、ファルマが張り巡らせた氷壁は幻のように消滅した。それと同時に、洞窟の天井からパラパラと乾燥した砂が落ちてくる。ファルマはその流砂に着目して周りを見ると、先ほどまで湿っていた地面が完全に乾いている。

(やはり水の消去を使えたか!)

ファルマは、初手でメレネーの攻撃内容を把握する。

「なっ、何が起こったんですか!?」

クララは状況が把握できずに、首をすくめている。

(もしノーガードだったら、全身の水を奪われて即死だったな)

ファルマの物質創造と〝爾今の神薬〟の効果が拮抗《きっこう》し、なんとか即死は免れた。

(水の消去か……。一点突破であっても、これほど怖い攻撃方法はないぞ。水は生命活動の源だからな)

ファルマは即座に、その攻撃の危険性を認識する。何しろ、相手はファルマたちを殺す気できているのだ。水の消去とは、脱水、そして電解質異常を人体に引き起こす。こと対人戦闘における威力は、計り知れない。ファルマが自身に固く禁じて、その威力は知りつつも一度たりとも行使しなかった禁忌の使用法でもあり、本来は必殺の能力なのだ。

メレネーは右手をかざし、再びファルマに狙いを定める。先ほどと同じ詠唱をしているが、同じ技を使ってくるとは限らない。

そのとき、ファルマの視線が一瞬メレネーの背後をとらえた。

洞窟の奥から、何者かが戦闘中の空気をまったく意に介することもなく一歩一歩近づいてきていた。足音がしているのにメレネーは気にする素振りもなく、彼女の後ろに控える現地住民も誰も気付いていないようだ。

（あれは……ノアか!?）

杖を携えて近づいてきたのは、行方が分からなくなっていたノアだった。

ファルマは息を詰める。今、メレネーが気付いて振り向いたら、ノアは水の物質消去を受けて即死する。

ノアはファルマとゆるく視線が合うと、口パクでファルマに「氷の壁」と神技名を告げた。ノアの思惑は読めないものの、ファルマは身じろぎ一つせず氷壁を展開して、メレネーの意識をこちらに向けさせる。

先ほどと同じメレネーの詠唱に対し、同じ防御。敢《あ》えて、メレネーに対し無能を装う。氷壁の裏で、ファルマは〝爾今の神薬〟を神術で凍らせ、霜のようにしてノアへと注ぎかける。これで、ノアを束《つか》の間《ま》の不死の守りの中へと引き入れた。

ファルマの対処方法に押し勝つ自信があるのか、メレネーの口角が上がった。

その直後、鋭い詠唱が洞窟内に響き渡った。ファルマでもなく、メレネーでもなく、ノアが発動詠唱を発出した。

「〝聖竜巻《せいたつまき》！〟」

たった今そこに、忽然《こつぜん》とノアの存在が現れたかのように、メレネーや彼女が引き連れていた現地住民が一斉に背後を振り向く。しかしノアの神技は完成し、既に発動していた。神技の発する虹色の閃光とともに視界を奪われ、爆風によって吹き飛ばされたメレネーらは、ファルマの生成していた氷壁に激突する。

ファルマが神技の暴風を氷壁で防ぎきったのを見たノアが、檻《おり》の閂《かんぬき》を外しファルマとクララを救出する。

牢獄の格子ごと消して脱獄するなど朝飯前だったファルマも、物質消去を失ってはノアに感謝せざるを得ない。

「助かったよ、ノア」

「この恩を一生忘れんなよ？」

ノアはメレネーたちが衝撃で倒れ伏した隙に、クララに杖を放り投げて渡す。

「何が何やらです……！　でも、助かりました！」

クララはパニックになりながらも、ノアから投げられた自前の杖を両手でキャッチする。

「ファルマ、この隙にいったん引くってことでいいか？」

「ああ、まずいことになった。態勢を立て直したい」

物質消去の能力の奪還の必要性を痛感しながらも、ファルマは水蒸気の幕を引いて彼らの目をくらませ、洞窟外への脱出を図った。

「あの、はあ、メレネーをっ、はあっ、どこかへっ、呼び出すことはっ、ぜいぜい、できないでしょうか……！」

クララが慣れないランニングフォームで息を切らしつつ、ファルマとノアに追いすがって走りながら提案する。

「どういうこと？」

「強制的にっ、旅をっ、させてしまえば、私の神術が使えます……。つまりっ……メレネーの行動の予知が、できます……ぜいぜい、その前に私の心臓が止まるかも……」

「旅の定義ってなんだ？　ちょっとやそっとの距離じゃ、ただの移動扱いになるんじゃないのか？」

ノアには疑義があるようだが、ファルマは肯定する。

「よし、その案でいってみよう」

ファルマがふと見ると、クララの足がもつれて、走るスピードが落ちてきた。日頃の運動不足がたたっているのだろう。

(物質消去は、対象を視認していないと撃てない。つまり、今すぐメレネーの五感の圏外に出る必要がある。走っていたら間に合わない)

ファルマはくるりと振り向いて薬神杖を口に咥《くわ》えると、二人の右手と左手をしっかりと握る。そして杖に神力を込め、洞窟から脱出すべく加速しながら低空飛翔《ひしょう》にはいった。

「ぎゃ――――！」

不意を打たれたノアとクララはファルマの手首にしがみつく。

二人の絶叫が、洞穴内に残響となってこだました。

エピローグ

明け方に目が覚めたロッテは、用を足すために母カトリーヌと兼用で使っている使用人部屋から出る。

（うう、今までよりトイレが遠くなっちゃって、怖いなあ……）

ファルマが神聖国のトイレ事情に影響を受けて、トイレと居住空間を別にしたため、そして水洗トイレの工事をさせたことで、ド・メディシス家のトイレは水洗式になって部屋から離れたところに設置されている。

廊下の突き当たりのトイレから、あくびをしながら部屋に戻ろうとしたロッテは、一階玄関から不審な物音がしているのに気付いた。なにやら話し声も聞こえてくる。

ふらりと足を向けようとして、ぴたりと止まる。

（こんな時間に、何かしら？　不審者かもしれないし、誰か起こしたほうがいいかな？　……ううん、風の音かもしれないし。ちょっぴり様子だけ見てこよう）

彼女はしばらくの逡巡《しゅんじゅん》の末、掃除道具入れからほうきを掴《つか》むと、それを両手で構えながら恐る恐る階下へと歩みを進める。

光が漏れてくる客室では、ブランシュが新しくファルマの担当となる予定の上級使用人のシメオンと揉《も》めていた。今にも旅に出ようかという大きな荷物を抱えたブランシュは、肩を震わせて俯《うつむ》いていた。

「最初から置いていくつもりだったに違いないの！　ひどすぎるのー！」

そんなブランシュを、シメオンは困ったようにとりなす。いつもは冷静なシメオンだが、ブランシュが相手となるとやりにくそうにしている。

そもそも、ド・メディシス家の中でもブリュノ、パッレ、ブランシュはとりわけ気難しい人物として、使用人たちから敬遠されている。ブランシュの使用人として、彼女のわがままに何度付き合わされたともしれないロッテだったが、ほかの使用人たちが持て余すブランシュともうまくやってきた。

「兄上たちがどこに行ったか、すぐ調べてほしいの！」

シメオンは、理屈が通じないブランシュに振り回されている。

「申し訳ありませんが、執事を含めて、誰もファルマ様の行き先をうかがっておりません。急な予定だったのだと存じますよ。ブランシュ様には本日のご予定もございます。温かい飲み物をいれますから、それを飲んでおやすみなさいませ」

だが、そんなごまかしの通用するブランシュではなかった。ロッテは背中に隠していたほうきを廊下に立てかけ、そっと客室に入って自然にブランシュに近づく。

「ブランシュ様、どうなされたのですか？」

「兄上たちが、私を置いてどこかにいったのー！」

「今夜は神術演習があるとかで、朝までお戻りになられないはずですよ」

「いや、ファルマ様たちは一度戻られたようなのだ。だが、お支度にも呼ばれなかったので行き先が分からんのだよ」

シメオンがまいったというように頭をかく。

「みんなで空を飛んで、西のほうにいったのー」

「ははは。それはさすがに……夢を見ておられたんですよ、ブランシュ様」

シメオンはそう言うが、ロッテは真顔になった。

(空を飛んだ？　ファルマ様なら飛べるし、本当かも……)

「小さい兄上の杖《つえ》で、皆を引っ張ってたの！」

その一言で、ロッテは確信する。

「ブランシュ様、ベッドで詳しくお話を聞かせていただけますか？」

ロッテはシメオンにウィンクをして、あとは引き受けるというジェスチャーをした。シメオンはほっとしたような顔をして退出したが、その後ろ姿からはファルマの不在をどうしたものかと悩んでいるような印象を受けた。


ロッテはいつものように手際よくブランシュを彼女の寝室へ戻すと、ネグリジェに着替えさせ、温かい飲み物をもってきて寝かしつける。ブランシュはしぶしぶといった様子だ。

「兄上たち、本当に空を飛んでいったの。でも、誰も信じてくれないのー。ロッテも信じない？」

「私は信じますよ、ブランシュ様。お兄様がたは演習からお帰りのあと、ご無事でしたか？」

ロッテはブランシュの美しい金髪をくしけずりながら言葉を交わす。

「大きい兄上とお師匠様は怪我をしていたけれど、小さい兄上は平気そうだったの！」

昨夜は悪霊を想定した大規模演習があったとかで、朝まで戻らないと言っていた。ファルマは戦闘には参加せずエレンやパッレが参加すると言っていたが、深夜の帰宅とは早い帰りだったのだなとロッテは気を回す。

「怪我をしておられたのに、出発されたのですか。となると、急用でしょうか」

ブランシュは大きく頷《うなず》く。

「そう。急いでたの。大きい兄上と小さい兄上とお師匠様と、それからもう一人知らない女の人と出かけたの」

「知らない女の人？」

「遠くてはっきり見えなかったけど、なんだかすごそうな人だったの。あの大きい兄上がペコペコしてたの」

誰だろう、とロッテは記憶をたぐる。この夜中にド・メディシス家を訪問、しかもパッレまでもが恐縮する相手となると、相当な家格の御令嬢とみられる。

「銀髪と金髪が混じったような髪の色で、ルビーのような赤い瞳をしていたの！」

（……聖下だわ、間違いない）

彼女に仕える宮廷画家たるロッテは、すぐに勘づいた。そんな目立つ特徴を持った人物で、尊爵家の御曹司をはべらせる令嬢など、彼女しかいない。

ロッテの反応を見たブランシュが、ロッテの顔を覗《のぞ》き込む。

「ロッテ、その人のこと知ってるの？」

「ええと、似た方は存じ上げておりますが、確信がないので……」

ロッテの目が泳ぎ始めた。サン・フルーヴ帝国皇帝にして、神聖国大神官を兼任するエリザベスが宮殿から抜け出してド・メディシス家にいたなど、言えるわけがない。

「ふーん。私は知らない人だったけど。小さい兄上は今日中には帰ってくるって言ってたの。でも……嫌な予感がするの」

ロッテが記憶している限り、今日の夜は聖帝エリザベスに定例の公務がある。戻らなければ、帝国が大混乱に陥ってしまうだろう。

「断言されたのでしたら、皆さんご無事に戻ってこられますよ」

ロッテは事の重大さを知って冷や汗が止まらない。

「そっかな……お師匠様の荷物が異常に多かったんだけど。何泊かするみたいだったの」

「エレオノール様はいつも準備万端でございますからね！」

きっと、今日中には戻ってくる。約束は果たされる。ロッテはそうブランシュを励まして、ようやく寝かしつけると、起こさないようそっと上掛けを整えてブランシュの部屋を出た。

「シャルロット」

ブランシュの部屋を出ると、シメオンが青ざめた顔で紙切れをもって近づいてきた。

「ファルマ様のお部屋にこれが……」

シメオンから手渡されたのはどこかの地図で、ファルマが何かの説明をしたようなメモがいたるところに書き込まれていた。

（ファルマ様は聖下に何かご説明をしたのだわ。すると、目的地は……もしかしてギャバン大陸？）

ギャバン大陸までの道のりは、船で一か月ほどかかると聞いた。空を飛んでいったとしても一日で戻れるわけがないし、それどころか到着するわけもない。ロッテはそんな予想を巡らせる。ロッテは狼狽《ろうばい》するが、どうすることもできない。

シメオンが恐る恐るといった様子で疑問を口にする。

「ファルマ様たちは、ギャバン大陸に船で向かわれたのだろうか」

「船かどうかは分かりませんが、向かわれたのは間違いないと思います」

船ではなく、ブランシュの言う通り空を飛んで向かったのだろう。ロッテはすんなりとそう信じた。

「そんな！　どうしてファルマ様は私に行き先をおっしゃらないのだ……」

信用されていないのかと、シメオンは悲観してうなだれる。

「ファルマ様にも、きっと何かご事情があったのだと思います。それよりシメオン様、今夜から屋敷の守りを強化したほうがいいと思われます。大規模な神術演習があったと聞いておりますが、浄化しきれなかった悪霊が帝都にいるかもしれません。旦那様や奥様にもご相談したほうがよいでしょう」

ファルマは正統な守護神として、大陸全土をその強大な神力で守っていると言っていた。その彼が、もしギャバン大陸に向かったとすれば……この大陸の守りはどうなるのだろう。彼の力は、大陸を越えても届くのだろうか。

押し寄せる不安で嫌な想像をかきたてられたロッテは、ファルマを慮《おもんぱか》って言葉を選びながら、シメオンに屋敷の警備強化を進言した。

「分かった、確かにそうだな。すぐにご報告しておく」

ロッテの緊張が、シメオンにも伝わったようだ。

ロッテは部屋に戻ると、真新しい聖別紙を裁断する。

適度なサイズに切り揃《そろ》えると、メロディからもらった聖油を小瓶につぎ足し、それに絵筆を浸して火焔《かえん》神術陣の護符を書き始める。

今日はこれから一刻も休まず護符を作り、要所要所に敷設して悪霊の侵入を防ぐつもりだ。

いざ悪霊の発生ともなれば、護符も一瞬で破られてしまうかもしれない。

それでも、ロッテは彼らの無事を祈るように、その手を止めなかった。

Special Thanks

【監修・考証】

アルタリウス
（アマチュア無線技士）

けみかたん
（ケミカルエンジニア）

児島 悠史
（薬剤師）

坂下 明
（生命科学修士）

でちでち

内藤 雄樹
（分子生物学者・理学博士）

不観樹 露生
（医師）

HODA
（工学修士・アマチュア無線技士）

丸山 修
（アマチュア無線技士）

村尾 命
（医師・医学博士）

※敬称略・五十音順

MFブックス

異世界薬局 8

2021年7月25日 初版第一刷発行
2021年9月20日 第二刷発行

著者 高山理図
発行者 青柳昌行
発行 株式会社KADOKAWA
〒102-8177 東京都千代田区富士見2-13-3
0570-002-301(ナビダイヤル)
印刷・製本 株式会社廣済堂
ISBN 978-4-04-064268-0 C0093
©Takayama Liz 2021
Printed in JAPAN

●本書の無断複製(コピー、スキャン、デジタル化等)並びに無断複製物の譲渡及び配信は、著作権法上での例外を除き禁じられています。また、本書を代行業者等の第三者に依頼して複製する行為は、たとえ個人や家庭内の利用であっても一切認められておりません。
●定価はカバーに表示してあります。
●お問い合わせ
https://www.kadokawa.co.jp/ (「お問い合わせ」へお進みください)
※内容によっては、お答えできない場合があります。
※サポートは日本国内のみとさせていただきます。
※ Japanese text only

企画 株式会社フロンティアワークス
担当編集 平山雅史(株式会社フロンティアワークス)
ブックデザイン ウエダデザイン室
デザインフォーマット ragtime
イラスト keepout

本シリーズは「小説家になろう」(https://syosetu.com/)初出の作品を加筆の上書籍化したものです。
この作品はフィクションです。実在の人物・団体・事件・地名・名称等とは一切関係ありません。

ファンレター、作品のご感想をお待ちしています

宛先
〒102-0071 東京都千代田区富士見2-13-12
株式会社KADOKAWA MFブックス編集部気付
「高山理図先生」係 「keepout先生」係

二次元コードまたはURLをご利用の上
右記のパスワードを入力してアンケートにご協力ください。

https://kdq.jp/mfb
パスワード
dpp8t

●PC・スマートフォンにも対応しております(一部対応していない機種もございます)。
●お答えいただいた方全員に、作者が書き下ろした「こぼれ話」をプレゼント!
●サイトにアクセスする際や、登録・メール送信時にかかる通信費はご負担ください。

「こぼれ話」の内容は、
あとがきだったり
ショートストーリーだったり、
タイトルによってさまざまです。
読んでみてのお楽しみ！

アンケートに答えて著者書き下ろし「こぼれ話」を読もう！

よりよい本作りのため、
読者の皆様のご意見を参考にさせて頂きたく、
アンケートを実施しております。
ご協力頂けます場合は、以下の手順でお願いいたします。
アンケートにお答えくださった方全員に、
著者書き下ろしの「こぼれ話」をプレゼントしています。

この二次元コードから
アンケートページへアクセス！

https://kdq.jp/mfb

このページ、または奥付掲載の二次元コード（またはURL）に
お手持ちの端末でアクセス。

↓

奥付掲載のパスワードを入力すると、アンケートページが開きます。

↓

最後まで回答して頂いた方全員に、著者書き下ろしの「こぼれ話」をプレゼント。

● PC・スマートフォンに対応しております（一部対応していない機種もございます）。
●サイトにアクセスする際や、登録・メール送信時にかかる通信費はご負担ください。

MFブックス　http://mfbooks.jp/

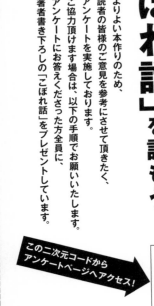